아기와 알콩달콩 행복쌓기 전쟁

단비야 단비야 안녕Bonjour

박순녀 지음/계창훈 그림

동서문화사

박순녀(朴順女)
서울대학교사대영어과 졸업. 조선일보신춘문예《케이스워카》당선.「월간 사상계
《아이 러브 유》당선」《로렐라이의 기억》《어떤 파리》《밤에서 밤으로》《칠법전서》
《엘리제 초》《먼 나라의 강》《마리아의 간통》《이중섭을 찾아서》《영가(靈歌)》《숲속
에 가슴속에》《시간의 기둥》 대하장편소설《인간운명》등이 있다.「현대문학상수상·
월간현대문학」「한국문학상수상·한국문인협회」「제1회 춘원문학상수상·동서문화사」

아기와 알콩달콩 행복쌓기 전쟁
단비야 단비야 안녕
박순녀 지음/계창훈 그림

1판 1쇄 발행/2020. 12. 24
발행인 고정일
발행처 동서문화사
창업 1956. 12. 12. 등록 16-3799
서울 중구 마른내로 144(쌍림동)
☎ 546-0331~6 Fax. 545-0331
www.dongsuhbook.com

*

사업자등록번호 211-87-75330
ISBN 978-89-497-1792-0 03810

더없이 값진 단비 선물

두 살에서 세 살, 그 일 년을 아웅다웅 알콩달콩 내가 키웠지. 손녀 단비를. 미국으로 유학 떠난 딸의 공부를 도와주기 위해서였다. 세상의 어리석은 부모들이 다 그렇듯이 내가 이루지 못한 꿈을 딸아이가 이루어 주었으면 해서였다.

그러나 나는 그때 이미 젊지 않았다. 젊을 때는 자식을 힘으로 키우지만 이제 힘이 빠져버린 나에게 단비 키우기는 너무나, 너무나 힘겨운 일이었다. 그 죽을 만큼, 정말로 죽을 만큼 힘들었던 그 기록이 바로 이 글이다.

눈만 뜨면 안아 달라, 업어 달라. 곱다 곱다하다가도 소리를 지르고 널브러져서 더는 꼼짝 못할 것 같은데 또 노래를 불러야 하고 춤도 춰야 하고―그 애 단비를 제 부모한테 보내고 나서 내가 오랜만에 마음먹고 몸단장하고는 거리에 나섰는데 친구가, '어쩐 일이니 너 십 년은 팍 늙었다' 한다.

이제 단비가 며칠 뒤면 영문학박사가 되고 결혼도 했겠다 교수가 되겠지. 지난 여름, 그 삼복더위에 겨울 털 구두를 보내왔다. 이 더위에 웬 털 구두? 하니까 단비가 말하기를, 지금 신을 구두는 너무 비싸 자기네로서는 살 수가 없어서 70프로 할인하는 겨울 털 구두를 사서 보냈단다. 나는 눈물이 비어져 나오는 얼굴로 크게 웃었다.

그래 단비야, 살림살이 잘하네!

그러나 그 털 구두보다 더욱, 더더욱 값진 단비 선물은 두, 세 살
짜리 단비와 나의 이 전투기록이리라.

2020년 12월 24일 크리스마스를 맞으며 박순녀

아기와 알콩달콩 행복쌓기 전쟁

단비야 단비야 안녕

차례

더없이 값진 단비 선물

1월
엄마 나 갈게… 안녕!

12월 30일

11시쯤에 양하 부부가 떠났다.

양하를 낳았을 때 남편이 말하기를, 우리 늘그막에 딸아이 덕을 좀 보자고 했다. 나는 그때 눈을 흘겼는데, 그 아이 양하가 지금 제 딸을 나한테 맡기고 떠난다. 머나먼 길 가면서

"엄마, 나 갈게."

걱정 말고 어서 가라는 말이 나는 목안에서 나오지를 않았다. 그 말을 못하고 나는, 엄마 아빠는 떠나버리고 이제 나한테 홀로 남는 단비만 쓰다듬었다. 양하가 떠나지 못하고 다시 말했다.

"엄마, 나 가요."

목이 꽉 잠기고 눈물이 뚝뚝 떨어지는 소리였다. 나는 그 애들한테서 등을 돌리고 뒤돌아보지도 않은 채,

"가라, 어서 가."

가을 논밭 새들을 쫓듯 했다.

현관문 소리가 나고 그 아이들이 떠났다. 현관문 소리에 단비가 현관 쪽을 기웃거릴까 봐 나는 단비 앞에서 머뭇대면서,

"단비야! 단비야!"

크게 선소리를 쳤다.

1년 11개월이 된 단비. 이 아이는 이제부터 1년 동안 제 엄마 아빠를 떠나서 나하고 지내야 한다. 나는 제 엄마 아빠를 따라가지 못하

고 나한테 남겨진 이 아이가 너무 가여워서 공항에도 못 나가고 함께 집에 남았다. 이 아이를 누구한테 맡기고 나 혼자 공항에 나갈 수도 있고 또 데리고 나갈 수도 있었다. 그러나 공항에서 차마 제 엄마 아빠하고 "빠이빠이"를 시킬 수가 없었다.

양하네가 공부하러 갈 때 단비를 1년 동안만 내가 맡도록 약속이 된 일이었는데(너무 어려서 공부에 방해되기 때문에) 이제 와서 왜 가슴이 이리도 쓰릴까. 이틀이나 사흘 전부터 나도 양하도 누가 어딜 건드리면 눈물이 툭 터질 것만 같았다. 아무리 마음을 단단히 먹으려 해도 뒤에 남아야 하는 단비 때문에 나의 마음은 빵빵한 풍선 같았다.

"단비야 단비야."

내가 선소리를 치다가는 눈물 콧물을 닦고 있는데 단비 막내 고모한테서 전화가 걸려왔다. 아이들이 떠나는 데가 공항 신청사냐, 구청사냐 하고 묻는 전화였다. 나는 얼른 대답을 하지 못했다. 울음을 꾹 참으려니까 목에서 꺽꺽거리는 소리가 날 것만 같았다.

내가 그렇게 눈물 콧물 범벅이더라는 소리를 고모한테 들었는지 양하가 공항에서 전화를 걸어왔다.

"엄마, 고모한테 들었는데 엄마 왜 그래. 딸은 쌩쌩한데 엄마는 왜 그러냐구 고모가 그러잖아. 세련되게 엄마, 엄마가 미국에 자주 오고, 그러면 되잖아."

"그래 그래 알았다, 그래."

세련? 양하가 잘 쓰는 말이다. 집을 떠날 때보다 그 애 기분은 많이 나아진 것 같았다. 목소리가 훨씬 밝았다. 그래, 우리 세련되게 살아보자. 이제 그 애들 비행기 속에 있겠지.

"단비야."

나는 단비를 불러본다.

1월 1일

새해.

새벽 4시 30분에 양하 부부한테서 첫 전화가 걸려왔다. 떠나기 전에 양하가 좀 과로를 해서 목이 아팠는데, 나는 양하더러 목은 어떠냐 아프지 않느냐고 물었고, 양하는 단비가 엄마를 찾지 않느냐고 물었다.

"괜찮아 괜찮아."

서로 그러다가 전화가 부산하게 끊겼다. 아쉽지만 무사히 도착한 것만 알면 됐지, 애써 마음을 달랜다.

단비는 지금 낮잠을 자고 있다. 엄마나 아빠를 거의 찾지 않는다. 그래도 뭐가 자기 마음대로 잘되지 않을 때는,

"엄마—."

하려고 한다. 그러면 얼른 나는 딴소리를 한다. 단비는 내가 딴소리를 하면 마음이 헷갈려서 "엄마" 생각을 잊는지 아니면 "엄마" 생각을 포기하는지 내가 하는 말소리에 따라온다.

초저녁에 방이 너무 더워서 방문을 조금 열어놨는데 밤이 되자 단비가 가벼운 기침을 했다. 1년 동안 한 번도 아프지 않게 키우리라, 야무진 계획을 세웠건만 큰일이다 싶어서, 아침에 밥을 조금 먹

이고 "코타이레놀"을 먹었다. 양하가 그렇게 하라고 했었지.

쓰레기를 버리려고 복도에 나갔더니 새 옷을 차려입은 사람들이 여기저기에 보였다. 새해 아침, 양하는 어떻게 보낼까. 눈물이 욱 솟는다. 참 주책이라니까. 제 남편이 옆에 있는데 뭘—얼른 나는 마음을 바삐 움직인다.

지금은 오후 3시 30분, 오늘의 나머지 시간을 어찌 보낼까 싶다.

밥 먹이고, 약 먹이고, 오줌 뉘고, 변기 씻고, 우유 먹이고, 재우고, 노래 부르고, 그 사이사이에 이쁘다 이쁘다도 해줘야 하고, 책은 또 안 보나? 뽀뽀도 빼먹을 수가 없지. 힘이 들어서 어깨를 팍 떨구고 나는 길게 한숨을 내쉰다.

"단비랑 오늘 엄마는 또 어떻게 보낼까 싶다니깐, 아이고! 못 살아. 그런데 어쩌겠어. 눈에 넣어도 안 아픈 내 딸인데."

양하는 나를 놀리듯이 그렇게 말했었다.

1월 2일

밤 10시 30분, 단비가 잔다. 흔건히 땀을 흘리고 있어서 이마를 닦아준다. 단비야. 아빠 엄마 꿈이나 꾸렴. 꿈에서나마 아빠 엄마 만나보렴. 나는 단비를 한껏 사랑하지만, 식구 모두가 단비를 한껏 사랑하지만 가엾어서 견딜 수가 없다. 낮에 꼬옥 안고서 이쁘고 착하다고 궁둥이를 팡팡팡팡! 두들겨 주었다. 그러면 기분이 좋아서 나에게 꼬옥 안겨 있다.

기침이 낮에는 그만했는데 저녁때부터 심해진다. 꿀에다 채를 썬 배를 고아서 먹이고 약도 먹였는데 더 심해진다.

잠이 들고 나서는 기침이 숨을 죽였다. 내일은 병원에 데려가야 할까 보다. 열이 없어서 그냥 버티려고 했는데.

내가 단비한테서 놓여나는 시간이란 그 애가 자는 시간뿐이라 이 글을 쓰고 있는 지금도 내 마음은 급하기만 하다.

오늘 밤을 자면 양하가 떠나고 난 뒤 네 밤째이다. 1년을 이렇게 하루하루를 세어 가면서 보낼 것만 같다. 이제 단비의 열이나 재봐야지.

빨리 커라 단비야. 물을 주면 빨리 클지. 물이라도 줘서 빨리 크게 하고 싶다.

1월 3일

아침에 단비가 "이 소아과"를 다녀왔다. 약도 잘 먹고 온종일,
"할머니 할머니."
하면서 쫓아다닌다. 이렇게 착한 애도 있을까 싶을 정도로 착하다. 엄마를 찾고 징징거리면 어쩌나, 안쓰러워서 어쩌나 했는데 그러지 않는다.

병원에 갈 때도 추워서 갇혀 있다가 오랜만에 밖에 나가니까 좋아서 큰 소리를 쳐댔다. 병원에는 경숙이가 데려갔는데 대기실의 미끄럼틀을 타고 시소 같은 것도 잘 타고, 너무너무 좋아서 집에 올 생각도 하지 않더란다.

날이 풀려서 밖에 나갈 수 있게 되면 단비도 살고 나도 한숨 돌릴

텐데.

단비의 낡은 "이솝 이야기" 테이프를 틀어놓고 노래를 따라 부르는 거다. 그런데 나는 단비하고 함께 노래를 부를 수가 없다.

"할머니, 노래해 노래해."

하길래 함께 부르는데 높은 데에 가면 소리가 뚝 끊어진다. 음정도 엉망이다. 그러면 단비는 기분이 별로인지 얼굴을 일그러뜨린다. 그러더니 내가 노래를 못해서인지 이상한 소리를 내서인지 나더러,

"하지마 하지마."

할 때가 많다.

"단비, 미안해."

나는 사과하지만 됐다 싶기도 하다. 이상하게 튀는 목소리로 노래를 함께하지 않아도 되니까. 그러나 단비가 양하랑 둘이서 신나게 노래 부르던 광경을 떠올리면 역시 아이한테 미안하다.

젊을 적엔 나도 정확한 음정으로 높은 소리를 내면서 노래를 잘 불렀다. 그런데 지금은 음정이 왜 왔다 갔다 하는지 모르겠다. 내 목소리가 내 말을 듣지 않는다는 걸 옛날엔 미처 몰랐지.

단비야, 할머니 노래가 이상하니?

어제는 눈이 오는 걸 보고 수강이가 창밖을 가리키면서,

"단비야, 눈이 온다." 하니까,

"파파(펄펄) 눈이 옵니다. 하늘에서 눈이 옵니다."

노래가 나왔다. 수강이도 놀라고 나도 놀라고, 그래서 오늘은 내가,

"펄펄 눈이 옵니다."

노래 가사를 제하한테 배워서 연습을 했다.

몇 번 연습을 하니까 멋대로 튀던 목소리가 제자리로 조금 돌아가는 것 같았다. 단비하고 살면서 나도 그 옛날 아름다웠던 목소리를 되찾았으면―. 양하의 웃는 소리가 들리는 것 같다. 엄마 때문에 못 살아, 하고 웃는 소리가.

11시 30분, 단비가 곤히 자고 있다.

우유를 먹으면 자기로 되어 있는데 다 먹고도 자리에 누워서 노래만 부르고 있기에 수강이가 조금 겁을 주는 소리로,

"단비야, 자자."

하니까 단비는 겁을 내고 나한테 붙어서 바로 잠이 들었다. 20분쯤은 단비 혼자서 온갖 노래를 다 불렀다.

제 엄마, 아빠하고 잘 때는 한 시간도 노래를 부르고 또 자는 사람들을 타고 기어 다녀서 야단을 맞고 울면서 잠이 들었는데 나한테 와서는 20분 넘게 끌지 않았다. 잠이 빨리 와서인지 신나는 일이 없어서인지. 지금은 단비가 기침도 하지 않고 잘 자고 있다.

1월 4일

단비가 내 등 뒤에서 놀고 있다. 내가 일을 할 때 이렇게 혼자서 놀아 주면 얼마나 고마울까. 1시쯤에 병원엘 다녀왔다. 병원 대기실에 작은 미끄럼틀이 있었는데 대여섯 살쯤 된 여자애가 올라가서는 내려오지 않았다. 조그만 단비가 미끄럼틀을 타려고 뒤에 가서 서 있는데 이 여자애가 턱 버티고 앉아 있으니 단비는 좀처럼 미끄럼틀

을 탈 수가 없었다.

그 애 엄마가,

"애야, 욕심 부리지 말고—"

어쩌고저쩌고 해도 이 여자애가 바위처럼 그대로 막고 앉아서 뒤의 애들이 탈 수가 없다.

나는 여자애한테 눈총을 주었다. 그 여자애야 내 쪽을 보지 않아서 내가 눈총을 주는지 알 까닭이 없지만, 하여간 나는 계속 눈총을 주면서 애 엄마한테 저 애 좀 밑으로 내려가게 하라고 말했다.

애 엄마가 다시,

"그렇게 욕심 부리지 말고—"

어쩌고 하더니 자기 딸더러 내려오라고 했다. 마지못해 하는 소리였다. 아이를 꼭 내려오게 하려는 단호한 목소리가 아니었다. 기다리는 아이들을 생각하면 자기 아이를 꼭 내려오게 해야 하는 게 엄마인데. 저 미끄럼틀을 막고 앉아 있는 여자애를 가서 한 대 쥐어박고 싶은데 그럴 수도 없고.

그런데 그 여자애보다 한두 살쯤 어리고 몸도 약간 가냘퍼 보이는 남자애가(심술이 더덕더덕 붙은 데다 뒤룩뒤룩 살이 진 여자애를 보며),

"거기 막아 서지 말고 내려와. 이리로 돌아서(미끄럼틀 옆을 가리키면서) 또 타고, 또 타고 하면 되잖아!"

하고 그 여자애에게 호통을 쳤다.

이 애 봐라!

타고 돌아서 또 타고, 그러면 막히지 않아서 너도 타고 애기도 타고 다른 애들도 다 탈 수 있지 않냐, 하는 말이었다. 세상에 이렇게 영특하고 당당한 놈 봐라.

그러더니 그 사내애가 다시,

"애기가 타니까 우린 저리 가자."

하고 자기 또래 애들한테 말했다.

거기에는 고무 타이어에다가 쇠막대기를 매단 놀이 기구가 있는데, 미끄럼틀은 애기들한테 양보하고 조금 큰 자기들은 그리로 가서 놀자는 말이었다.

나는 그만 그 사내애한테 반해버렸다.

저 애는 이담에 커서 사나이 중 사나이가 될 거야. 저대로 커서 약한 자는 돕고 힘자랑하는 자는 무찌르고, 얼마나 기분 좋은 남자인가. 그 사나이 중의 어린 사나이는, 심술쟁이 여자애와 오로지 자기 딸밖에 모르는 엄마 때문에 기분이 상했던 나를 정말 즐겁게 해주었다.

단비는 나를 만만하게 보는지 병원에 갈 때도 지하도에서 안아달랜다. 그래서 아까 업어줬는데 돌아올 때 택시에서 내려서 또 안아달랬다.

나는 약간 위엄 있는 소리로,

"안 돼. 걸어."

하니까 하는 수 없이 걷고 있는데 병원에 함께 갔던 초등학교 2학년짜리 제하가 이때다 싶은지,

"단비는 할머니 괴롭히면 안 돼."

했다.

그러니까 요 지지배가,

"시끄러!"

하는 것이었다.

제하도 질세라 다시,

"쉬엇 차렷!"

했다. 그러니까 이번에는,

"못해!"

했다.

제하가 집에서 단비를 데리고 논다고 종종 "쉬엇 차렷"을 시켰다. 그러면 단비가 쉬엇 자세를 했다가 차렷 자세를 했다가 정신이 없었다.

"쉬엇 차렷! 쉬엇 차렷!"

단비는 제하가 시킨다고 쉬엇을 했다가 차렷을 했다가 또 쉬엇 차렷… 자꾸 시켜서 보는 내가 다 안되서,

"그만 그만."

했다. 그래도 단비는 제하가 시키는 대로 쉬엇과 차렷 자세를 되풀이 하다가 제 딴에도 너무 시킨다 싶으면,

"안 해."

했다.

그런데 오늘은 "안 해"가 아니고 "못해" 하는 것이었다.

할머니가 안아주지 않고 걸으라 해서 걷고 있는데 오빠가 꼽사리를 끼니 "시끄러!"와 "못해!"가 튀어나온 모양이다.

내가 이 글을 쓰고 있는 동안 지금까지 혼자 놀고 있는데 이만큼

이라도 내 일을 하게 놔주니 얼마나 좋은가.

단비야, 할머니하고 앞으로 많은 시간을 함께 보내야 하는데 요렇게만 도와다오. 그런데 요 쥐방울이 드디어 의자에 기어 올라와서 내 무릎에 발딱 앉는다.

이렇다니깐.

1월 5일

단비는 등 뒤에서 자고 있다. 오늘은 9시 30분부터 자고 있다. 어젯밤엔 10시 30분까지 누워서 다리를 버둥거리고 옷장 문을 탕탕 차고, 40분쯤 혼자서 갖은 수선을 다 떨기에 마침내 내가,

"단비야!"

소리를 치는 바람에 베개로 와서 납작 엎드려 겨우 잤는데 오늘은 아주 세상 모르고 잠이 들었다. 1월 27일이라야 이 애가 두 돌인데 요 방울만 한 게 어른들 말을 잘도 알아듣는다.

이 집에 와서 이 애의 배가 점점 커지더니 오늘은 종일 배가 똥똥했다. 똥똥한 배를 내가 두들기면서,

"단비 배가 뿡뿡."

하면 자기도 제 배를 두들기면서 뿡뿡을 한다.

전에는 햄도 눈꼽만큼 먹고,

"싫어."

했는데 오늘은 제하랑 둘이서 납작납작하게 썰어서 지진 햄을 제법 먹었다. 커다란 사과도 4분의 3쯤은 먹었다.

확실히 이 애가 많이 먹는다. 함께 먹는 사람이 많기 때문이리라.

아직도 제일 찜찜한 사람이 외삼촌인데 나하고 삼촌 사이에서 저녁을 먹다가도 뭔가 불안한 기분이 들면 내 무릎으로 슬쩍 옮겨 앉으려고 한다.

그러다가 삼촌이 식사 후에 사과를 깎기 시작하면 또 슬그머니 제자리로 돌아가서 삼촌 옆에 가까이 있으려고 한다. 삼촌이,

"단비, 뽀뽀."

하니까 마음이 썩 내키지 않았을 텐데도 뽀뽀를 했다. 그 모습을 보고 삼촌이,

"너도 먹고 살려니까."

했다.

이 애는 외숙모가 보이지 않으면 찾는데 엄마 아빠는 찾지 않는다. 엄마 아빠는 벌써 머나먼 과거의 사람이 된 걸까.

1월 6일

양하가 떠나고 꼭 1주일이다. 이제 앞으로 1주일을 몇 번 지나야 우리 단비를 엄마 아빠한테 보낼 수 있을는지.

낮잠을 자고 나서 잠이 좀 모자랐던지 이 애가 안아달랜다. 나는 허리가 자신 없어서 이 애를 안지 않기로 굳게 다짐하고 있다. 양하도 안지 않게 길들이라고 했는데 징징거리며 우는 데는 도리가 없다.

징징거리는 애를 안고 이 애가 자는 틈에 마시려고 타놓은 커피

있는 데로 간다. 느긋하게 맛보는 일, 기분 내는 일은 포기다. 요즘은 커피를 하루에 한 잔만 마시기로 하고 있는데 이 애가 온 뒤로는 우유를 마시는 것처럼 들이킨다. 애를 무릎에 안고 커피를 들이키려니까 애가 어느새 깼는지 칭얼거린다. 제하가 코코아를 타준다. 우유에다 코코아 두 숟갈 반, 설탕 하나. 단비가 기분을 돌려가지고 코코아를 숟갈로 떠먹기 시작한다. 한참 숟갈로 떠먹는다고 먹는 둥 마는 둥 하더니 컵째로 마신다. 다시 숟갈로 떠넣다가 컵째로 마신다. 그러면서 하는 소리가

"되게 맛있다."

한다.

전에도 "되게 맛있다"는 소리를 해서 나를 놀라게 하고 재미있었는데 제하가 그 소리를 듣고,

"저 말, 처음 하는 거지요?"

나한테 묻는다. 나는 제하의 기분도 좋으라고,

"그래."

대답했다.

그러자 제하가 "되게 맛있다" 다음 말을 가르친다면서 하는 말이 "끝내주게 맛있다"란다. 그다음 말은 "죽이게 맛있다"였다. 제하는 단비한테 "끝내주게 맛있다" "죽이게 맛있다"를 자꾸 하란다. 단비는 듣지 않고 코코아를 컵째로 다 마셔버렸다.

텔레비전에서는 지금 외계인 "알프"가 시끄럽게 떠들어대고 있다. 옆에서 아홉 살짜리 제하가 단비 붕붕카를 타고 왔다 갔다, 우리의 주인공 단비는 껌을 달라고,

“할머니, 껌 줘.”

우는 소리를 한다.

“할머니, 껌 주세요” 이쁘게 말하라니까 우는 소리로 다시,

“껌 줘.”

하다가 눈을 똑바로 뜬 내 얼굴을 보더니 우는 소리가 들어가고 예쁘게,

“할머니, 껌 주세요.”

한다.

이 애는 심심하거나 짜증이 나거나 할 일이 없으면 “껌 주세요” 하는데 오늘은 이미 세 개쯤 먹은 것 같다. 제 엄마라면 이빨을 버린다고 주지 않을 텐데—.

껌을 달라고 조르다가 단비는 자기가 타고 있던 장난감 통이 넘어지는 바람에 “껌”을 잊어버렸다. 그래서 제하랑 둘이서 목에다 서로의 팔을 두르고 앉아서 텔레비전의 “땡칠이 어쩌구” 하는 걸 보고 있다.

나는 두 애를 보면서 나는 나대로 생각한다. 단비하고 1년을 이렇게 지내야 한다고 나에게 납득을 시키면서.

내가 이렇게 애 보기를 하면서 지낸다니까 동창 친구가,

“그게 얼마나 순수하냐.”

했다.

순수?

단비야, 할머니도 순수에 목을 맨 때가 있었단다. 그 순수에 속은 적도 많았고. 그런데 지금은 순수라는 말을 좋아한단다.

1월 7일

아침.

우리 단비가 천사처럼 자고 있다. 이마는 툭 튀어나오고 눈은 쏙 들어가고 코는 좀 납작하다.

윗입술은 꼭 세 개의 산봉우리 같고, 아랫입술은 똥그란 콩을 두 알 모아 놓은 듯싶다. 손을 꼼지락거리네. 이제 곧 일어날 모양이다.

손톱이 길었다. 깎아줘야지.

그동안 이 애 손톱을 한 번도 깎아준 적이 없다. 양하도 그렇다. 늘 아빠가 깎아줬다. 나도 제 엄마도 깎아주는 게 겁이 난다고 갓 낳을 때부터 손톱깎기는 제 아빠에게 미뤘다.

그러나 이젠 하는 수 없다. 내가 깎아야지!

내 아이들 셋도 내가 다 깎으면서 길렀는데 유독 이 아이 손톱을 깎아주기 겁난다고 엄살(다분히)을 부리는 까닭은 단비를 너무도 사랑한다는 하나의 자랑이기도 하다.

그러나 이젠 이 아이를 덜 사랑해서가 아니고 제 아빠가 없으니 어쩔 수 없이 내가 깎아줄 수밖에.

숨소리가 고르다.

감기도 가고 기침도 거의 멎은 모양이다.

이 아이 자는 시간이 오로지 나만의 시간인데 아침 신문을 읽으려 해도 종이 부스럭거리는 소리에 깰까 봐 읽지 못하고 단비 얼굴을 지켜볼 뿐이다.

이제 20일 있으면 두 돌이다.

그때는 얼마큼 커질까. 제 엄마 아빠한테 가서 방해되지 않게 혼자서 의젓하게 놀 만큼 후울쩍 커질까. 20일 동안에 이 애가 그렇게 커질까.

간밤에도 9시부터 자겠다면서 우유를 달래서 주니까 우유만 쭉쭉 빨아먹고 나더니 노래를 시작했다. 나는 군기 좀 잡아야겠다 싶어서 제 엄마가 하던 대로,

"자, 자, 자!"

소리쳤다.

효과가 없어 또 제 엄마가 하던 대로,

"안 잘려면 나가, 나가!"

겁을 주었다.

그랬더니 울기 시작하는데 그냥 우는 것이 아니었다. 나오는 울음을 참으며, 깨물며 소리를 죽여서 우는 그런 울음을 울었다. 히야— 나는 큰일 났다 싶어서 갖은 옛날이야기 다하고, 있는 애교 다 부려서 달래는데 아이는,

"네, 네."

하는데도 그 소리에는 울음이 반쯤 섞여 있었다. 그러더니 쉬를 하겠단다.

쉬는 무슨 쉬, 자러 들어오기 전에 쉬를 했는데. 밖에 나가고 싶을 때 이 애는 쉬를 한단다.

그때 수강이가 돌아오는 소리가 들렸다. 나는 단비를 놔줬다. 아이는 현관으로 나가서,

"삼촌!"

소리치며 그때부터 좋아서 야단이다.

삼촌한테 사탕 얻어먹고 먹은 값을 하느라 "파파(펄펄) 눈이 옵니다" "달 달 무슨 달" 생각나는 노래를 다해댄다.

우유가 먹고 싶으면 잔다고 하고, 밖에(방에서) 나가고 싶으면 쉬한다 그러고… 그걸 알면서도 나는 단비한테 끌려다닌다.

기지개를 한다. 기분이 좋은가 보다.

난데없이 내 입에서 에취, 재채기가 나온다. 베개를 갖다 댈 틈도 없다.

단비가 잘 때 재채기가 나오면 혹시 잠을 깰까 봐 얼른 내가 입에다 베개를 갖다 대는데 그럴 틈이 없었다. 이크 깼네, 했는데 그대로 자고 있다.

1월 8일

지난밤 10시쯤 양하한테서 전화가 왔다. 단비를 바꿔달라고 해서 단비 귀에 수화기를 대주고, "엄마 안녕하세요? 아빠, 나 단비예요"를 시키니까 하라는 대로 따라 한다. 엄마라고 부르라니까 "엄마" 부른다.

내가 하고 단비가 하고 수강이가 하는데, 통화 시간이 마음에 걸리고, 이 소리 저 소리 하다가 끝나고 말았다.

다음부터는 그쪽에서 전화가 오든지 이쪽에서 하든지 그럴 때는 꼭꼭 물어보고 싶은 말, 하고 싶은 말을 적어뒀다가 실속 있는 통화를 해야지. 전화가 끝나니까 먹먹한데 양하도 그랬을 거다.

양하네가 떠나기 전 나는 그 애들더러 가족 기념사진을 꼭 한 장 찍어두라고 했다. 사진 찍기를 오늘내일 미루다가 떠나기 직전에야 겨우 짬을 내서 사진관에 들러 2만 5천원짜리 한 장을 찍고 떠났는데 오늘 그 사진을 찾아와 보니까 영 마음에 들지 않았다.

내가 생각한 사진은, 준연이가 넉넉한 얼굴로 서 있고 양하는 우아하게 앉았고 이마가 톡 튀어나온 예쁜 우리 단비는 그 사이에 앉아 방실방실 웃고 있는 건데, 이 애들은 촌스럽게 셋이 나란히 앉아서 같은 키로 찍혀 있다.

준연이는 조금도 틀림없이 가부장 스타일로 입을 꾹 다물고 양하는 주민등록증에서처럼 눈을 똑바로 떴다. 그 사이에 단비가 긴장한 얼굴로 끼어 있다. 정말 2만 5천원이 아깝네. 돈이 금쪽같던 그 와중에 생돈 2만 5천원을 들였는데.

내가 머리를 볶느라 단비를 두고 나갔는데 나갈 때도 미련 없이 나한테 "빠이빠이" 하더니 껌을 사오랜다. 집에 돌아와 보니 2시간 반이나 늘어지게 자고 나서 할머니를 찾다가 할머니가 "어디 갔다"니까 단념도 빨라서 언니를 찾더란다(부산서 놀러온 아이들). 지금은 신나게 놀다가 배가 출출한지 나더러 밥을 먹잔다.

낮에 2시간 반이나 잠을 잤다니 오늘 밤은 별수 없이 12시까지 주리를 틀어야 한다. 오늘은 그래도 부산 아이들이 있어서 그 애들하고 어울려 놀겠지만 그렇지 않다면 정말로 죽음이다.

잠깐 짬을 훔쳐서 잡지를 읽는다.

1월 10일

단비가 내 등 뒤에서 놀고 있다. 언제 "할머니—" 하면서 나한테 덮쳐 올지 모른다. 이 애는 무법자다. 자기 하고 싶은 대로 다 하고 무언가 하고 싶을 때 남을 써먹는다.

이크, 나한테 오는가 싶더니 아니다. 휴지 한 장을 뽑아서 코를 풀고(코에 대는둥 하다가 만다) 그 휴지를 가지고 내가 공부하라고 준 종이를 닦는다.

다시 휴지 한 장을 뽑아간다. 자꾸 뽑겠지, 뽑는 게 재미있으니까.

낮잠을 자던 제하가 일어나 텔레비전에서 "오리 아저씨 한다"며 단비를 거실로 데려간다. 딸꾹딸꾹, 딸꾹질하는 소리가 들린다. 땀을 흘려서 선뜻했던 모양이다.

제하는 단비가 이쁘면 부둥켜안으려고 하는데 단비는 그것을 싫어한다. 제하는 이쁘다는데 이 아가씨는 답답하다고 아등바등한다.

제하가 부둥켜안으면 잠깐 동안은 참아주지만 금방 제하 품에서 빠져나오려고 소리를 지른다. 그러면 제하는 입이 댓 발 나온다. 이쁘다는데 싫다고 소리를 치니 불만이다.

어제는 손님으로 온 여섯 살짜리 남자애가 제하 방에서 발을 뻥뻥 차다가 그 발길이 단비 궁둥이에 가서 맞았다고 한다.

단비는 아프니까 으앙! 까무러치게 울었다. 제하는 손님으로 온 여섯 살짜리가 잘못한 걸 아니까 단비를 부둥켜안았다.

단비 우는 소리가 좀 이상해서 내가 가니까 제하는 급히(할머니 손님이 아니고 여섯 살짜리가 자기네 손님이라고 생각해서겠지) 단비의 입을 막고 있었다. 울음소리를 내지 못하게 하려고 아파서 우는 단비의 입을 막고 허둥거리고 있다.

단비를 빼내서 안고 오면서 나는 후유, 크게 한숨을 내쉬었다. 나도 모르게 그런 숨이 나왔다.

1월 11일

새벽 5시.

잉, 우는 소리 하다가 자는 체하고 또 잉, 하다가 자는 체하고. 그러다가 결국 쉬를 한단다. 그래서 오줌을 누이고 나니까 이유(이 애는 "우유"를 "이유"라고 한다)를 달랜다. 이유 먹을 시간이 아니라면서 내가 조금 무섭게,

"자!"

하니까 또 잉, 우는 소리 한다.

이크, 울음을 터트리나 했더니 자는 체한다. 그렇게 잉, 하다가 자는 체하고 잉, 하다가 자는 체하고.

전에 양하가 말하기를 그럴 때 애 아빠가 엄숙하게

"단비, 자자."

하면 잔다기에 나도 목소리를 가다듬고 해보았다.

웬걸, 이 애가 영 깊이 잠은 안 들고 잉을 되풀이하더니 6시쯤에는 너무도 또렷한 목소리로,

"이유 줘."

하는 것이었다.

양하 말에 따르면 일찍 먹는 적은 없고 7시, 8시 다 되야 먹는 댔다.

그렇지, 내가 전에(제 엄마 아빠랑 있을 때) 데리고 잘 때도 6시 반에 달라고 해서 먹였다. 지금은 6시 제 엄마 아빠가 없는 지금, 6시 반이 안 됐다고 나는 더 목소리를 가다듬고 제 아빠처럼,

"단비야, 자자."

할 수가 없었다.

"그래, 이유 줄게."

나는 일어나서 우유를 가져다준다.

우유를 어쩌면 그렇게도 탐스럽게 먹을까. 240cc를 다 먹었다.

나는 새벽 공기가 쌀쌀한 듯싶어서 애한테 이불을 덮어주었다. 두 발만 이불 밖에 내놓고.

그랬더니 이불 덮는 것을 그렇게 싫어하는 애가 이불을 목에까지

더 끌어당겨서 덮고는 행복한 얼굴로 잠이 들었다. 깊고 아주 단단한 잠에 빠져들었다.

조금 전까지는 배가 고파서 깊은 잠을 자지 못했나 보다. 우유 한 병을 뚝딱 빨아먹더니 그대로 만족해서 잔다.

단비가 엄마 아빠 떠나서 13일째라고 제하가 말했다.

정말 그렇다. 빠른 거 같기도 하고 더딘 것 같기도 하고. 그 사이에 단비가 달라진 것이 있다면 말이 정확해지고 또 거짓말같이 잘하게 됐다는 점이다.

시골 언니들은 동생을 업어키우느라 놀 틈도 없는데 제하야, 너는 어쩌면 그렇게도 착하니.

1월 12일

제하랑 경숙이가 부산엘 갔다.

나는 단비하고 혼자 씨름하게 돼서 많이 걱정했는데 별다른 것은 없다. 단비가 홀로 노는 시간이 약간 길어진 것 같다.

아까는 내가 설거지를 하고 있는데,

"할머니."

어쩌구 하면서 응가하다 말고 변기(유아용) 속을 들여다보고 야단이었다. 할머니를 부르는 소리도 너무 걱정스러웠다. 그래서 가보니까 똥자루가(얼마나 큰 똥자루인가!) 뚝 떨어지지 않고, 도중에 끊겨서는 궁둥이에 그대로 조금 붙어 있었다.

"괜찮아 괜찮아. 그대로 더 눠."

나는 아이를 도닥거려 주고 하던 일을 계속했다. 그랬더니 이 애가 엉거주춤 일어나면서 다시,

"할머니."

어쩌구 또 야단이었다.

나는 그 애가 손을 뒤로 돌릴 것도 같고 또 일어서는 바람에 궁둥이에 달고 있는 응가가 떨어질 것 같기도 해서,

"단비야, 앉아 앉아!"

하면서 달려갔다.

단비가 찜찜한 얼굴로 다시 변기에 앉았고 나는 그 애를 붙잡았다.

"더 응가해 봐. 많이많이 해요."

내가 붙잡고 있어서 일어서지는 못하는데 아래를 자꾸 들여다본다. 내가 그렇게 하지 못하게 하는데도 앉은 채 아래를 들여다보곤 하다가,

"됐다!"

하는 것이었다. 궁둥이에 달라붙었던 똥자루가 떨어져 나간 것이다. 단비는 "됐다!" 정말 마음이 놓인다는 목소리로 말했다. 딴에는 궁둥이에서 응가가 안 떨어질까 봐 꽤 걱정이 됐던 모양이다. 나는 크게 웃었다.

어제의 일이다. 내가 밖에 나갔다가 돌아오면서 군고구마를 사가지고 왔다.

"군고구마다!"

제하도 단비도 나도 식탁에 둘러앉아서 까먹을 판이다. 나는 단비

에게 줄 고구마 껍질을 벗겨서 그 애가 먹기 좋게 조금씩 떼어서 접시에 담아주며,

"뜨거우니까 좀 기다렸다가 먹어."

했지만 단비는 기다릴 수가 없다. 두 손을 팔짝거리면서 가슴을 식탁 위로 내민다. 제하가 저는 먹으면서,

"뜨겁다 뜨겁다."

겁을 주는데 단비는 막무가내다. 하는 수 없이 한 조각을 입에 넣어줬더니 아니나 다를까,

"살려 주세요."

하면서 도로 내뱉기가 바빴다. "살려 주세요!"라니. 경숙이도 제하도 나도 모두 웃고 말았다.

양하가 전에 변기가 이제 아이한테 작아졌다고 했다. 변기의 깊이보다 아이 똥자루가 더 길어졌다는 것이다.

"그래서 엄마, 똥자루가 궁둥이에 닿으니깐 궁둥이를 조금 들썩들썩하더니 똥자루를 떨구고 다시 앉더라니깐."

양하는 어디서 또 그런 걸 배웠는지 어처구니가 없는 얼굴이었는데, 아이들은 크면서 자연스럽게 그런 머리를 쓰는 모양이다.

군고구마를 먹으면서 "살려 주세요!"하는 걸 제 엄마가 봤다면 또 얼마나 기막히고 어처구니없어 했을까.

그 무법자가 지금은 낮잠을 자고 있다.

3시에 우유를 먹여서 자라니까 어느 틈에 살짝 일어나서 그림책을 가져왔다. 이제 그걸 같이 보자는 거겠지. 이야기도 해달라겠지. 그 애하고 함께 누워 있던 나는 모르는 척 눈을 감았다. 그랬더니

단비는 책을 안고 누웠다 일어났다 했다. 나는 눈을 가느스름히 뜨고 지켜보고 있다가 그만 먼저 잠들어 버렸다.

살아 있는 것은 모두 움직인다. 내 눈에는 보이지 않지만 나뭇잎이 흔들릴 때 바람은 거기를 지나고 있다. 단비도 그렇게 큰다. 내 눈에는 보이지 않지만 조금씩 조금씩 크고 말도 놀랍게 는다. 그 애 몸속에는 또 하나의 세계가 있다. 그런데 할머니는 녹초가 되어갑니다. 아이 키우는 무슨 요람 같은 건 없을까.

1월 13일

아침부터 마시려던 커피를 오후 3시 45분이 돼서야 겨우 마신다.

단비를 재워놓고 오늘은 왠지 아침에 마실 수 있을 거라고 예상했던 게 잘못이지, 모든 게 단비 사정이지 내 사정이 어딨어.

그래도 오늘은 신문도 읽었다. 1면, 5면, 6면—냅다 넘기면서 제목만 훑었지만 그래도 읽은 거는 읽은 거다.

양하 편지—

…단비가 엄마 아빠를 안 찾는지 모르겠네. 알아보니까 만 세 살이 되면 한 달에 약 65달러를 내고 아침 9시부터 저녁 5시까지 봐주는 유치원이 있어. 주(州)에서 보조하는 곳이야.

유학생들이 주로 이곳을 이용하나 봐. 기다리는 사람이 많아서 9개월 넘게 기다려야 한대. 그래서 곧 신청해 놓을 예정이야.

…단비 생각만 하면 자꾸 기운이 없어져. 그게 제일 마음에 걸려. 시간이 지나고 학교 다니느라 바빠지면 좀 나아지겠지. 빨리 시간이 지나기만 기다릴 뿐이야. …단비 때문에 엄마한테 너무 미안해.

나는 단비한테 많이 많이 먹이려 한다. 그래야 빨리 커서 빨리 제 엄마 아빠한테 갈 테니까. 그런데 요것이 배가 조금 찼다 싶으면 그때부터는 음식을 입안에 문 채 넘기지 않는다.

김을 김치라고 말하는 이 애는 김밥 마는 것을 봐놔서, 밥을 먹을 때면 김에다 콩나물도 얹고 밥도 얹고 아무거나 지저분하게 얹어가지고 입에 가져간다. 그러다가 어지간히 배가 차면,

"안 먹어."

한다.

더 먹여야지. 그래야 빨리 크지.

이 애가 제일 찜찜해 하는 외삼촌을 판다.

"삼촌이 먹으래."

한 입 먹는다. 제하도 써먹는다.

"오빠가 먹으래."

그러면 마지못해 한 입 더 먹기도 한다. 삼촌하고 제하를 써먹으면 더는 써먹을 사람이 없다. 준연이가 있을 때는,

"아빠가 먹으래."

하면 제일 효과가 있었다. 그 방법을 써보기로 한다.

"아빠가 먹으래."

애가 시큰둥하다. 입을 다물고 열지 않는다.

그동안 아빠가 없어서 아빠의 막강한 영향력이 사라져 버렸나? 아니지, 이러다가 잊었던 아빠를 도로 기억해내서 갑자기 아빠를 찾으면 어쩌지? 이렇게 안된 마음도 있었는데 또 한편으로는 그동안 궁금하면서도 조심스러웠던 일 하나.

"엄마가 먹으래."

해보았다.

애가 까딱도 하지 않는다. 그러자 나는 엄마 아빠를 찾으면서 애가 우는 걸 볼 때보다 마음이 더 찌르르하게 아팠다.

네가 엄마 아빠 잊은 거냐, 엄마 아빠 생각하지 않기로 한 거냐? 할머니가 너무 잘해줘서(?) 엄마 아빠는 이제 없어도 되는 거야? 요 쥐방울 만한 것아!

내가 빠르게 말했다.

"단비야 빨리 먹어. 입안의 꺼—꼭꼭 씹어서 빨리 먹어야지. 네가 많이 많이 먹어야 빨리빨리 커서 엄마 아빠한테 얼른 가지. 네가 쥐방울만 하면 못 가잖아. 많이 먹어 응, 많이 먹어."

이 애가 입을 꽉 물고 절대로 더 먹을 수 없댄다.

"그래, 그만 먹어. 많이 먹었다."

나는 어깨의 힘을 쭈욱 빼면서 안고 있던 단비를 의자 위에 내려놓았다.

밤낮 꾸역꾸역 먹여서 이 애는 늘 먹고 있는데 저러다가 배탈이 나는 게 아닌가 염려가 될 때도 있다. 그러나 한 번도 배탈이 난 적은 없다.

양하랑 처음 한 약속은 일주일에 사흘 정도는 단비를 윗집에 맡기기로 한 거였다. 그러나 아직 한 번도 보내지 않았다. 얼굴을 자연스럽게 서로 익힌 다음 보낼 생각도 하지만 내가 돌볼 수 있는 데까지 해볼까 싶어서 그런다. 그러면 양하네가 두고 간 단비 양육비가 덜 나갈 거라는 생각이 있기 때문이다.

다른 사람이 친정 엄마 얘기를 할 때면 나는 늘 부러웠다. 좋을 때는 친정 엄마 생각이 안 나다가도 힘들 때면 저절로 아쉬워지는 게 친정 엄마였다.

그렇게 늘 친정 엄마가 부러웠는데 내 딸에게는 내가 친정 엄마다. 내 딸은 여자가 뭔가 하려면 누군가 도와줘야지 그렇지 못하면 우리 사회에서는 너무 어렵다고 했다.

양하야, 나는 너를 도와줄 다른 길이 없어서 단비를 기르는 거란다. 몸으로나마 때우자고 맡아서 기르는 거다. 나는 너무나 잘 알아. 힘들 때면 그렇게도 친정 엄마 생각이 나던걸.

1월 15일

"단비야 혼자서 놀아, 응 단비야."

나는 단비한테 혼자서 좀 놀아달라고 사정을 했다. 단비는 선뜻 받아들였는지 지금 내 등 뒤에서 혼자 무슨 책을 뒤적이고 있다.

몇 초나 저러고 있을까. 나는 창밖을 내다본다. 멍하게 내다본다.

"알라꼬리, 단비는 옷도 안 입고—"

단비가 부르는 노랫소리다.

"알라꼬리, 단비는 옷도 안 입고—."

자기 엄마하고 함께 부르던 노래다.

속에 조그만 피아노(장난감)가 끼어 있는 노래 책을 가져온다. 그 피아노를 누르면서,

"빵작빵작 아름답게 비치용."

한다.

책장을 넘기면서,

"모르겠다."

를 세 번쯤 말한다. 그 페이지에 있는 노래를 모르겠다는 소리다. "파파 눈이 옵니다" "생일축하 합니다"를 노래한다. "사랑하는 단비"가 "사랑하는 은단비"로 들린다.

저 "은단비"는 자기의 성 "문"이 "은"으로 발음이 돼서 "은단비"라고 하는 걸까. 나는 "사랑하는 단비"라고 가르쳤는데 제 엄마가 "사랑하는 문단비"로 가르쳤는지도 모르겠다.

드디어,

"할머니, 이거 뭐야?"

책을 내미는 걸 보니까 "고드름 고드름 수정고드름"이다. 이 애가 이 노래를 꼭 알고 싶어서가 아닐 것이다. 혼자 놀 수 있는 시간이 끝났겠지. 내가 건성으로 불러줬더니 무르팍에 기어올랐다. 나는 아이를 안고 글쓰기를 계속한다.

단비가 얌전하게 안겨 있을 리가 없다. 테이블 위로 올라간다.

"나도 공부할래."

하면서.

양하를 기르던 때가 생각난다. 단비보다 더 어렸을 때다. 아직 걷지도 못하고 말도 못하던 때다. 나는 그때 앉은뱅이 책상을 놓고 글을 썼는데, 내가 책상 위에다 원고지를 펼쳐놓으면 걷지도 못하는 애가 책상 위에 기어 올라와서 원고지 위에 난딱 올라앉았다. 원고를 못 쓰게 하기 위해서였다.

내가 글을 쓰기 시작하면 자기하고 놀아주지 않는 것을 아이는 알고 있었다. 그래서 내 글쓰기를 방해하려고 원고지 위에 올라앉는 것이었다.

그런데 그 애의 딸인 단비도 내 글쓰기를 방해한다. 저도 공부를 한다면서.

내려가서 공부하라고 내가 소리친다. 고분고분 내려갈 리가 없다. 책상 위의 것들을 휘두른다. 볼펜을 줘서 내리쫓는다.

볼펜을 얻어 가지고 단비가 얌전히 내려간다. 내려가서 배를 방바닥에 붙이고 종이에다가 뭔가를 끄적인다. 쭉쭉 금을 긋다가 까만 점 같은 조그만 동그라미를 그린다.

영재교육에서 동그라미를 그리면 머리가 좋다고 했다.(그 선생님만의 생각인지 모르지만.)

그래도 나는 단비가 점 같은 동그라미를 잘 그리는 것은 머리가 좋기 때문이라는 그 말이 솔깃하다. 그래서 양하에게 보내는 편지에다 그 동그라미 그린 종이를 함께 넣어 보낼까 하다가 그만두었다. 우표 값이 얼만데.

양하도 단비가 그린 동그라미를 보았을까. 처음 그릴 때보다 동그라미가 아주 작아져서 애가 섬세해진 것 같아 보낼까 했는데 그만 됐다.

단비는 혼자 놀다가도 가끔,

"아이구, 다리 아파."

하기도 하고, 내가 부르면,

"여기 있잖아."

이런 대답이 돌아오기도 한다.

"아이구, 다리 아파"는 앙증맞고 "여기 있잖아"는 능청스럽다. 내 손녀니까 망정이지 두 돌도 안 된 나이를 생각하면 좀 징그럽기도 하다. 어디서 그런 말이 나오는지 정말 신의 조화라는 생각이 든다.

볼펜으로 종이에다 뭔가를 끄적거리던 일도 끝나고 이번에는 인형 세트를 끄집어내서 어쩌구저쩌구하면서 놀고 있다.

인형 세트는 제 사촌들이 쓰던 것을 물려받았는데 한 달 전에 보내왔을 때만 해도 "벌써 인형을?" 나는 웃었다. 그러나 요즘은 곧잘 가지고 논다.

저 애한테는 모든 것이 놀잇감이다. 제하의 지우개를 가지고도 썩 잘 논다. 인형 옷을 입히고 벗길 실력은 아직 안 되지만 혼자서 굽혔다 폈다, 소꿉 가구들에 앉혔다 눕혔다, 어쩌구저쩌구하면서 잘도 논다.

이 아이가 혼자서 이렇게 잘 놀아주고 나는 그 옆에서 글을 쓰고—내가 그리는 그림은 그런데 단비는 인형도 집어던지고 내 무릎으로 또 기어 오른다. 오 하느님, 한 시간 아니, 30분, 아니, 20분, 10분만 혼자 놀게 해 주시지!

1월 16일

아침 10시 30분, 일찌감치 양하한테 보내는 편지를 우체국에 부치러 갔다. 사진이 들어 있어서 비싸다. 천 이백 오십 원.

어제부터 부치려던 걸 이제야 부쳤다. 그 애들이 떠나기 전에 사진을 뺄 수도 있었는데 필름을 마구 돌리는 것이 아까워서 빼지 않았다. 그런 거 다 아껴야지. 한 시간이라도 빨리 도착하라고 일찍 나가서 부쳤다.

단비 때문에 얼마나 마음 아플까. 단비 생각을 하면 기운이 다 없어진다고 편지에 써 있었는데 그렇겠지.

어느새 단비는 또 내 의자에 기어 오른다. 세탁소 사람이 오는 바람에 현관으로 달려 나간다.

아침에 잠깐 단비를 경숙이한테 맡기고 우체국에 갔다오는 것도 나에게는 큰 휴식이다. 걸으면서 아, 자유다, 했지.

내 꼴은 말이 아니다.

머리는 부스스 일어나고, 눈썹은 그렸는데 입술은 아예 바르지도 않았다. 그렇다고 단비가 오기 전에 내가 눈썹 그리고, 입술 바르고 동네를 다닌 것은 아니지만.

아니, 눈썹이랑 입술을 바른 때도 있었다. 양하를 시집보내기 전이다. 태희가 큰딸을 시집보내면서, 딸을 알려면 그 엄마를 봐야한다는 말이 있다면서 자기는 동네에서도 딸을 생각해 함부로 하고 다니지 않는다고 했다. 그 말을 듣고 나도 동네에 나갈 때 눈썹, 입술을 그리려고 많이 노력했다.

아무튼간에 요즘처럼 잠시도 쉴 수 없이 몸을 많이 움직이면 살이 빠져서 날씬해질 것 같은데, 그게 글쎄 그렇지도 못하다.

단비가 물에 만 밥을 남기면 그걸 거두어 먹는다. 나는 별로 많이 먹는 편이 아닌데 단비가 남긴 밥을 먹으니 내가 조금 먹는 것은 아무 소용이 없다.

단비가 늘 달고 다니는 사과니 귤이니 심지어 껌까지—이 애는 껌을 입에 넣고 꿀꺽 삼키는 일이 많아서 먹지 말고 뱉어, 하면 두어 번 우물거리던 걸 나에게 준다.

나는 그 껌을 받아서 단물을 마저 빨아먹는다. 귤 조각도 여기저기에 다 떨구고 다니길래 주워서 먹는다. 그러니까 나도 밤낮 우물우물 먹는 판이다.

내 생각에는 내가 제대로 쉬지 못하니까 얼굴은 쭈그렁바가지가 되고, 방바닥을 살피면서 이것저것 주워 먹으니 뚱뚱해진 것은 불을 보듯 뻔하다.

우체국에 갔다 돌아오면서 나는, 이런 해방된 시간이 한 시간, 두 시간만 되었으면—하면서도 발걸음은 빨리도 나간다. 경숙이하고 빨리 교대를 해야지, 해서다.

단비 때문에 경숙이 눈치 보는 것도 한두 번이 아니다. 경숙이한테 무리가 안 가고, 부담도 덜 돼야 우리 단비가 삼촌 집에서 쾌적하게 지낼 수 있으니까.

1월 17일

시간이 빨리 지나기만 바란다는 양하. 나도 똑같다.

등 뒤에서 단비하고 제하가 한참 시끄럽다. 나는 단비가 말썽을 부리지 않는 동안에 이 글을 쓰느라고 정신이 없다.

글을 쓰고 있는데 주위가 시끄러우면 내가 신경질을 부린다. 조용하지 않아서 글을 쓰지 못한다고 유난을 떨면서.

그러나 지금은 나 혼자 내 마음대로 내 손발을 움직일 수 있는 기회가 생기는 것만도 고맙다.

이크, 단비가 레고 조각 두 개를 겹쳐 가지고 와서 그게 뭐 같냐고 묻는다.

"띠띠."

일단 가더니 다시 와 묻는다.

"할머니, 이거 뭐 같아?"

"우산."

제하도 레고로 뭘 만들어 가지고 와서 묻는다. 나는 입에서 나오는 대로,

"띠띠."

제하는 띠띠가 아니라고 가지 않는다.

"거북선."

아니란다.

"악어."

그것도 아니란다.

아홉 살짜리가 두 살짜리하고 똑같이 한다.

단비가 오빠한테 할머니 관심을 뺏길까 봐,

"할머니 이거 뭐야? 이거 만들었다."

이렇게 내 관심을 끌고 나서 의자에 또 기어 오른다.

카세트를 틀어봐 달래서 틀어봐 주었다. 카세트를 틀어주면 떨어져 나갈까 했는데 떼어놓는 데 실패. 소음만 하나 더 늘었다.

도중에 끊긴 글을 "제시카의 추리극장"을 보고 나서 다시 계속할 생각이다.

오늘 밤엔 단비가 삼촌하고 바둑을 두었다. 너무너무 재미가 있는 모양이었다.

처음에는 삼촌하고 오빠가 오목을 두는 걸 보고 있었는데 자기가 직접 두게 됐으니 얼마나 신이 났을까. 덮어놓고 먹었단다. 바둑알이 날아간다. 그게 아니라고 제하가 아무리 소리를 쳐도 소용이 없다.

단비한테 무슨 법칙이 있겠는가, 제하가 몰라서지. 삼촌하고 마주 앉아서 바둑알을 날리는 것만도 행복하지.

밤이 깊었다. 단비는 바둑을 더 하고 싶다. 절대로 자고 싶지 않은데 삼촌이 점잖게 다독거려서 방으로 데리고 들어왔다.

나는 나대로 단비를 재운 뒤 "제시카의 추리극장"을 보고 싶다. 단비가 책을 가져와서 불도 없는 방에서 읽어달랜다. 모르는 체했다.

단비가 심술을 부렸다. 약 20분 동안 몸을 비틀고 킹킹댔다. 그런데 크게 소리를 쳐서 울음보를 터뜨리지는 않았다.

그래도 나는 모르는 체했다. 모르는 체하는 것이 얼마나 힘든 일인데, 진땀 나는 일인데, 끈기 싸움 같은 일인데—그러나 그 애가 크

게 울음보를 터트리면 나도 계속 모르는 체할 수만은 없다. 최후의
처방을 하든 손을 들든 해야지.

내가 모른 체할 수 없게 그 애가 일을 벌리지 않는 까닭은, 할머
니도 소리를 지르기 일보 직전이라는 것을 느끼고 있기 때문인 거
같다.

"단비 안 잘 거야!"

할머니가 소리치면 그것도 무서운 일. 단비는 그걸 알고 있다.

결국 단비는 잠이 들고 나는 벼르던 대로 텔레비전을 틀어놓고
"제시카의 추리극장"을 봤다. 추리물이 재미있지.

그런데 단비가 깰까 봐 다 기어 들어가는 소리로 듣자니 무슨 내
용인지 통 모르겠다.

제대로 소리를 맞춰놓고 보아도 "제시카의 추리극장"은 나한테 늘
아리송했다. 사건이 이렇게 저렇게 꼬여가다가 이상하네, 하고 끝나
버리는데, 소리까지 죽여놓고 들으니 그렇구나, 해질 리가 없다.

그래도 끝까지 다 봤다. 보나마나한데도 다 봤다.

1월 18일

커피 한 잔도 못 마시는 날이 되서야—5시가 다 돼서 차 한 잔을
마신다. 이러다가 밤에 못 자면 어쩌나, 하는 생각도 들지만 그래도
커피 한 잔은 마신 날이 되고 싶다.

시한부를 생각하게 되는 매일이다.

내 젊은 시절에도 시한부라는 말을 심각하게 쓰면서 내일은 없다

고 "현재 결단론"을 펴기도 했다. "인과론"에 맞서서 써보던 말이다. 그러니까 그 시절의 "시한부"는 지금 내 마음과는 다르다. 나는 지금 시한부의 시간을 마주하고 있다.

단비가 열 살쯤 됐을 때 나는 그 애 곁에 없을지도 모른다. 세월이 조금 더 흐르면 그 애 머릿속에서 영원히 사라져 버릴지도 모른다. 이렇게 애를 끓이고 이렇게 내 마음의 중심에 들어앉았던 존재가…

"그런 할머니가 있었어?"

하고 낡은 사진첩을 들여다볼지도 모른다.

내가 단비만 할 때 누가 내 곁에서 나를 사랑했을까. 어머니가 물론 나를 사랑했겠지만 내 제일 큰언니가 내가 지금 단비를 키우듯 그렇게 나를 돌보며 사랑했을지도 모른다. 그러나 그 기억이 나에게는 없다.

"깡충깡충 뛰면서 어디요 가느야."

혀가 잘 돌지 않는 발음으로 단비는 같은 노랫말을 자꾸자꾸 되풀이한다. 그 애는 혼자 놀면 별로 신이 나지 않는 모양이다. 와서 물을 달란다. 잠자기 싫어서 자꾸 "쉬" 하겠다는 거랑 똑같다.

물 한 모금을 마시고 얌전히 뒤로 물러섰다. 또 온다. 이제 의자에 기어오르겠지. 책장에 끼워둔 우산을,

"이거 꺼냈다."

하더니 가져와서 펴달란다.

양하의 편지 한 토막이 생각난다.

긴장을 해서 그런지 목은 다 나았고 머리도 안 아픈데, 코감기

가 들었어. 차가 없어서 학교까지 걸어갔는데, 올 때 비가 와서 비를 홀딱 맞았거든(40분쯤 걸려).

단비 아빠가 교수 만난다고 멋부리고 가는 바람에 비싼 잠바를 입고 갔는데, 비가 와서 내가 벗으라고 했더니, 이렇게 지독한 여자는 처음 봤대. 남편보다 옷을 더 중요하게 생각한대나.

그래서 잠바는 돌돌 말아서 내가 들고 오고 단비 아빠는 오돌 오돌 떨면서 왔지 뭐. 그래도 괜찮았는데 코가 좀 안 좋대.

여기는 차가 없으면 꼼짝을 못하니까, 지금 그게 당장 제일 아쉬워. 누구한테 매일 부탁하기도 미안하고, 그래서 오늘은 종일 집에 들어앉아 있어.

남편보다 옷을 더 중요하게 생각한다니? 나는 기가 찬다. 너무했지, 그래, 아무리 비싼 잠바라도 젖는다고 비오는데 그걸 벗으라고 해서 돌돌 말아 가지고 왔어! 그 애들 보내면서 내가 했던 말이 생각난다. 내가 준연이한테 이렇게 말했다.

"학위 못 따도 좋으니까 그쪽 공기 마시고 느끼고 싹 달라져서 돌아오면 좋겠어."

양하가 당황해서 내 옆구리를 쿡 찔렀다.

학위 못 따도 좋다니, 엄마 왜 그래?

이렇게 무리해서 가는 게 다 그 학위 하나 때문인데!

양하가 당황해하는 것이 너무 잘 느껴져서—양하는 내가 키웠으니까 엄마의 헛소리가 이해되지만 자기보다 보수적인 준연이가 정말 어렵사리 결심한 유학인데 유람이나 하고 오라는 듯이 학위 못 따도 좋다니!

양하가 옆구리를 찔러서 내가 더는 헛소리를 못했지만 내 마음은 그게 진심이었다.

그렇게 크나큰 결심을 하고 떠난 준연인데 그 잠바가 아까워서 비 오는데 벗으라고 했다니, 양하야, 너 정말 너무했다. 내가 너 그렇게 가르쳤어?

1월 20일

자포자기다.

오늘까지 써야 하는 30매짜리가 있는데 일본잡지의 시시껄렁한 소설을 그냥 읽었다. 내가 떡 드러누워서 책을 읽고 있으니, 단비는 하는 수 없다고 생각했는지 혼자서 논다.

어제는 단비가 포도(호두)를 사달래서 태희를 만나러 신세계에 갔다가 호두를 사가지고 와서 밤 1시까지 깠다.

방이 너무 더워서 문을 열어놨는데도 일어나 앉아 있으면 땀이 난다. 누워 본다. 누워 있으면 선득하다.

자는 단비가 선득해서는 안 될 거 같아서 더워도 창문을 더 열어놓지 못하고 땀을 흘리면서, 12시가 지나 1시까지 호두의 속껍질을 바늘로 깠다.

전혀 그럴 필요가 없는데. 속껍질을 하나 남기지 않고 말끔히 까야 할 필요가 전혀 없는데 그런데도 그 금쪽같은 시간을 호두 껍질 까는데 보냈다. 글이 안 써지니 저 마음 밑바닥에서는 끙끙 앓으면서 겉으로는 마냥 태평이다.

오늘도 단비가 개기지 않는데도 나는 떠억 누워서 시시한 소설 나부랭이나 보고 있다. 그러다가는 단비를 준다고 까서 유리컵에 담아놓은 호두를 괜히 집어먹기도 한다.

등 뒤에서 단비가 눈을 뜨고(낮잠) 빤히 나를 쳐다본다.

차라리 단비를 데리고 한 2년쯤 양하한테 가 있으면 어떨까, 하는 생각을 하는데 정훈이 형제가 왔다. 제하 친구다. 정신이 번쩍 들어서 일어났다.

자고 나서 워밍업(낮잠이건 아침에건 잠을 푹 자고 난 뒤에는 기분이 좋은데 그러지 못하면 단비 기분이 아주 나쁘다. 그래서 안아달라면 안아서 그 애 기분을 돌려주는데 길게 걸릴 때는 30분이나 아침을 해야 한다)도 안 하고 잠이 그다지 충분한 것 같지도 않은데 어린 친구들이 오는 바람에 단비가 벌떡 일어나서 제하 방으로 갔다.

그런데 사내아이 셋이 단비하고는 수준이 안 맞는지 방문을 닫아버렸다. 바로 말해서 단비는 귀찮은 존재니까.

단비가 쫓겨났다.

이럴 때면 쫓겨난 단비가 어린아이 아침 프로인 "뽀뽀뽀"나 저녁 프로인 "욕심쟁이 오리 아저씨"를 틀어 달란다. 그러나 시간이 맞아야지.

"이솝 아저씨 할까?"

하니까,

"이솝 아저씨 해주세요."

한다.

단비의 유일한 녹화테이프 "이솝 아저씨—어리
석은 원숭이"를 걸어준다. 소파에 올라앉았더니,
"할머니 여기 와요."
하고는 자기 옆자리를 가리킨다. 잠깐 앉았다가
바로 일어났더니,
"할머니—."
벌써 울음하고 떼가 담긴 목소리다.
"손 씻고—."
나는 우선 손을 씻고 방에 들어와서 이 글을 계속했다. 단비가 이
제 어쩌나 하는 생각을 하면서.
아니나 다를까 단비가 일어나서,
"할머니."
하면서 온다. 왔다가 되돌아간다. 별일이네. 오호라, 내가 책상에서
글을 쓰고 있으니까 되돌아갔구나, 계속 이렇게만 해준다면—.
제 엄마 떠나고 나서 21일(?)인가 되는데 꽤 달라졌다. 말을 썩 잘
하게 되고 또 혼자서 노는 시간이 늘었다. 내가 설거지 같은 부엌일
을 하면 애 혼자서 잘 논다.
자기 엄마가 혼잣손에 밥을 지어먹고해서 그때부터 부엌에서 누
가 일할 때는 개기지 말아야 한다는 걸 알게 된 모양이다.
그리고 또 달라진 점은 내가 뭘 읽거나 쓰고 있으면 얼마 동안 얌
전하다는 거. 하느님이 보호하사 이렇게 단비가 할머니 봐주는 시간
이 더 길어지기를.
또 등 뒤에 와서,

"할머니, 양끄르트(요쿠르트)."
한다. 요쿠르트 넣는 소리를 들은 모양이다.

현관에 가서 요쿠르트를 가지고 와서 물병에 넣어서 준다. 요 이쁜 아가씨를 안 줄 수가 있나.

요쿠르트나 우유는 반드시 방에 들어와서 이불에 번듯이 누워 먹는 버릇이 배어서 부지런히 방에 들어온다. 이불 위에다 단비를 안아서 눕힌다.

내 허리, 허약한 내 허리를 생각해야지. 나는 단비를 안아주지 않기로 맹세하고 있는데 그걸 지키지 못하고 하루에 두세 차례 안기도 하고 업기도 한다.

오늘이 대한이란다, 단비야. 올해 들어서 가장 춥단다.

추우면 그리운 게 있지. 내게도 그리운 게 있다.

그리움

이용악

눈이 오는가 북쪽엔
함박눈 쏟아져 내리는가

험한 벼랑을 굽이굽이 돌아간
백무선 철길 위에
느릿느릿 밤새워 달리는
화물차의 검은 지붕에

연달린 산과 산 사이
너를 남기고 온
작은 마을에도 복된 눈 내리는가

잉크병 얼어드는 이러한 밤에
어쩌자고 잠을 깨어
그리운 곳 차마 그리운 곳

눈이 오는가 북쪽엔
함박눈 쏟아져 내리는가.

1월 22일

양하한테서 나에게는 편지가, 단비에게는 생일축하 카드(오는 27일
이 생일이다)가 왔다.

카드 속에는 고양이, 강아지 같은 그림들이 입체적으로 서 있게
되어 있고 촛불도 세 갠가 켜져 있었다.

단비는 우선 동물들에게 관심을 보였다. 다음에는 촛불을 끈다고
입을 모아서 종이 촛불을 불어댔다. 본 건 있어서.

나는 뒷면에 적힌,

단비야!
생일 축하한다.

할머니, 삼촌, 숙모 말씀 잘 듣고 오빠랑 사이좋게 놀아라. 그리고 아프지 말고, 맘마 많이 먹고, 엄마랑 아빠랑 늘 생각하고 있단다. 우리 만날 때까지 건강하게 잘 지내자.

안녕.

단비가 보고 싶은 엄마랑 아빠가.

1990. 1. 27

글을 읽어줬더니 그림이랑 촛불이랑 불고 나서 카드를 이리저리 뒤집어보고 젖혀보고 하다가 "단비야—" 하는 글을 짚어보면서,

"오빠랑…"

어쩌구 하면서 중얼중얼했다. 오빠랑 재미있게 놀아라, 내가 읽어준 글귀가 머리에 남아 있는 모양이다.

양하가 이 글을 쓰면서 눈물이나 흘리지 않았는지 모르겠다. 한창 말을 배우고 이쁜 짓 하는데.

단비는 어때? 그 아이 사진만 보면 속이 상해 죽겠어. 애 아빠도 다른 집에 가서 애들만 보면 단비 얘기를 해. 참 애를 떼어놓는다는 게 보통 일이 아닌가 봐.

그나저나 엄마가 힘들지 않나 모르겠네. 아마 처음은 엄마가 꼼짝 못할 거야. 진짜로 내가 뭐 대단한 거 한다고 이 난리인가 싶을 때가 있어. 애까지 떼어놓고 말이야.

학교 안에 있는 탁아소에 가봤는데 괜찮은 것 같애. 그런데 기다리는 사람이 많아서 1년 넘게 기다려야 된대. 한 반에 18명 정

도해서 3반 정도 있나 봐. 유아반, 단비 정도 반, 유치원 이렇게. 그런데 선생님이 21명이나 된대. 한 반에 7명 정도지. 정규교육을 받은 사람들이래, 시설도 집처럼 해놨더라. 단비가 여기 오면 말이 안 통해서 얼마나 스트레스 받을까 하고 우리가 웃었어.

단비 생일이라고 조그만 선물 샀어. 안경은 제하랑 하나씩 갖고. 큰 것은 좋은 게 많은데 나중에 사주기로 하고, 제일 작은 것만 골랐어….

후지(휴지) 또 달랜다. 후지 갖고 또 뭘 하려고?

휴지를 툭 뽑아서, 코를 찍 문대고는 말짱한 걸 자꾸 휴지통에 쑤셔넣기에, 크리넥스 통을 손이 안 닿는 데다 올려놨더니 생각만 나면 "후지" 달랜다.

어제 단비 체중도 달아보고 내 체중도 달아봤는데 단비는 14.5kg, 나는 51kg이었다. 52.3kg을 오락가락했는데.

이게 다 단비한테 혹사 당한 때문이다. 제발 체중만 줄고 얼굴까지 쪼글쪼글해지는 일은 없었으면 한다. 말이 되나?

제 새끼 한창 재롱부리는 거 보고 갔는데 에미 가슴이 오죽할까 싶어서 단비가 하는 노래며 말들을 녹음하기로 했다. 양하더러 녹음해 뒀다가 가져가라고 했는데 뭐가 그리 바빴던지 못하고 갔다.

그런데 넥타이핀 같은 마이크를 단비 가슴에 달아주고 간신히 어떻게 조금 녹음했는데, 그걸 돌려서 단비한테 들려준 것이 잘못이었다.

녹음기 속에서 자기 목소리가 나오니까 단비는 녹음기를 꼭 붙잡고 놓지 않았다. 너무너무 신기한 모양이었다. 자기 목소리가 나오니 깐. 그래서 얼마 녹음되지 않은 자기 목소리가 끝나버리면 스톱시키고 또 재생 단추를 누르곤 했다. 내가 하는 것을 몇 번 보더니 대충 맞게 그 단추들을 눌렀다.

나하고 제하는 어떻게 해서든지 녹음을 더 할려고 갖은 소리로 단비를 달래는데도 요놈의 지지배는,

"내 꺼."

녹음기를 부둥켜안고 놓질 않았다.

뒤쫓아다니고 야단을 치고 설명을 하고 얼렁뚱땅 다 해 보지만 소용이 없다.

"내 꺼야."

하고 녹음기를 놓지 않는다.

나는 어찌 해볼 수가 없어서 단비 내복에 달았던 마이크를 잡아 뗐다. 그러거나 말거나 단비는 그 마이크까지 장난삼아 휘두르면서 역시,

"내 꺼."

란다.

제하랑 나는 결국 녹음을 단념했다. 그래도 제하는 단비가 조금 얌전해지면,

"할머니, 해요 해요."

하는데 나는 기력이 없었다.

"괜찮아. 나중에 하자."

제하는 아쉬운 모양이다.

"쌔쌔쌔 하자 단비야. 아침 바람 찬바람에ㅡ."

그러면 이 애는, 제하가 녹음기를 뺏으려는 줄 알고,

"내 꺼. 너는 가."

한다.

제하는 "오빠"가 아니고 "너" 하면 엄청 화내는데,

"에에라 이 똥개야."

단비의 이마빡을 한 대 때린다. 노력하는 보람이 없어서 제하도 속이 상하는 것이다.

이제는 마이크를 들이대고 녹음하기는 아예 틀렸다. 자기 목소리가 그 속에 있는 걸 알고 그것만 듣자고 막무가내로 덤비기 때문이다.

나는 그 애 관심을 다른 데로 돌려서 녹음기를 겨우 찾아왔다. 그리고 몰래 가지고 있다가 그 애가 자기 엄마처럼 전화를 건다고 수화기를 들고,

"응응응."

하는 걸 보자 몰래 뒤에 가서 그 애가 보지 않는 틈에 녹음기를 비스듬히 옆에다 댔다.

그랬더니 다른 때 같았으면 엄마 흉내를 내서,

"나야 나야, 응응(다음에는 크게 웃고) 쭝얼쭝얼, 나야 나. 그랬구나 응응…."

한참 계속할 텐데, 더구나 요즘은 더 수다쟁이가 됐는데 내가 녹음기를 대니까 "응응"을 몇 번 하고 수화기를 내려놓으면서,

"끝났다."

한다.

그래도 녹음이 되었나 싶어서 단비가 마루에 간 틈을 타서 들어 보았다. 그랬더니 녹음된 데다가 다시 해놨다. 아까 마이크핀을 가슴에 달고 그 애가 녹음인지 미처 몰랐을 때, "나비야 나비야—." 긴 노래를 용케 녹음했는데, 그게 지워지고 "응응응" 하고 가만히 있다가 "끝났다" 하는 소리만 나왔다.

녹음기를 뺐느라고 어쩌구저쩌구해가면서 그 애 관심을 다른 데로 돌릴 때, 단비는 이미 단추를 눌러서 테이프가 거의 "시작"으로 되돌아와 있었던 모양이다.

녹음기에다 이불을 씌어놓고(자기 소리를 들으면 또 방으로 쫓아오기 때문에) 겨우 들어본 소리가 "응응응"과 "끝났다"였다. 나비 노래는 중간에서 끊기고.

1월 25일

오늘이 올해 들어서 제일 춥댄다.

제하는 어제가 제일 춥다더니 왜 오늘이 제일 춥냐고 묻는다.

그제도 그제가 올해 들어서 제일 춥댔고, 그끄제도 그끄제가 올해 들어서 제일 춥다고 했으니, 매일 제일 춥다는 게 제하는 이해가 안 되는 거 같다. 여하간 오늘이 올해 들어서 제일 추운 모양이다.

어제 단비의 고모 셋이 단비를 보러 왔다. 27일이 단비의 두 돌도 되고 하니까 겸사겸사 왔을 것이다.

엄마 아빠 떨어져 있는 게 아주 안쓰러운 모양이다.

나에게는 짐이요, 고모들한테는 안쓰러운 존재요, 제 어미한테는 애물단지 같은 단비다.

장난감 약상자를 무겁게 들고 나한테 손을 들어 "빠이빠이"를 하면서 단비가 방문턱을 넘어간다. 가방을 들면 그렇게 "빠이빠이"를 하는 줄 아나 보다.

양하가 편지에다가,

…이 아파트가 엄마 실컷 와서 살 만큼 넓어요. 한 달씩 와서 원고 쓰고 가도 될 것 같아. 너무 조용하고 하루 종일 전화 한군데 오질 않으니…

원고료로 비행기 값은 나오고. 가끔 단체여행이나 가고… 내가 생각해 봤는데 충분히 가능한 계획인 것 같아. 머리를 잘 써서 계획 한번 세워봐요.

그리고 돈 덜 들이고 미국여행 할 수 있는 방법도 몇 가지 적었는데 그렇게 할 수만 있다면!

미국에 가보는 것도 쉬운 일은 아닌데 글쓰는 생활까지 할 수 있다면 헤밍웨이 부러울 게 없지. 아니야, 잘못하다가는 국제 가정부 신세다. 요모조모 따져보면 그러기 십상이다.

차가 신발이라는 세상에서 차를 몰 줄 아나.

그런데 준연이가 장학금을 받았다니 너무 좋다. 돈이 없어서 도중에서 돌아올 불상사는 없을 거 같다. 양하가 오나가나 단비가 걸린다면서,

이제는 좋게 생각하기로 했어. 거기서 잘 크면 여기서 고생하는 것보다 훨씬 나으니까.

되도록이면 집에 놔두고 온 돈은 가져다 쓰지 않을 테니깐, 그 돈으로 파출부도 많이 쓰고, 힘들면 옆집에도 자주 맡겨.

내가 여기 와 보니깐 애 키운다는 게 정말 얼마나 힘든 일인지 알겠어. 나가서 일하는 것보다 집에서 데리고 하루 종일 보는 게 훨씬 더 힘든 것 같아. 아무튼 엄마랑 언니한테 새삼 고맙고 또 미안하고 그래.

대가족이 한집에서 살았을 때는 확실히 애 키우기가 쉬웠다는 생각이 든다. 우리가 아이를 키울 때는 또 살림을 돕는 사람이 따로 있어서 그럭저럭 넘어갔다.

지금은 핵가족이 돼서 아이하고 엄마가 1대 1이다. 혼잣손으로 아

이를 키운다는 것은 정말 힘든 일이다. 요즘 여성들은 아이한테 20년이나 세월을 바쳐야 한다고 해서 아이 낳기를 꺼리게 됐다.

아이라는 존재는 예쁘기도 하지만 정말 정성과 목숨 같은 시간을 들여야 한다는 것을 실감한다.

오늘은 낮 2시 30분에 단비한테 우유를 먹이고 자자니까 다른 때처럼,

"싫어."

했다.

책을 읽어달라고 책을 들고 오는데 나는 두 눈이 붙어서 뜨고 싶지 않다.

"할머니는 잘 거야."

휙 돌아누워 버렸다.

다른 때는 그렇게 돌아누워 버리고 나서도, 그 애가 조금이라도 빨리 자게 그런 방향으로 이끌었는데, 오늘은 에에라 모르겠다, 전술을 바꿔서 나나 자보자, 해서 정말로 자버렸다.

40분쯤 푹 자고 나서 보니까, 단비는 오만 가지 것을 다 끄집어내서 혼자 놀고 있었다. 40분 동안이나 혼자 놀 수 있는 것이다.

그럼 이제는 충분히 잠이 왔겠네 해서 그 애 몰래 눈을 감았다 떴다 하면서 살피는데 하품을 하아, 하면서도 쓰러져 자지 않는다.

나는 또다시 조바심이 일었지만 이 애가 쓰러지려는 낌새는 전혀 없다. 자기 엄마가 말하듯 눈이 반쯤 풀어진 목소리로,

"곰도리, 쥐도리, 여우, 찌끼리(코끼리)…" 하면서 여전히 책을 안고 다니다가 마침내 레고 통을 들고 왔다. 그것까지 이불 위에다 널어

놓을 모양이다.

그때까지 그 애하고 "자주기 내기"를 하고 있는 나는, 기분 좋게 자고 나서까지 속을 끓일 게 뭐람. 일찌감치 포기할 걸, 하면서 일어났다.

40분을 자고 난 내 머리는 상큼하고 개운하다. 오늘은 단비 낮잠 없음.

매일 낮잠을 안 재우면 나는 큰일이 날 것처럼 억지로라도 재웠는데 낮잠은 안 잤으니 밤에 일찍 잘는지. 그걸 기대해 본다. 제하랑 깔깔거리면서 잘도 논다.

저녁을 먹고 잠이 들었다. 7시 30분. 단비는 드디어 내가 좋아하고 또 좋아하는 잠을 잔다.

1월 26일

오늘은 낮잠을 강요하지 않았더니 단비가 자유롭게 낮잠을 걸렀다.

그런데 내가 한 가지 알게 된 것은 단비가 자야 할 시간에 내가 자도 그 애가 자는 할머니를 귀찮게 안 하고 저 혼자서 논다는 사실이다. 이것은 크나큰 발견이다. 단비가 할머니를 곱게 자게 한다는 사실!

단비가 7시 30분부터 자는 바람에 나도 11시부터 잤다.

테이블 위에 스탠드를 켜놓고 내가 부스럭거리니까 그 애도 따라서 부스럭거렸다. "큰일 났네 큰일 났네" 하는 말을 그 애가 잘하는데 나도 큰일 났다 싶어서 불을 끄고 조용히 자기로 했다.

단비가 초저녁부터 자는 통에 일기까지 끝내고 나니까 할 일이 없었다. 갑자기 원고 쓸 것도 없고 그렇다고 작품 구상은 이제 질리고, 그래서 잤는데 밤에 이 애가 한바탕 울었다.

다른 때 같으면 얼른 달랬겠는데 나는 달래지 않았다. 이 애가 오래 울면 잠자던 식구들이 깰 것은 뻔하다. 깨라고 나는 달래지 않는다.

그 이유는 수강이가 외박을 했다. 그 때문에 그 애들 부부가 냉전 중이었는데 단비가 저녁을 먹으면서 칭얼거렸다. 그러니까 수강이가 냉정하게, 너무너무 냉정하게,

"먹어!"

단비한테 호령했다.

그때는 나도 몰랐지만 단비는 낮잠을 자지 않아서 마구 졸렸던 것이다. 그래서 밥을 먹으면서 칭얼거렸는데, 삼촌한테 야단을 맞고 그 애가 의자에서 내 무릎으로 옮겨앉더니 꾸벅꾸벅 졸기 시작했다.

그 애가 조는 걸 보는 순간 내 가슴에서 방망이가 치밀었다.

애가 졸려서 칭얼거렸는데 저희들 부부가 냉전을 하면 했지 방울만 한 애한테 왜 신경질이냐 말이다. 제 새끼한테 신경질을 부렸다면 또 모를까. 그 부글부글하던 감정이 결국 단비가 자다 일어나서 울 때 폭발했다.

나는 단비한테,

"뚝! 뚝!"

사나운 소리를 질렀다. 가엾은 단비가 얼마나 서러웠을까. 믿는 건 할머니뿐인데.

"뚝! 뚝!"

해도 계속 울다가 결국 사나운 할머니한테 져서 울음을 그쳤다. 내 마음이 얼마나 쓰린지 모른다.

단비를 업어서 나는 보통 때의 두배 세배 정성스레 재웠다. 단비는 조금 불쌍했지만 나는 속풀이가 됐다.

하여간 어젯밤에는 사건도 있었지만 나도 긴 시간을 잤다.

오늘은 보통 대로 진행. 나는 단비 시중을 들면서 춤도 추고 하다가 6시가 되니까 이 애가 자겠단다.

6시부터 자면 어떻게 되는데? 그것도 밥도 먹지 않고 자면 아침까지 계속 자주겠다는 건지? 12시쯤에 일어나서 나를 더 골탕 먹이려는 게 아닌지.

그러나 나는 낮잠을 안 자면 안 자는 대로 그 새로운 철학에 기대어,

"자자."

했다.

우유를 달랜다. 자리를 깔아주며 그대로 자래도,

"이유 이유."

하면서 울음보를 터뜨릴 자세다.

"그래 그래."

나는 분유 백 오십을 병에 넣어서(제시간이 아닐 때는 양하가 그렇게 했으니까) 잘 흔들고는 전자레인지에 데우러 갔다.

그랬더니 단비가 문께에 나와서,

"나 일어났는데."

한다.

"그럼 됐다. 밥 먹고 자."

"이유 먹을 거야."

이 애가 우유 사랑하는 건 알아줘야 해!

우유 백 오십을 먹고 그대로 잔다. 불을 환히 켜놨는데도 그대로 잔다. 밤에 전깃불이 있으면 못 자는 걸로 아는 아이인데.

불을 끄고 스탠드를 켰다.

내일은 단비 두 돌인데 애 엄마 아빠 마음이 꽤나 아프겠다.

나는 이상한 생각이 든다.

나도 단비만 할 때는 누군가를 열심히 사랑했을 텐데, 나에게는 그 기억이 하나도 없다.

아까 단비하고 춤을 추면서 크게 웃었는데, 나도 모르게 웃었는

데, 웃고 나면 이런 웃음이 내 속에 있다는 걸 안다.

1월 27일

수강이가 단비에게 주는 선물로 케이크를 사왔다. 단비는 케이크만 보면 생일축하를 한다고 행복해한다.

초를 세 개 갖고 왔는데 수강이하고 경숙이는 세 살이 되니까 초를 세 개 꽂아야 한다고 하고, 나는 두 돌을 맞는 거니까 둘이면 된다고 했다.

결국 두 개 꽂고 생일축하다.

단비는 촛불을 세 번인가 네 번인가 끄고 다시 켜고 했다. 그 뒤에 수강이네 식구는 처가로 가고 저녁때 단비하고 나는 고모님들이 들

고 온 케이크로 다시 생일축하를 했다. 그때는 무서운 삼촌도 없고 해서 마음대로 생일축하를 되풀이했다.

단비는 입김으로 촛불을 후우, 부는 걸 너무 좋아하는데 끄고는 노래하고 박수 치고―초가 맨 밑으로 녹아내릴 때까지 열 번도 더 되풀이했다. 고모님들이 사온 케이크가 롤케이크라 단비는 이상한 케이크를 놓고 생일축하를 한다는 표정이었지만.

그러나 단비는 케이크가 없으면 접시에다 촛불을 켜 놓고도 생일축하를 하는 애니까.

낮에,

"귤 줘."

해서, 날씨도 좀 누그러진 것 같아 꽁꽁 차려 입히고 유모차에 태워서 밖에 나갔다. 정말 며칠만의 외출인가. 이마하고 코만 빼꼼히 내놓고 모자를 푹 쓴 단비에게,

"춥지 않아?"

했더니 물어볼 때마다,

"춥지 않아요."

했다.

단단히 무장을 해놔서 춥지 않기도 하겠지만 오랜만에 밖에 나와서 즐거운 모양이다.

귤, 사과, 우유에다 단비 좋아하는 햄, 내 맥주 한 병.

햄을 기름에 지져 주니 단비는,

"팸팸."

하면서 밥은 먹지 않는다. 팸팸만 먹는다.

맥주 한 컵을 따라서,

"단비, 먹을래?"

하니까 안 먹는단다. 그러더니 포크에 찍은 사과 한 쪽을 들어올렸다.

요 지지배 봐라, 건배하는 거 봤나, 싶어서 내가 고놈의 사과 한 쪽에다 맥주잔을 갖다 대고,

"건배."

하니까,

"건배."

하고 따라 한다.

다시,

"먹어?"

하니까,

"안 먹어."

그럼 너는 사과 먹고 할머니는 술 마시자. 나는 단비 생일에 단비 데리고 술을 마신다.

즐겁네.

한 병 뚝딱 마시고, 두 살짜리 데리고 술 마시는 장면을 놓치기가 아까워서 사진 몇 장 찍고. 단비도 술 마시는 할머니랑 되게 즐거워한다.

다시 단비 좋아하는 우유 먹이고 이제 둘이서 한잠 자볼까 하는데 승현이네가 왔다. 승현이네 소담이, 승하도 살지고 탱탱하다. 우리 단비까지 셋이 모두 탱탱하다.

밤에는 10시까지 단비를 재우지 않고(밤에는 전화요금이 싸서) 양하한테 전화를 걸어봤는데 또 실패.

영어로 어쩌구저쩌구한다. 교환이 몇 번이냐고 묻는 소린가? 저번에도 그랬다.

교환? 그럴 리가 없지. 교환을 거치지 않고 직접 받을 텐데. 연거푸 두 번 걸었지만 마찬가지였다. 말도 한번 못해보고 돈만 버리는 게 아닌지. 영어가 어지간만 하면 저쪽 말을 듣고 내가 겁을 낼 리도 없는데.

그러나 역시 내 예감대로 11시 30분에 양하한테서 전화가 왔다. 단비가 이미 잠이 들어서 내일 밤 10시에 다시 걸기로 하고 끊었다.

잘 먹는다니 다행이다. 그쪽 식료품값이 싸다니까.

12시. 단비가 곤히 잔다. 나도 하루의 중노동을 마치고 자야지.

1월 29일

단비를 유모차에 태워서 양하에게 부치는 편지를 갖고 우체국으로 갔다. 단비한테는 조금 먼 거리지만 날이 확 풀려서 외출 삼아 데리고 나왔다.

어제도 외출 삼아 단비를 데리고 한신코아까지 갔는데, 어째 찜찜하더니, 역시 설날 연휴라 문이 닫혀 있었다.

한신코아가 눈앞에 있는데도 들어가지 않으니까 단비는 이상한지 자꾸 돌아보고 돌아보고 했다. 한신코아를 "한신코오" 하면서 한신코아 가기를 아주 좋아하는 애다.

나는 그냥 오려다가 한신코아 문에까지 가서 닫힌 물을 밀어 보였다. 문이 닫혀서 못 들어간다는 걸 보여주기 위해서였다.

"문이 안 열려요. 알았어?"

"응."

그러나 진짜 아는지 모르는지. 한신코아에 간다니까 아주 좋아했었는데. 꼭 한신코아에 가서가 아니라 밖에 나오면 이 애는 너무나 기분이 좋은데.

오늘도 시간이 늦으면 단비 낮잠 시간이다 싶어서 경숙이가 점심을 차리는 걸 보며 1시에 집에서 나왔다. 그런데 편지를 부치고 돌아오다 보니까 단비 목이 건득건득했다. 앞에 와서 보니까 역시 잠이 들어버렸다.

유모차 타고 이불같이 폭 쌓인 옷 속에서 잠이 들어 있는 아이를 보고 사람들이 미소를 머금는다.

자기 전에 얼른 집까지 가려고 속력을 내서 유모차를 끌던 나는 천천히 걸음을 옮긴다.

완전히 날이 풀려서 오늘은 단비가 길에서 잠이 들어도 별 탈이 없을 것 같다. 아이를 봐준다는 사람한테 전회를 걸어놨는데 아직 전화가 없다.

1월 31일

나의 무법자는 지금 무엇을 하고 있는지?

경숙이가 저기 가서 맘마를 먹자니까,

"할머니하고 갈 거야."

하고, 열 번 물어도 열 번 다 할머니하고 간다던 애가, 막상 나갈 때는 현관에서 제하가 빨리빨리, 시간 늦는다 어쩐다, 경숙이가 안고 간다, 업고 간다—호떡 집에 불난 듯이 경숙이랑 나랑 소란을 떨고 정신을 못 차리게 되니까,

"할머니, 안녕안녕."

하면서 경숙이하고 제하를 따라 나간다. 할머니를 챙길 정신이 달아나 버린 것이다.

지금까지는 "빠이빠이"였는데 며칠 새로 "안녕안녕"이 됐다. "빠이빠이"를 "안녕안녕"으로 고치라고 누가 가르쳐준 것도 아닌데.

밖에서는 눈이 계속 내리고 있다. 나는 이제 나갔다가 밤늦게나

돌아올 판인데 눈길이 조금 염려된다.

날씨는 비교적 누그러진 편이다. 그렇게 누그러진 날씨에다 눈이 종일 오니 아이들이 살판이 났다. 아이들의 노는 소리가 하늘로 높이 퍼진다.

눈을 맞고 있는 단비 사진을 찍어서 제 엄마 아빠한테 보내줬으면, 하는 생각을 한다.

오늘 그 애가 외식(?)을 하고 오면 낮잠 자는 시간인데 내가 없으니 자기는 틀렸고, 내일 오전엔 내가 병원엘 가야 하고.

그나저나 내일도 눈이 계속 와서 날씨가 푹할지 모르겠네.

나한테는 너무너무 재미있는 언니 하나가 있었다. 언니의 노래 실력은 아마 내 고향 함흥에서 제일이 아니었을까. 가곡 '오 솔레미오'를 열창하던 언니—

오 맑은 햇빛 너 참 아름답다
폭풍우 지난 후 너 더욱 찬란해…

노래도 잘 불렀지만 성격이 참 명랑하고 재치가 남달랐다.

북쪽에 눈이 오면 보통 30센티 넘게 쌓인다. 언니는 동생들 데리고 그 눈길을 가다가 사람들 발자국 하나 없는 반반한 곳이라도 나오면 두 팔을 활짝 벌리고 나무 판대기 넘어가듯이 뒤로 벌렁 넘어졌다가 일어났다. 그러면 그 자리에 두 팔을 활짝 벌린 언니의 모습이 반짝거리는 눈 위에 선명하게 남았다. 그것을 언니는 "사진 찍는다"고 했다. 자주댕기 늘어뜨린 다 큰 아가씨가.

아무데서나 사진을 찍을 수 있는 시절이 아니었다. 그렇다고 다 큰 아가씨가 눈 위에 벌렁벌렁 넘어졌다 일어나는 시절도 아니었는데.

여기서는 그렇게 사진 찍을만큼 눈이 쌓이는 일도 별로 없지만 살짝 쌓인 눈 속에서 아이들은 큰 소리치며 저렇게도 즐거워하네.

2월
냠냠! 치약이 맛있어

2월 1일

아이들의 버릇은 빨리 들고 또 정직하다.

단비는 기분이 안 좋을 때, 제 엄마는 안아서 대개 돌려주는데 나는 허리가 겁이 나서 안을 수가 없다.

그렇다고 울음보를 터뜨리고 서럽게 징징거릴 때, 그냥 울게 내버려 둘 수도 없다. 그래서 안는 것보다는 부담이 좀 덜 하겠지 싶어서 업어주었다.

단비는 등에 업히는 맛을 별로 모르는 아이였는데 나한테 와서부터는 할머니 안아줘, 업어줘, 하게 됐다.

우유 먹을 시간이 아닌데도 늦은 밤에 우유를 달래서 주지 않으면,

"할머니 업어줘."

서럽게 운다.

그걸 이기지 못해서 내가 몇 번 업어줬더니 업히는 맛을 들였다. 걸핏하면 업어줘, 다.

이 좋지 못한 버릇을 어떻게 고치나. 그렇다고 밤 3시, 4시에 우유를 줄 수도 없고,

그런 시간에 애가 울면 나는 쩔쩔매게 된다. 식구들이 깨고 마니까. 소리 없이 쑥쑥 커야 되는데….

그렇다고 얼른 업으면 이 애 버릇만 굳어버릴 거고, 전엔 밤에 울

지 않았는데.

지난밤에는 4시에 일어나서 우유를 달라면서 징징거리기에 제 아빠가 하던 것처럼 목소리를 가다듬어서,

"단비 자."

했다.

두 돌짜리가 울음을 참아본다. 그렇게 되면 내 가슴이 싸아—하는데 다시 징징거려서 결국 업었다.

업으면 울음이 들어갔다가 내려서 눕히면 또 터뜨린다. 업었다 누이다 30분 그러다 보니 진땀이 나서 4시 30분에는 손을 들고 우유를 안겼다.

우유만 먹으면 곤히 잠이 든다. 밤에 우유를 먹이지 않으려고 그동안 일주일이나 애하고 씨름을 했다. 이제 와서 그걸 깨버리면 다 헛수고가 되는데….

2월 3일

간밤에는 애하고 아침 6시까지 단숨에 푹 잤다.

나는 한 가지 요령이 생겼다.

잘 때, 그 애 머리밑에서, 그러니까 이마하고 목언저리에서 땀이 나지 않을 만큼 그렇다고 뽀송뽀송 말라서 아이가 한기가 들지 않을 만큼, 그렇게 실내 온도를 맞춰줘야 한다는 점이다.

나는 추우면 이불을 끌어다 덮지만 이 아이는 이불이 참 싫다. 덮어주면 뻥 차버린다. 내가 추워서 덮을 때도 차버린다. 열이 많은 아

이하고 어른하고는 온도 차이가 그렇게 크다.

하여간 덥지 않고 춥지 않을 만큼 방 온도를 맞춰주면 한밤중 새벽 3시, 4시에 깨지 않고 적어도 아침 6시까지는 단숨에 잔다는 생각이 들었다. 간밤에는 온도가 맞았던지 잘도 잤다.

그 온도를 맞춘다고 아이가 잘 때도 나는 일어나서 방문을 조금 열었다, 다시 닫았다를 몇 번이나 되풀이해야 했다.

그러다 보면 잠을 설쳐서 머리가 아파, 그다음 날에는 낮잠 자는 기회만 찾게 된다.

이젠 문을 열고 닫고 하지 않아도 저절로 알게 되는 것 같다. 그날의 기온과 방문을 열어두는 정도, 난방 상태 등등…을 아우르는 "온도 조절기술"이 늘어난 모양이다.

오늘도 나는 볼일이 있어서 외출을 했는데,

"껌 사다 줄게."

로 해결이 됐다.

내가 없는 동안은 어떻게 지내는지.

경숙이가 말하기를 빽(할머니)이 없어져서 아침에 주는 빵도 얌전히 다 먹고, (내가 있으면 절대로 먹지 않는다. 그래서 먹이느라 늘 애를 먹는다) 말도 잘 들었단다.

나는 밖에서 돌아다니다가도 단비가 어떻게 하고 있을까, 마음이 쓰인다.

적응해야지. 이 사람 저 사람 손에서 적응해야지. 나를 달랜다.

예정보다 좀 늦게 4시쯤 돌아와 보니 단비가 변기를 타고 앉아 있다. 나를 보더니,

"아 냄새, 아 냄새."

아 냄새를 되풀이한다. 얼굴까지 찡그리면서.

그걸 보고 경숙이가,

"지가 똥 누면서 무슨—."

해도,

"아 냄새."

계속 말했다.

내가 오기 전까지는 아 냄새를 하지 않았겠지. 그러다가 내가 오니까 반갑고 응석을 부리며 아 냄새, 하겠지. 이 아이를 사랑하지 않고 어찌 배기겠느냐.

양하가 보낸 생일선물(카드는 벌써 왔는데)이 오늘에야 왔다. 안경하고 전화기하고—전화기는 음악 소리가 나오는 모양인데, 그 전화기하고 장난감 우유병, 주스병이 왔다.

안경은 제하랑 하나씩 나눠 갖고.

전화기에는 배터리를 넣어줘야지.

2월 4일

일본말에서 1월, 2월, 3월의 첫소리를 따서, 1월은 가고 2월은 도망치고 3월은 사라진다고 한다. 새해가 되자마자 1~3월이 눈 깜짝할 사이에 가버린다고 해서 그런 말이 나온 모양이다.

나는, 1월이 잊히고 2월이 이사가고 3월이 사라지고 4월이 사그라들고 5월이 온데간데없어지고, 이 1년이 연기처럼 날아가 버렸으면 싶다.

단비가 셋 정도는 예쁜데 나머지
는 전부 지겹다.

그런 줄도 모르고 이 애는 틈만
생기면 업어달란다. 낮잠을 자고나
서도 업어달라, 아침에도 업어달
라, 안아달란다.

내가 호박죽처럼 만만하게
보이는 모양이다. 가엾어서 이
쁘다 착하다, 에구에구 해줬더니
나만 보면 이거 해달라, 저거 해
달라 온종일 못 살게 군다.

지금도 등 뒤에서 자기 앨
범을 갖고 앨범 공부를 한차
례 하고 나더니 그만 본다면
서 의자에 기어올랐다.

올라와서 내 허벅지를 한차례 밟아놓
고 나서(거기에서 책상 위의 것들을 휘저어도, 아파도 나는 참아야 한
다.) 내가 모른척을 하니까 도로 내려갔다.

내일은 방학이 끝나는 날. 그림을 그리고 있는 제하를 둘러보고
역시 놀아주지 않으니까 자기 숙모한테로 간다.

어쩌구저쩌구. 그러나 숙모도 안 놀아주는지 재미가 없는지 또 기
어 올라왔다. 더는 이 글을 쓸 수가 없다. 글씨가 삐딱삐딱.

2월 5일

단비의 빽은 오로지 제 할미다. 할머니를 믿고 무슨 짓을 해도 된다고 생각한다.

그러나 제하는 아홉 살.

그 나이에 자기 집이라는 거랑 단비가 맡겨졌다는 거랑 할머니가 단비를 더 예뻐한다는 여러가지가 더해져 단비랑 툭탁거리곤 한다.

양보를 해도 마음속으로부터 하는 것이 아니다. 단비가 자기보다 훨씬 어리다고 해서 하는 것이 아니다. 이거— 하면서도 할 수 없이 양보를 한다.

예전에 양하가 클 때는 금강이랑 열 살 차이가 나고, 수강이랑은 지금 제하랑 단비처럼 일곱 살 차이가 났다.

그때 금강이나 수강이는 양하를 상대도 하지 않았다. 다 봐주었다. 상대가 안 되게 어리다고 생각했던 것이다.

그런데 제하랑 단비는 그렇지 않다. 둘이서 싸운다.

오늘 새벽이다.

단비가 오줌을 누고 와서 기특하게도 우유 달라는 소리도 없이 푹 엎어져 잤다.

웬일이니. 하느님 감사합니다, 하면서 나도 도로 자려는데 제하가 문을 삐꺽 열고 들어와서 단비 옆에 누웠다.

그 순간이다. 자는 줄만 알았던 단비가,

"가아 가아."

하는 게 아닌가. 아직 잠이 덜 들어서 제하가 온 걸 안 것이다.

이걸 어쩌나. 단비가 속이 살아 있어서 계속 "가아 가아" 하면 어쩌나. 나는 제하를 흔들어서 제 방에 보내려고 했다. 그러나 제하는 정신이 없었다.

아마 엄마 아빠 방에 있다가 잠결에 일어나서 제 방을 찾아간다고 간 게 우리 방으로 온 모양이다.

"제하야, 여긴 네 방 아니야. 일어나서 가라, 응 가."

그래도 제하는 끄덕을 하지 않았다.

그러자 단비가 울음을 터뜨리면서,

"가아 가아."

울어댔다.

단비를 재우기는 다 틀렸다 싶어서 우유병을 갖다 안겼다. 5시 몇 분인가 그런 시간이었다. 오늘은 성적이 좋아서 7시쯤에나 먹였으면 했는데.

단비에게 우유병을 안기면서 나는 그 애더러,

"너는 이쪽에서 자자."

하고 내가 자던 자리에 옮겨놓았다. 제하랑 붙여두면 우유를 다 먹고 나서 또 무슨 일이 날지 몰라서였다. 둘을 갈라놓고 나는 제하랑 단비 사이에 자리를 잡았다.

할머니는 제 것이라고 생각하는 요 문제의 지지배. 제하가 왔으면 왔지 왜 쫓는담.

옛날에 양하는 이러지 않았는데, 오빠들이 이쁘다면 좋아서 헤헤 웃고, 밉다면 열 번 다 에—하고 울기만 했는데. 오빠들의 상대가 되지 않았는데. 그래서 싸울 일이 없어서 다 제 맘대로 했는데.

친형제하고 사촌이 달라서일까. 아니면 둘이 빽이 달라서일까.

그렇지, 그래서 싸울 것이다. 빽이 달라서 싸울 것이야. 감정, 정서의 통일이 안 돼서 싸우는 거다.

2월 7일

경숙이가 외출에서 돌아왔다. 나와 교대를 한다. 단비를 경숙이한테 딸려서 3층인가 4층인가로 보낸다.

그 애하고 종일 씨름을 한 나를 좀 쉬게 하려고 데리고 나가는데 단비는 할머니가 함께 안 간다고 궁둥이를 뒤로 내뺀다. 숙모가 업어준다고 꾀어서 겨우 내보냈다.

히유, 할머니도 같이 가자니!

등판이 뻐근하다. 할머니는 허리가 아프다고 아무리 사정을 해도 통 듣지를 않는다. 업어주지 않는다고 더 크게 운다. 아이들은 울음이 무기라더니 정말….

오늘도 아직 밤 10시까지는—그 애를 재울 시간까지 4시간이나 남아 있다. 4시간이라면 서너 가마의 쌀을 나를 만큼이나 중노동을 해야 하는 시간이 남아 있는데 이미 단비를 세 번이나 업었다.

등판이 뻐근하다. 젊었을 때야 하룻밤만 자고 나면 거뜬해졌지만.

"여성동아" 잡지가 와서 차례를 보다가 "어린아이는 언제부터 이를 닦는가" 이런 기사가 실렸길래 읽어보았다.

대충 적당히 읽었지만 단비는 혼자서도 이를 닦을 수 있는 시기란다. 그러나 치약을 쓰지 말고 그냥 닦으란다.

아직 양치질할 줄 몰라서 치약을 묻히면 먹게 되는데 불소가 든 치약이 몸에 해롭단다. 요새 치약에 불소가 다 들어 있는지 모르지만 불소를 계속 먹으면 몸에 해롭다는 것이다.

단비는 이를 닦으면—이 애는 아직 스스로 닦는 연습이 돼 있지 않아서 내가 닦아준다.

닦고 나서 입안에 고인 침하고 치약을 먹지 못하게 치솔을 이빨에 물려놓고 얼른 물컵을 갖다 대는데도 그새 벌써 치약과 침을 짝짝 다 먹어버린다.

아무리 뱉어 뱉어, 해도 내가 갖다 댄 컵의 물까지 꼴깍 삼킨다. 다시 주어도 삼키고 다시 주어도 삼키고, 네 번쯤 삼키고 나서야 오줌 싸듯이 쪼르르 내뱉는다.

그다음에는 계속 내뱉기도 하고 또 꼴깍 삼키기도 한다. 그때는 치약을 다 빨아 먹고 난 뒤의 일이다.

오늘 그 책을 참 잘 봤지. 세 살까지, 그러니까 양치질을 혼자서 할 수 있을 때까지는 치약을 쓰지 말라니 절대 쓰지 말아야지.

그런 줄도 모르고 치약을 치솔에 계속 묻혀서 닦아 줬더라면 몸에 해롭다는 불소를 고스란히 먹일 판이었다. 우리 집 어린이 치약이 불소가 든 건지 아닌지는 모르지만.

위생과장이 똥물에 빠져죽는다는 말이 이래서 나온 걸 거야.

그리고 또 두 살이면 칫솔질을 혼자서도 할 수 있다는데 그렇다면 우리 집의 영특한 아가씨를 훈련시켜야지.

배워도 배워도 끝이 없구나.

2월 8일

단비의 장난감이 넘친다.

제하의 것은 더 넘친다.

나는 그 애들의 장난감이며 물건들을 챙겨주다가 어떤 건 슬쩍 버리게 되었다.

우리 집에 어린이 방이 따로 있는 것도 아니고 자기가 쓴 것은 자기가 치우라고 아무리 일러도 소용이 없다. 그렇다면, 몰래 버려야지. 그래야만 될 거 같아서 몰래 버린다.

그런데 바로 지금이다.

씹던 껌을 버린다고 휴지통을 들여다보고 있던 단비가,

"이거 왜 버렸어?"

나를 쓱 쳐다봤다.

처음에는 무슨 소린지 몰라서 적당히 "응? 그래" 했는데, 그 애의 "왜 버렸어?" 소리가 다시 크게 똑똑히 들렸다. 보니까 한 손에 플라스틱 카세트(장난감)를 들고 "이거 왜 버렸어?" 따지는 것이었다.

어제 저녁이다. 그 애 병원놀이 세트를 정리하다가, 물건들은 넘치는데 그 플라스틱 카세트를 그 애가 뭔지나 알까 싶어서, 그러니까 가지고 노는 것을 본 적이 없어서 슬쩍 버렸다.

그런데 지금 휴지통을 들여다보고 그 장난감이 있으니까(너비 6.5cm 높이 4.5cm 두께 2.5cm 정도의 작은 빨강 통이다. 크기를 재느라고 보니까 카세트가 아니고 텔레비전이다) 주워들고는 이걸 왜 버렸냐고 나한테 따지는 것이다.

또 며칠 전 일인데 제하의 지우개가 하도 여기저기에 굴러다니기에 그중 제일 작고 못난 것을 하나 버렸다.

굴러다니는 지우개를 볼 때마다 주워서 쓰라고는 했다. 그러나 워낙 많아서(생일선물, 지우개 따먹기 등등) 그 애가 다 쓰지 못하니까 여기저기다 팽개쳐 두고 챙기지 않는다는 생각이 들었기 때문이었다.

그렇다면 이제부터는 함부로 굴러다니는 지우개는 버리자는 생각을 했다. 그래서 제일 작고 쓸모가 없어 보이는 것을 버렸다.

그러나 단비는 그게 제일 작고 쓸모가 없어서 자기 차지라고 생각하고 들고 다니면서 뭘 지우는 시늉을 하곤 했는데, 그게 휴지통 속에 버려져 있다. 그때 이 아가씨가 무엇 때문에 휴지통을 들여다봤는지 모르지만, 그 속에 자기 지우개가 버려져 있는 걸 본 것이다.

단비는 그래서는 절대로 안 되는 물건이 휴지통에 들어가 있다고 생각하는 그런 몸짓으로, 지우개를 꺼내면서 뭐라고 말했다.

버려서는 안 되는 물건을 누가 버렸냐고 아주 못마땅해하는 것이 선했다. 그런데 지금은 또 텔레비전을 집어냈으니.

"왜 이거 버렸어?"

나에게 항의하면서.

이러니 어쩌나. 앞으로는 버리지 말아야 하나. 그래도 몰래 슬쩍슬쩍 버려서 그 애 살림살이를 줄여야 하나. 제하 물건하고 단비 물건 때문에 나는 너무 정신이 어지럽다.

장난감은 더러 감춰뒀다가 한참 지난 후에 도로 주면 새 장난감 같아서 아이가 다시 호기심을 불러일으킨다고 한다. 그래서 나도 더러 감췄다.

그랬더니 소꿉놀이 장난감이 없다고 찾아다녔다. 도로 내어주는 수밖에. 그 장난감만 감추면 없다고 찾아달란다. 단비는 그 장난감을 특히 좋아하는 걸까. 그래서 늘 눈에 안 보이면 찾는 걸까.

2월 10일

내가 밖에 나갈 때면 단비가,
"안녕히 가세요."
했는데 새로,
"차조심 하세요."
한다.
제하가 가르쳐 준 거겠지.
"공부하자"면서 그림카드를 내놓고 이름 대기 놀이를 하면 전철은 기차, 참외는 수박, 독수리는 참새, 또 엉뚱한 걸 두고 까치, 앵두 해 댄다.
호랑이를 야옹이라느니 까치를 비둘기라느니 빤히 아는 걸 내가 어쩌나 보려고 엉터리로 뒤바꿔댄다. 어린 게 요리조리 나를 시험한다. 내가,
"그래 좋아, 비둘기다."
"또는, 야옹이다."
했더니,
"아니야, 호랑이."

또는

"까치야!"

바로 말한다.

호랑이를 야옹이라고 하면 그 애가 호랑이라고 고쳐주는 것이 재미있어서 나는 딴소리를 아무렇지 않게 해댄다. 그런데 오늘은 또 달라졌다. 자기도 히쭉히쭉 웃으면서 능청을 부린다. 끝까지 호랑이를 야옹이라고 우기면서 내가,

"그래, 야옹이다."

해도 그대로 넘어간다. 완전히 능청스러워진 것이다. 호랑이를 야옹이라고 하면 호랑이로 고쳐주는 재미에서 한 걸음 더 나아갔다.

나는 이런 단비를 보면서 아무도 안 듣는 데서,

"단비야 빨리 커. 응 빨리 커라."

한다.

그 말은 아무에게도 들키고 싶지 않다. 나하고 단비 둘만의 속삭임으로 하고 싶다.

"단비야 빨리 커. 응 빨리 커라."

왜 둘만의 속삭임으로 하고 싶으냐 하면 좀 창피하기 때문이다. 아이를 키우는 게 이렇게도 힘이 들었던가, 한숨이 나와서다. 그렇다고 팽개칠 수도 없는 일 아닌가.

팽개치면 양하가 공부를 못하겠지. 아니면 남에게 부탁하거나 시설에 맡겨야 되겠지. 그러면 양하도 단비도 얼마나 힘이 들까.

그러니까 단비야, 네가 빨리 크는 수밖에 없다.

옛날에 내가 원산에서 1년 동안 공부할 때의 일이다. 일제 말기라 기숙사에서 배를 너무너무 곯았다. 배가 고프면 집이 너무도 그립다.

우리는(한국 학생들) 집 생각이 너무 간절해서 달력에다 하루하루 날을 죽여가며 집에 갈 날을 손꼽았다. 그러니까 오전이 지나서 오후가 되는 찰나 벽에 걸어놓은 달력의 하루가 간 것으로 치고 그날 날짜에다 가위표를 쳤다. 하루를 일찌감치 죽이는 것이다.

1년을 내내 그렇게 하면서 지냈는데 지금 내 심정이 바로 그때하고 꼭 같다.

단비를 잡아 늘려서라도 내 소임에서 얼른 벗어나고 싶다.

가엾은 단비, 할머니가 자기를 이렇게 짐스러워 하는 줄도 모르고 운동을 같이 하자고 또 떼를 쓴다. 운동도 "노인"용이나 하재야 말이지.

요 아이는 격렬한 운동만 좋아한다. 팔을 뻗고 강시 흉내를 내고 또 무릎을 꺾어서 궁둥이를 방바닥에 거의 대는 운동 같은, 그런 팔 짝팔짝 뛰는 것만 하잔다.

할머니의 무기는 "허리가 아파"인데 통하지 않는다.

또 등 뒤에 서서 우네. 저리 가자면서.

그러면서 하는 소리 봐. 앙앙 울었단다. 물론 자기가 울었다는 소리다.

야, 이 교보빌딩 같은 짐짝아!

엄마가 보내준 테이프, 사진 다 잘 받았어. 안 본 사이에 부쩍 큰 것 같아. 말도 너무 잘하고.

학교 갔다오니까 단비 아빠는 어느새 녹음기를 빌려다가 자기는 벌써 다 들었대. 워낙 표현을 안 하는 사람이라 어떤지 모르겠는데, 속으로는 무척 보고 싶은가 봐. 애가 이렇게 돼지였냐고 하대. 할 수 없지 뭐.

편지는 또 이렇게 계속된다.

…엄마, 너무 힘들게 하지마. 괜히 그러다가 아플까 봐 걱정이야. 하루이틀 일이 아니니까, 느긋하게 생각하고 단비도 맡기고, 엄마 일도 하고 그래.

또 한편으로는 길고 긴 시간 중에 1년쯤 이렇게 살아도 괜찮겠지. 하고 스스로 위로도 해보고.

단비를 맡으면서 동시에 나는 작품 쓰기를 접었다.

쓴 걸 보면 정말로 별 거 아닌데 그럼에도 나로서는 그 작업이 전력투구다. 일단 작품 쓰기에 들어가면 남이 보기엔 빈둥거리는 것 같아도 24시간 작품 생각이고, 구상이고, 그러다가 한번 펜을 들면 낮과 밤이 없다. 써질 때 쓴다.

그렇게 작품 하나를 써서 보내고 나면 한 이틀은 밤에 눈이 말똥말똥해서 잠을 자지 못한다. 그동안 내 신경이 날카로워질 대로 날카로워져 있었다는 걸 안다. 남한테 말하기 창피한(고깟 작품을 쓰면서) 소리지만 나한테는 작품 쓰는 일이 그런 노동이었다. 그것을 알기에 단비를 맡으면서 본격적인 글쓰기는 접은 셈이다.

내 남편도 글쓰는 사람이었다. 나는 그가 글을 쓰기 시작하면 차도 끓여서 바치고 서재도 없는 그이가 안쓰러워서 집안을 조용히, 조용히—그렇게 애썼다.

나도 글쓰는 사람이다. 나는 조그만 밥상을 끼고 방구석, 마루를 쫓아다닌다. 차 같은 거 타오는 사람은 물론 없다. 그러라고 누가 시키는 것도 아닌데—. 우리나라 성 차별이 그렇게 만들었다. 그런데 그런 환경이 지금도 별로 달라진 것 같지가 않다. 그러니 내 딸이 공부하는 게 얼마나 힘들까. 내가 내 일을 접고 단비를 키우는 딱 하나의 이유다.

2월 11일

아침에 눈을 뜨자마자 단비가 업어달랜다. 업어주지 않으면 울겠지, 아침부터. 일요일이라 삼촌 숙모는 아직 자고 있는데.

나는 아무 소리 못하고 업는다.

"할머니 허리 아파."

해도 통할 리 없다. 그저 업는다.

2월 12일

나는 단비를 보면서 생각에 잠긴다.

내가 지금 단비하고 이렇게 살지만 이 애는 이다음에 커서 이 한때를 기억하지도 못할 것이다. 잠자는 단비 얼굴을 가만 들여다보는 일이 슬퍼진다.

사람은 누군가의 사랑을 빨아먹으면서 살았고 또 살겠지만 그것이 자기와는 아무 상관이 없는 애정이었던 것처럼 우리는 그저 산다. 단비도 그렇게 살겠지.

내가 필요 없어질 때는 나를 잊고 그렇게 살겠지. 오늘이라는 날이 이 아이에게 없었던 것처럼 그렇게 살겠지.

땀을 흘리지 않나 단비 이마를 짚어본다.

내가 아이들을 기를 때는 이불을 덮었다. 요새 애들은 이불을 덮지 않는다. 그래서 내가 이상하다고 했더니 아파트가 더워서 이불을 덮지 않는단다.

그 소리를 듣고 보니 그렇구나 싶었다.

겨울에도 훌렁훌렁 벗고 다니는 데가 아파트다. 애들이 이불을 덮고 자던 일도 옛일이 돼 버린 것 같다. 요새 애들은 내복을 입고 자는데 이것이 문제다.

단비는 방 안이 더우면 내복을 입고 땀을 흘린다. 그러다가 정 더우면 이리 벌렁 저리 벌렁, 요 위를 헤매고 다닌다. 그러다가 또 더우면 킹킹거리면서 깬다.

단비가 깨면 나도 잠을 설치게 되기 때문에 그 아이가 땀을 흘리지 않을 만큼만 나는 실내 온도를 낮춰야 한다. 초저녁에는 창문을 좀 많이 열어놓고—이런 식으로.

찬바람이 직통으로 들어오지 않게 바깥창 열린 쪽과 덧문 열린 쪽이 반대라야 한다. 바깥창이 열린 데는 덧문을 닫고, 덧문이 열린 데는 바깥창을 닫고, 그래야 직통으로 들어오는 찬바람을 막을 수 있다.

그러나 초저녁이라고 창문을 많이 열어놓고, 새벽이라고 조금 열어 놔서 되는 것도 아니다. 새벽에는 대개 열기가 훅 들어오는데 그렇게 되면 초저녁보다 더 덥다.

그러니까 새벽에도 그 계산까지 다 하면서 방 온도를 맞춰야 한다.

그래도 단비가 한번 깨는 것보다 내가 자주자주 일어나서 창문을 열고 닫고 하는 쪽이 내 몸에는 편하다.

정말 편하고말고. 만일 이 온도를 제대로 못 맞추면 단비는 감기가 들고 나는 혼이 난다.

이 희생적인 나날을 양하나 준연이가 어디까지 아냔 말이다.

엄마니까 맡긴다고? 히히 웃는 양하 얼굴이 보인다. 그렇겠지, 에미니까 맡기겠지. 힘들 때만 생각나는 게 친정 에미니깐.

2월 14일

11단지에 있는 "종일탁아"라는 데로 갔다.

양하가 대림아파트에 살 때 양하한테 오가면서, 11단지 슈퍼 뒷쪽에 "종일탁아"라는 스티커가 붙은 봉고차가 서 있는 걸 보곤 했다.

그때 만일 내가 단비를 맡게 되면 저런 데도 알아둬야 하지 않을까, 하는 생각을 했다. 이제 내가 급해지니까 그 차에 붙어 있는 전화번호를 보고 오늘 거기로 가게 된 것이다.

아이들이 여덟 아홉쯤 있었다. 단비보다 더 어려보이는 애도 두 아이쯤 있었다.

나올 때는 여기에다 맡겨 버리자는 마음이 80프로쯤 되어서 나왔다. 그런데 단비가 유모차를 타고 돌아오면서 자꾸 "고모 집"에 가잔다.

빵을 사줄까 해도,

"고모 집."

한다.

난데없이 무슨 고모니. 탁아소랑 고모 집을 헷갈렸을까. 문득 고모가 생각난 걸까.

여하간에 고모 집에 가자고 조르더니 고모 집이 도중에서 "엄마"가 됐다. "엄마 엄마" 하고 부르기 시작한다.

우리가 사는 아파트 뒷마당에 와서는 큰 소리로—낮이라서 차들이 빠져나간 광장같이 넓은 그 뒷마당에 와서는 소리 높이,

"엄마 엄마!"

해댔다.

광장 저쪽으로는 근린공원이 있고, 그 공원 저 멀리에는 도봉산이 보이는데 그쪽을 향해서,

"엄마 엄마!"

냅다 부르는 것이었다.

양하가 떠난 뒤로 이 애가 엄마를 이렇게 부르기는 처음이다. 저번에 자기 엄마하고 전화통화를 하고 나서도 한참 있다가,

"고모야?"

자기한테 전화한 게 고모냐고 묻던 애가 오늘 별안간 엄마를 부른다.

단비가 엄마한테서 온 전화를 고모냐고 묻는 것은, 엄마 전화는 국제 전화라 몇 마디를 못하고 정신없이 끝나버리는데 고모하고 할 때는 "고모"라는 말이 수없이 나온다. 그래서 고모는 단비 기억 속에 남아 있다.

고모는 본 지도 얼마 되지 않아서 기억에 남건만 엄마는 이미 아물아물 멀어져 버렸다.

밤에 자다가 킹킹거릴 때도 아이 입에서 "엄" 소리가 나오면 혹시 "엄마"를 찾는 게 아닌가 싶어서 나는 신경이 곤두선다. 그러나 정말이지 한 번도 "엄마"를 찾지 않고 "엄" 소리가 나와도 "엄머니"가 돼버리는 애가, 난데없이 아파트 뒷마당에서 엄마를 한없이 부르는 것이었다.

제 모습에 반해버린 나르키소스처럼 단비는 엄마를 찾는 제 목소리 속에서 엄마와 함께 지내던 기억이 황홀하게 되살아나는 걸까.

"단비야 엄마 찾니?"

내가 물었다.

단비가,

"엄마!"

목소리를 더 높였다. 아파트 복도에 들어설 때까지 엄마를 불렀다.

그러더니 방에 들어와서 또 고모 집에 가자면서, 걸어놓은 자기 점퍼하고 내 점퍼를 다 갖고 와서 이번에는 슈퍼에 가자고 조른다.

그때야 나는 알았다.

아까 탁아소에는 작은 미끄럼틀이 있어서 단비가 세 번쯤 그걸 탔는데, 더 탄다고 떼쓰는 걸 겨우겨우 데리고 나왔다.

그러니까 고모 집에 가자는 것도 슈퍼에 가자는 것도 탁아소에 다시 가자는 말이라는 걸 겨우겨우 나는 알았다. 그런데도 할머니가 탁아소로 도로 데려가 주지 않는다.

그때 단비의 깊은 잠재의식 속에 엄마가 떠오르고, 그 엄마하고 쌓은 믿음이 단비로 하여금 엄마한테 탁아소로 가고 싶다고 호소하게 한지도 모른다. "엄마, 엄마!" 하고.

탁아소에는 고만고만한 아이가 여럿인 데다 처음 보는 놀이기구도 많아서 이 아가씨의 혼을 쏙 뽑은 것이다.

거길 보낼까. 보모 둘이서 아이들을 돌보고 있었는데. 아무도 나만큼은 못할 거라는 이 생각은 병이다, 병.

2월 15일

딩동, 제하다. 문을 열어주니까,
"엄마는?"
영빈네 갔다니까,
"단비두 갔어요?"
"갔어."
"할머니 혼자예요?"
"그래, 혼자야."
"할머니, 심심하겠네요."
"뭐가 심심해."
"단비가 없잖아요."

"단비 없어서 좋지, 뭐."

"왜 좋아요?"

"할머니 일할 수 있어서."

"단비가 있어도 일할 수 있잖아요."

"어떻게 해? 귀찮게 구는데."

"내버려 두면 되잖아요."

"내버려 두면 울지."

"울면 어때요. 나는 그대로 내버려 둬요. 그러면 울다가 그만둬요."

"불쌍하잖아, 그렇게 울리면."

"괜찮아요, 울다가 마는데."

제하가 또 이렇게 말한다.

"나도 그렇게 키웠어요, 울면 봐주구?"

"그럼, 울면 봐주지."

"할머니가요?"

"아니, 엄마가."

"그럼 할머니는 봐주지 않았지요?"

"엄마가 봐줬지."

"그럼 나는 할머니를 귀찮게 해드리지 않았네요?"

"그렇지."

"그런데 단비는 왜 봐줘요?"

"단비는 엄마가 없잖아. 너는 엄마가 봐줬고. 단비도 고모가 있으면 할머니가 아니고 고모가 봐주지."

"맞아, 맞아."

하면서 제하가 제 방에 들어갔는데 책장에다 쭉 벌여 놓은 "지아이 유격대"가 마구 흐트러져 있는 걸 보더니,

"단비가 이랬구나!"

화가 난 소리를 내질렀다.

"그래. 아까 재석(3층 남자아이)이가 와서 둘이 여기서 놀았단다. 단비 봐줘 응?"

"씨이! 씨이!"

제하가 씩씩거린다.

"좀 봐줘라, 제하야."

나는 제하한테 부탁한다.

"응, 봐줘."

제하는 하는 수 없이,

"네." 대답한다.

"봐주는 거야, 제하야."

한마디 더 부탁하면서 제하 방을 나왔다.

나는 단비를 늘 모두에게 부탁한다. 말로는 하지 않지만 경숙아, 단비 부탁한다, 수강아, 단비 봐줘라, 늘 그렇게 부탁한다.

2월 20일

몸무게는 14.8kg, 키는 90.5cm.

열두 장짜리 수필 하나 쓰느라고 단비를 경숙이가 데리고 피난을 갔다.

11단지에 있는 탁아소에 가본 뒤에 우리와 같은 16단지, 그러니까 바로 이웃에도 "놀이방"이 있는 걸 알았다. 그래서 경숙이도 가보고 나도 가보았다.

내가 갔을 때는 두 돌난 남자 쌍둥이 둘이 있었는데 두 아이가 전혀 말을 하지 못했다. 알아듣기는 하는데 하지 못했다.

키도 단비보다 작았다. 그 쌍둥이가 싸우는데 꼭 어른이 싸우는 것 같았다. 머리카락을 서로 움켜잡고 하나가 때리면 하나가 받아 때리고, 서로 지지 않으려고 때리고 받아 때리고.

그 애들이 가까이 오면 단비는,

"비켜!"

앙칼지게 소리쳤다.

목마가 있어서 단비가 타려고 하니까 쌍둥이들이 잽싸게 와서 먼저 올라탔다. 밀려난 단비가 내 무릎에 와서 앉았는데 말을 탈 의욕을 잃은 것 같았다.

보모 아주머니가 아주 좋아 보였다. 아이들은 다섯명쯤(오는 날도 있고 아이가 안 오는 날도 있음) 되는데 모두 남자아이라고 한다.

아이들 숫자가 11단지의 반이다. 대신 혼자서 아이들을 본다. 단비는 "놀이방"을 나와서도,

"고모 집에 가."

하는 걸 보니 11단지 쪽이 마음에 드는 모양이다. 거기서 싸우는 남자 쌍둥이들이 골칫거리이긴 하지만, 11단지의 미끄럼틀이 "놀이방" 보다 크고 좋았던 것 같다.

그러나 아이들 숫자가 많으면 집 안 공기가 나쁠 거고 감기 걸리

는 아이도 더 많을 것 같고, 낮잠 잘 때도 시끄러울 거고.

갈등 생기네.

그래도 오늘 단비를 "놀이방"에 보내려고 했는데 경숙이가 업고 나갔다. 거기 보내는 것이 아무래도 안쓰러운 모양이다.

하지만 좋은 점도 있을지 모른다. 보살펴주는 사람만 성의껏 해주면, 여럿이 어울려서 노는 좋은 점이 있을지도 모르지.

그리고 어제 내 허리가 약간 이상 신호를 보냈다. 이 허리가 문제를 일으키게 되면 그때는 정말 큰일이다.

그래서 오늘부터 단비를 "놀이방"에 보내기로 마음을 딱 정했는데 경숙이가 놀이방이 아닌 데로 데리고 나갔다. 경숙이나 나나 이렇게 미적미적하면 안 될 텐데. 떼어 보내야지.

단비가 할머니하고 같이 간다고 앙탈을 부렸다. 숙모가 꼬집었냐면서 경숙이가 등을 대고 업자는데도 말을 안 들어서 우는 걸 안고 나갔다.

내 가슴이 또….

제 엄마가 있을 때도 내가 저희 집에 갔다가 올 때면 단비가 더러 울었다. 그래서 애들은 마음 약한 할머니의 간을 녹인다. 양하는 단비가 울긴 해도 금방 잊어먹는단다.

단비를 경숙이한테 딸려 보내고 나서 울음소리가 들리지 않아서 휴우, 현관에서 돌아선다. 잘 떼어 보냈지.

2월 23일

여기 같은 아파트에 한국 사람이 하나 사는데 자식이 둘이야. 한 녀석이 며칠 전에 발을 다쳐서 여덟 바늘을 꿰매고 왔대. 아마 순식간에 다쳤나 봐. 응급실에 가서 난리를 쳤나 보더라구.

단비 생각이 또 나대.

단비가 아직 젖병을 못 떼고 있지? 힘들겠지만 웬만하면 고치도록 해봐. 내가 오기 전에 꼭 떼려고 했는데… 빨리 떼지 못하면 서너 살까지 버릇이 되나 보더라구.

자기 전이랑 아침에 일어나자마자야 할 순 없겠지만 낮에는 컵에다 먹여보도록 살살 꾀어봐. 싫다고 하면 너무 억지로 하지는 말고.

그동안 우리 단지에서도 여러 사건이 있었다. 16단지 놀이터에서 여덟 살짜리 사내애가 미끄럼틀 계단을 오르다가 발을 헛디뎌서 쇠줄에 목이 걸려 그만 죽고 만 것이다.

같은 놀이터에서 큰애들이 놀고 있었던 모양인데, 누구도 쇠줄에 걸린 여덟 살짜리 모습을 보지 못했단다.

어른들도 늘 지나다니는 놀이터이고, 바로 옆 큰길에선 차도 늘 다니는데, 다들 못 봤으니 그 애가 죽을 운명이라는 생각만 든다.

또 우리 복도의 2백 몇 호라던가, 그 집 딸이 옥상에서 떨어져 죽었다고 한다.

"남자한테 차였나 봐요."

"한밤중에 돌아와서, 그길로 옥상에 올라가 죽었다나 뭐."

"아니래요. 새벽에 운동하러 나왔던 사람이 쿵, 소리를 들었대요. 그래서 보니까 저쪽 끝에 떨어져 있더라는데요."

"직장에 나갔다는데, 시집도 안 간 아가씨가 왜 죽었을까."

죽을 이유야 있었겠지…. 나도 그만 할 때는 죽자고 열심히 생각한 적이 있었다. 행동으로 옮기지 않았을 뿐이지.

단비가 와서 슈퍼에 가자고 잡아당긴다. 놀이방에 가자는 거겠지. 잠시도 자유가 없다니까. 이 애물단지. 또 며칠 전엔 이웃집에서 야밤중에 대격투가 벌어졌다.

와장창 뭔가 부서지고 비명, 고함이 울려 퍼졌는데, 그 뒤에 구급차가 왔다고 한다. 아들이 실려갔단다.

평소 그 집처럼 얌전한 집도 드물었다. 그래서 아이들이 복도에서 놀면 그 집 주부가 아래층 윗층으로 단속하러 다녔다. 그 때문에 젊은 애기 엄마들이 되게 교양스럽다고 입을 삐죽거렸다. 그런 집에서 와장창 일이 벌어졌으니 우리 복도의 엄마들은 신이 나는 얼굴이다.

양하 편지에도 유쾌한 대목이 많다.

지금은 목욕탕 타일이 떨어져서 6시간째 그 일에 매달리고 있어. 이곳은 노동삯이 비싸니까 웬만한 건 다들 자기 손으로 해야 하거든. 단비 아빠 머리도 저번에 한번 깎아 줬는데, 옛날 TV 연속극에 나오는 이덕화 동생머리 같이 됐어.(주발 뚜껑을 덮고 자른 것처럼 똥그랗게)

사실 속으로는 너무 웃기는데 그 앞에서 웃을 수가 있어야지.

그런데 다행히 아무도 자기 머리에 대해서 얘기를 안 하니깐 그냥 잘 다녀.

여기 보내는 책은 공짜로 얻은 거야, 우연히. 단비한테 그림이나 보라고 해. 버릇이 없어지걸랑 모질게 혼내줘. 오빠한테 군기를 좀 잡으라고 해.

단비 아빠가, 가끔씩 기를 팍팍 죽여놔야 되는데—하더라. 그러니까 불쌍하다고 괜히 봐주지 말고, 오빠보고 가끔씩 혼내라고 해.

2월 24일

제하는 제현이한테 가고 단비는 경숙이가 데리고 윗층인가 어딘가로 갔다.

놀이방에 갈 때 쓴다고 산 가방에다 과자를 챙겨넣은 단비는 할머니가 가지 않는다고 불만이었다. 그러나 할 수 없이 숙모를 따라 나갔다.

단편을 하나 약속해 놨는데 단비가 나가고 나니까 눈꺼풀이 덮이면서 달라붙었다. 전 같았으면야 우선 자고 보는데 지금은 그러지 못하지. 단비가 낮잠 잘 때 따라 자는 것만도 감지덕지인데 단비 없는 시간에 잠을 자다니.

태희가 5월에 원희하고 원희 딸(외손녀)을 데리고 미국에 간단다. 그쪽에 있는 아이들한테 가는 것이다.

원희 딸은 단비보다 두 달 앞섰다. 그 아이를 데리고 여행을 떠난다는 말을 듣고 나는 대번에 희망을 품게 됐다.

5월이면 단비가 두 돌하고도 4개월, 원희 딸은 단비보다 두 달을 앞섰으니까 2년 6개월이라는 소리다. 그 아이를 데리고 한 달쯤 미국여행을 하겠다니 정말 희망이 앞서는 소리다.

우리 단비도 2년 6개월이면 외국여행을 할 수 있을 만큼 큰다는 이야기.

내가 단비 세 돌 되기만을 손꼽아 기다린다니까 경숙이가, 어머님은 애들이 세 돌이면 뭐든 혼자서 다 할 수 있는 줄 아셔, 피식 웃었다.

그렇지만 세 돌만 되면 똥 오줌도 혼자서 눌 줄 알고, 혼자서 놀 줄 알고, 혼자서 자고 먹고—그렇게 나는 희망을 걸고 있다.

혼자서 놀게 되면 밖에서 살자고 할텐데 그걸 또 따라다녀야 하는 문제가 생긴다. 그러나 우선 세 돌이 되면!

두 돌이 지났기에 누가 몇 살? 물으면 세 살, 하라고 시킨다. 그러나 단비는 듣지 않고 두 살이라고 우긴다.

처음에는 늘 두 살, 두 살 해왔기 때문에 세 살이 아닌 것 같아서 두 살이라고 우겼다. 그러나 요즘은 그게 아니다. 일부러 우긴다.

두 살이라고 하다가 왜 세 살이라고 하라는지는 모르지만, 나이를 먹어서 세 살이 됐다는 걸 이해는 못하지만 그래도,

"몇 살?"

하면,

"세 살."

해야 한다는 것은 이제는 안다. 그런데도 단비는 까불대면서,

"두 살."

한다.

　그래서,

"그래, 너는 맨날 두 살이다."

　포기하는 척하면 아니야, 하는 얼굴로,

"세 살."

한다. 아주 어른을 데리고 논다.

　그렇게 저렇게 자꾸 커라.

　아침에 일어나서 그 애 기분이 좋고 또 아무도 없을 때면(누가 들으면 좀 창피해서) 뽀뽀해 주면서 나는,

"단비야, 빨리 커라."

한다.

　내가 속삭이면 단비도 속삭이듯이,

"네."

한다.

　내가 씩씩하게,

"어서어서 쑥쑥 크렴!"

　명령을 하면 단비도 씩씩하게,

"네!"

한다.

　뽀뽀를 해주다가도,

"단비 버릇이 나빠지면 안 되지? 할머니가 키워서 버릇이 나빠졌다구 엄마가 야단치면 안 되겠지? 그러니까 예쁘게, 착하게 커야

해."

하면 단비는 예쁘게, 착하게 크겠다고 또,

"네."

대답한다.

처음에 이 애를 데려왔을 때, 엄마가 참 잘 키웠다는 소리를 많이 들었다. 그러나 요즘은 그런 소리를 별로 듣지 못한다.

단비가 빽빽 소리를 잘 지르고,

"내 꺼!"

욕심도 많고 어지간한 것은 싫다고 퇴박을 주니 착하다는 소리를 전처럼 못 들을 수밖에.

아이가 커가면서 자기 주장이 뚜렷해지는 것이 보인다. 남 하는 거 보면 금방 흉내 내고, 어른 시늉하고―. 어떻게 자기 주장을 지키게 하면서 동시에 남을 무시하지 않게, 예쁘게, 착하게, 풀이 죽지 않게, 눈치 안 보게 키울 수 있을까.

우리에게 양보하는 정신이 없다는데 더불어 사는 지혜도 불어넣어줘야 하고―아무튼 배불리 먹여서 잘 데리고 자면 할머니 믿고 잘 크겠지.

피아노를 치겠대서 의자를 끌어내 주면 의자 뚜껑을 붙잡고 끙끙거린다. 경숙이가 상황을 알아차리고,

"니가 사정이 있지."

하면서 다가간다. 의자 뚜껑을 열고 그 속의 악보를 찾아주면서(의자 뚜껑이 무거워서 혼자서 못 연다),

"정말 이러기야?"

한다.

악보가 있어야만 의자에 올라가서 그걸 펼쳐놓고 피아노를 두들
긴다. 악보를 볼 줄 알 리가 있나! 그래도 악보 없이는 절대 안 된다.
본 건 있어서.

혼자서 의자 뚜껑을 들었다가 손가락을 몇 번이나 끼었다. 뚜껑
이 어지간히 무거우니 얼마나 아플까. 몇 번을 앙앙! 울었는데 그
러고 나서도 피아노를 칠 때는 꼭 잊지 않고 뚜껑 속의 악보를 찾
는다.

"정말 이러기야?"

그래, 네 가슴속에 새봄의 새싹처럼 돋아나는 그 변화와 지혜. 억
만년의 우리들 역사가 거기 있구나.

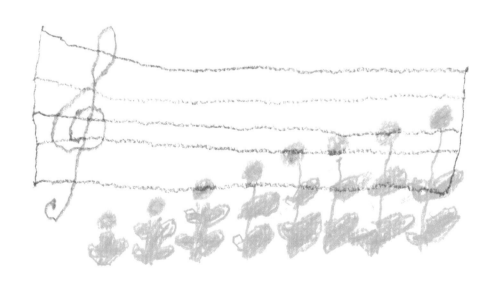

2월 25일

수강이 생일이다.

아침부터 단비가 코를 조금 흘렸다. "코타이레놀" 시럽을 0.5ml쯤 먹였다. 2시쯤에 낮잠을 잘 때도 콧물 눈물을 꽤나 흘렸다.

어젯밤 정훈네 생일초대에 꼽사리 껴서 따라갔다가 12시 돼서 돌아왔다. 그때 감기에 걸렸나. 아니면 어제 낮잠을 자고 나서 땀이 밴 옷을 갈아입히지 않아서 그때 선득해서 걸렸나.

낮잠을 좀 길게 재우려니까 30분도 안 자고 일어났다. 신경질이 뻗힌다니까.

다행히 눈물도 안 나오고 콧물도 안 나온다.

약이 효과를 봤나.

감기 안 걸리는 기록을 세워보려 했는데.

피곤이 쌓이는지 온종일 신경질이 뻗힌다.

2월 27일

아침 8시 10분, 단비는 자고 있다. 이제 귀신같이 일어나겠지. 내가 옆에서 같이 자지 않으면 틀림없이 일어난다.

간밤에는(저봐요, 일어났네!) 잠자리 방향을 거꾸로 돌렸다.(할머니―하네) 그러니까 베개를 반대쪽으로 가져간다.

이 애는 자면서 얼굴을 자꾸 내 쪽으로 돌린다. 그래서인지 어떤 때 보면 한쪽 뺨이 더 커보인다. 그러니까 밤에 밑으로 많이 가는 쪽이 눌려서 다른 쪽보다 작아 보이는 것이다. 짝짝이같이.

아직도 눌리는 쪽이 들어가고 반대쪽이 나오고 그럴까, 두 돌이 지났는데 그렇다면 큰일이지. 애 뺨이 한쪽은 나오고 한쪽은 들어가고―그래서 자는 방향을 돌렸다.

아침 10시 30분, 논현동하고 개봉동 고모님들한테 전화를 걸었다. 수화기를 귀에 대주니까 단비는 기어 들어가는 소리로,

"네, 네" 한다.

제 엄마나 아빠보다 고모 소리를 더하는 아이가 막상 전화를 받으라니까 기어 들어가는 목소리네.

"이솝 이야기" 테이프를 보고 있다. 이제 "개구리의 실수"가 끝나면 할머니, 하고 오겠지. 다음에 나오는 "두 딸"은 영 재미가 없는 모양이다.

그러니까 단비 취향은 첫째, 화면에 동물이 나와야 하고 둘째, 화면 전환이 빨라서 스피드가 있어야 하고. 저봐,

"할머니―."

앓는 소리를 하면서 등 뒤로 온다.

개구리가 끝났나 보다.

등 뒤에서 소리가 없다 했더니 콧구멍에다 손가락을 넣어서 코딱지를 파내고 있다.

이봐, 의자에 올라왔지.

2월 28일

단비가 네 활개를 휘젓고 다니더니 밤의 첫잠을 자고 있다. 할머니가 제일 든든한 보호자라고, 할머니 방에 와서 할머니 곁에서 잠드는 걸 보면 이 애 믿음에 보답해야지, 하는 마음이 된다.

목숨을 걸고라도—이를테면 그런 마음도 생기게 된다는 이야기다. 되게 정드네. 옆에 두고 기르니까 너무 정이 든다.

엄마 아빠의 기억은 희미해져 가는 것 같다.

엄마는? 아빠는?

암만 물어봐도 관심이 없다.

사진 속의 엄마 아빠는 잘 찾아내도 엄마 아빠의 기억은 날로 멀어져 가는 모양이다.

아이들이 소중한 것은 하루가 다르게 커주기 때문이겠지. 무럭무럭 커서 어른이 돼서 사회인이 되어주기 때문이겠지. 사회인은 나에게, 우리에게 여러 가지를 가져다준다. 그리고 그 속에서 우리가, 내가 자기의 길을 찾아간다. 그것을 인생 또는 삶이라 하겠지. 오랜만에 한가한 듯 밖을 내다본다.

우리 아파트 앞은 꽤 넓은 잔디밭이다. 황금빛 햇빛이 흐른다.

그렇구나, 봄이 오고 있구나. 저기 마른 잔디 속에서 가장 먼저 고개를 내민 풀잎이 반짝반짝 빛나면서 고개를 쳐들고 있네, 나 보란 듯이. 잔디밭 언저리를 둘러싸고 있는 나무들도 얼어붙었던 땅을 밀어올리고 가느다란 가지에다 외투를 둘러쓴 듯한 새싹을 감추고 있다. 이제 따뜻한 햇볕이 쓸고 가면 새싹들이 놀라운 노력으로 외투에서 벗어나겠지.

　단비도 지금 온갖 힘을 다해서 크고 있다. 마른 잔디 속에서 가장 먼저 고개를 내미는 풀잎처럼. 죽겠다 죽겠다 하면서도 내가 그 옆을 지키고 있는 것은 그 생명력이 너무나 소중한 때문이겠지.

　봄이 오고 있네요!

3월
단비는 뭐든 할 수 있어

3월1일

3·1절.

경숙이하고 수강이가 냉전 중이다. 제하도 제 부모를 따라 우울하다. 단비하고 나는 세 식구 틈에서 탈출하려고 산책을 나섰다.

우선 슈퍼부터 들렀는데 유모차에 앉아 벨트를 매고 있던 단비가,

"할머니, 이거 줘."

진열장의 무슨 깡통을 자꾸 달란다.

단비가 저번에 잘 먹던 "왕치맛치" 하고, 껌하고, 우유 5백ml짜리 한 통을 샀다. 우유는 내일 놀이방에 보낼 때 가져가게 할 것이다.

내일은 움치고 뛸 수도 없이 원고 때문에 단비를 놀이방에 보내야 한다.

할머니, 할머니 하고 단비가 떠드는 걸 보고 어떤 아저씨가,

"말도 잘한다, 이제 내려서 다녀야지."

한다.

그러다가 단비가 아직 유모차를 타야 할 만큼 어리다고 생각했는지,

"여자애들은 말도 빨라. 그렇죠?"

하더니 나더러

"그래도 말을 하면 조금 났지요? 아플 때라도?"

묻는다.

"네."

하고 돌아서는데 저만치 목마가 보였다.

일곱 마리가 다 비어 있다.

날이 좀 선득했지만 단비가 일곱 마리의 목마를 독차지하고 나보고도 타란다.

목마 값은 2백원. 한없이 타겠단다.

돌아오다가 근린공원에 들렀다. 유모차에서 내려놨더니 유모차에서도 내내 안고 오던 "왕치맛치"를 계속 가슴에 안고 다닌다. 뛰는 바람에 넘어졌는데 "왕치"를 안고 넘어진다.

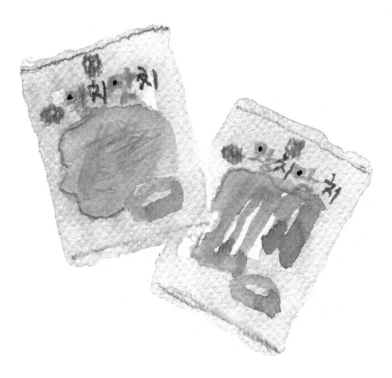

그렇게 내내 가슴에 안고 온 "왕치"를 집에 와서 제하랑 나눠 가졌다.

"왕치"는 쥐포에다 간을 약간 한 모양인데 단비도 제하도 대단히 좋아한다. 두 아이에게 왕치를 주고 나는 내 방에 왔는데 조금 있으려니까 단비가,

"나눠 먹자."

어쩌구 했다. 그러더니 울상이 다 돼 가지고 와서,

"뺏었어."

한다.

제하한테 뺏긴 모양이다.

한 마리씩 줬지만 제하가 얼른 먹어 치우고 나눠 먹자, 어쩌구 하니까 단비가,

"응, 나눠 먹자."

그러다가 홀랑 뺏긴 모양이다.

"오빠가 뺏었어."

뺏기지.

할머니가 보고 있지 않으면 뺏기지.

3월 3일

단비가 드디어 놀이방에 나간다.

어제 처음으로 놀이방에 데려다 놓고 나오는데,

"할머니, 나도 같이 가아!"

울면서 매달렸다. 그걸 뿌리치고 돌아와서 나는 눈물을 흘렸다. 작품이고 나발이고 다 집어치고 그 애만 붙잡고 지낼까.

쌍둥이 사내아이 둘이 놀이방에 나오는데 너무 사납다. 치고받으면서 싸우는 그 애들을 보고 심란했는데 곧 두 아이가 이사를 간단다. 그렇다면 그 사내애들이 가버린 뒤에 단비를 맡길까? 보모 아줌마가 잘 돌봐준다고 해서 그냥 떼어놓고 왔다. 단비 울음소리가 귓가에서 떠나지 않아 전화를 걸어봤는데 받지 않는다.

여섯 시에 놀이방에서 단비를 데려다준댔다. 그러나 초조해서 다섯 시에 데리러 갔다. 몇 번이나 데려오고 싶은 것을 꾹 참았다.

그런데 가보니까 벌써 익숙해져서 선뜻 집에 오려고 하지 않았다.

친구가 있어서 좋은 데다 장난감이 많아서 흥분한 것 같았다.

그러나 환경이 너무 달라진 때문인지 낮잠을 자지 않았단다.

오늘 아침에는 놀이방에 그 사나운 두 남자애들이 오지 않았다. 토요일이라서 오지 않은 모양이다. 단비한테는 그 거친 녀석들이 없는 게 백번 좋지.

단비는 들어서면서 옷을 벗고 미끄럼틀에 올라갔다. 내가 바로 돌아와도 빤히 보면서 아무 소리가 없다. 됐다. 나는 가슴을 쓸어내리면서 돌아왔다.

두 시쯤에 그 집에서 데려다준다니까 그때까지 소중하고 귀한 나의 자유를 누려야지.

우선 커피 한 잔을 타온다.

3월 9일

단비가 처음에는 영문도 모르고 놀이방에 갔다가 사흘째 되는 날 데리러 가니까,

"와아 할머니!"

두 손을 벌리고 깡충깡충 뛰더니 내 두 다리를 그 작은 주먹으로 때리면서,

"잘났어, 너!"

어쩌구저쩌구, 정신 못 차리게 좋아했다. 그 애가 그렇게 펄쩍펄쩍 뛰면서 좋아하는 거 처음 봤네. 기가 차서 데리고 나오니까 또 길에서 이쪽으로 덤벙 저쪽으로 덤벙, 집에는 죽어도 가지 않겠단다.

종일 갇혀 있다가 나와서 그런가 싶어서 저 하는 대로 내버려뒀다. 그랬더니 비틀, 하고 쓰러져서 손등이 조금 까졌다. 그러고도 집으로는 가지 않겠단다.

여섯 시가 넘어서 날이 추워지는데 비틀비틀 잘도 도망만 다닌다. 공원을 한 바퀴 돌고 마지막에는 할 수 없이 안아올렸다. 두 다리를 버둥거리고 난리다. 그래도 집으로 끌고 왔다.

그런데 다음 날 아침에는 놀이방에서 울고불고 떨어지지 않겠단다. 나만 없으면 잘 논다니까 그 말을 믿어야지. 안쓰러운 쪽으로 생

각하지 않기로 한다.

다음 날 아침에는 16동의 계단이 나타나자 울상을 짓고 궁둥이를 뒤로 내뺐다. 그래도 떨구고 올 때는 전날처럼 울고 난리를 치지는 않았다. 여자아이 하나가 먼저 와 있어서 아마 마음이 덜 불안한 모양이었다.

작품을 끝내서 넘겨버렸기에 오늘은 12시 가까이까지 단비를 데리고 있다가 놀이방으로 갔다. 그런데 16동의 계단 앞에서도 울상을 짓지 않았고 놀이방으로 가는 복도에서도 궁둥이를 내빼지 않았다.

들어가 보니까 단비보다 작아 보이는데도 네 살배기 사내아이 둘이 있었다. 한 아이는 단비하고 이미 아는 모양이었다. 단비가 들어서니까,

"아가, 빨리 들어와."

한다. 단비보다 별로 크지도 못한 녀석이.

보모 아줌마 말이,

"사내애들은 여자를 보호하게 돼 있나 봐요. 단비라고 가르쳐도 아가아가 하면서 보호해요. 단비는 공주예요, 여기서."

그 말이 사실인지 단비가 미련 없이 나한테 껌 사오세요, 한다. 저를 두고 올 때마다 껌 사온다면서 나왔더니 껌을 사오랜다.

복도로 나서는 내 마음이 오랜만에 정말 밝다.

그 애 우는 소리를 들으면서 나서면 아줌마가 6시에 데려다줄 때까지 내 마음 한쪽이 찡했는데. 아이들이 있어서 잘 놀겠지. 할머니가 단비를 너무 끼고 돈다는 눈치들인데 사회생활(?) 시키면서 훈련을 받게 해야지.

이건 정말 화도 나고 기도 차고—.

아침에 일어나니까 단편 하나를 썼다고 오른쪽 엉덩이가 아프고, 오른쪽 옆구리가 아프고, 그쪽 어깨, 팔이 아프다. 그쪽 편에 딸린 것은 모조리 다 아프다.

하긴 일주일에서 주말 이틀을 빼고 나머지 닷새를 하루 8시간 정도 썼으니. 그렇다고 오른쪽에 있는 모든 것들이 걸리고 아프고 이렇게 티를 내서야 원!

그동안 글은 쓰지 않고 놀았다. 쓰지 않고 노는 마음이 얼마나 괴로운가, 아무튼 놀다가 별안간 잡고 늘어져서 이러겠지.

3월 12일

보모 아줌마는 자기를 엄마라고 부르는 게 좋겠단다. 조그만 애들한테 "선생님" 하고, 시키는 것도 이상한 모양이었다. 그래서 단비한테 엄마라고 부르게 하고 있는데 단비는 헷갈리는 얼굴이다.

사진 속의 제 아빠를 보고는,

"아빠다!"

하는데 엄마를 보고는 우물쭈물이다. 몇 번 내가 물어야 겨우,

"엄마"

한다. 보모 아줌마도 엄마고 사진 속의 엄마도 엄마고, 그래서 찜찜한 얼굴이다.

사실 엄마는 이 세상에 딱 하나뿐인데, 그래서 나는 보모 아줌마를 엄마라고 부르게 하고 싶지 않은데, 두 살짜리한테 보모 아줌마

를 선생님이라고 부르게 할 수도 없고….

얼마 전부터 단비는 코를 조금씩 흘렸다. 그러나 열도 별로 없고 해서 코감기로 가볍게 끝나려나 보다 다행히 여겼다. 그랬더니 코감기가 다 끝난 뒤에 기침을 조금 해서 "이 소아과" 약을 나흘이나 먹였다.

그런데 나흘째 되던 날 밤엔 기침을 심하게 해서 지난 토요일에는 결국 양하가 잘 다니던 "안 소아과"로 갔다.

감기 끝이 아직 깨끗지 못하다고 약을 주면서 바람을 맞지 말고 목욕을 시키지 말란다. 전날 밤에 다 나은 줄 알고 목욕을 시킨 게 잘못이었을까. 의사 선생님이 그런지도 모른다고 했다. 단비 엄마 아빠가 여기에 없다니까 엄마를 찾지 않느냔다.

단비를 보면 누구나 엄마를 찾지 않느냐고 묻는데 단비는 엄마를 찾지 않는다. 성격이 산뜻해서일까. 체념이 빨라서 엄마 찾는 일을 단념하는 걸까.

이 세상에서 제일 좋은 엄마를 단념해야 하는 단비.

나만 없으면 잘 논다는 놀이방 보모 아줌마한테 단비가 할머니를 찾지 않느냐니까 잘 놀다가 가끔씩,

"할머니 어디 갔어?"

한단다.

오늘 아침에는 놀이방에 가자는 말에도 별로 싫다는 얼굴을 하지 않았다. 또 떨구고 나와도,

"할머니 껌 사와."

명랑한 얼굴로 남았다.

단비는 자기보다 더 어린애를 무척 좋아한다. 길에서도 어린애만 보면 뒤를 따라다닌다.

그런데 놀이방에는 자기보다 큰애도 하나 있고 갓난쟁이도 하나 있어서 단연코 단비는 그 아가한테 관심이 큰 모양이다.

여하튼 함께 놀아줄 아이만 있으면 단비도 놀이방을 싫어하지는 않는 것 같다. 그런데 이 집은 아직 덜 전문적이라서 그런지 두세 명 되는 애들마저 자주 바뀐다. 11단지의 탁아소는 단비의 관심을 확실히 끌었는데.

그러나 좁은 방에 아이들이 너무 많아서 공기가 탁할 것 같은 단점도 있고, 아이가 많아 보모의 손이 잘 가지 못할 것 같은 생각도 들고. 단비는 확실히 11단지 쪽을 좋아하는데.

양하한테서 편지가 오지 않는다. 웬일일까. 올 때가 됐는데도 오지 않으면 불안하다. 연애 편지처럼 기다리곤 하는데.

저번에 산 전화카드로 싼 전화를(세금이 없대나?) 걸어보려고, 낮이 밤보다 비싸기는 하지만 그래도 낮엔 단비 목소리를 들려줄 수 있겠다 싶어서 공중전화까지 갔다. 그런데 번호를 적어놓고 가지고 나오지 않았다.

여기에서 아침 10시 30분이면 거기에서는 밤 8시 30분쯤 된다는데 단비를 데리고 공중전화에까지 갔다가 못 걸고 돌아왔다.

내일 다시 할까. 왜 편지가 없을까. 그새 자주 잘 왔는데. 1주일에 한 번씩 편지를 쓰기로 약속했는데 편지가 없다.

편지를 받은 지 2주일은 되는 거 같은데, 몸만 건강하다면야—.

3월 13일

단비를 데리고 공중전화에 가서 카드를 처음 써봤다.

지역번호를 돌리니까 영어로 국제전화 어쩌구 한다.

그럼 국제전화를 돌렸으니 국제전화일 테지. 다음에는 우리말로 중간 번호가 빠졌단다.

지역번호를 돌리고 이쪽에서 가만 있어서 그런가? 다시 돌려도 국제전화니 중간이 빠진 번호니 하다가 뚜뚜….

카드로는 미국에 전화를 걸 수 없는 걸까. 그럴 리 없다. 사면서 물어보니까 국내 국외 분명히 다 된다고 했다. 양하네도 그 카드 쓰는 걸 봤고.

방법이 잘못된 걸까. 지역번호 앞에 또 돌리는 게 있나? 기계가 고장인지, 하는 생각도 반쯤 하면서 돌아섰다.

모처럼 단비 목소리를 양하한테 들려주려 했는데.

전화박스에서 달아나려는 단비를 붙잡아두니까 박스 속 한쪽 귀퉁이에 쭈그리고 앉아 있다가, 내가 전화 거는 걸 단념하고 나오니까 단비도 일어나서 따라나온다. 어미 소 따라다니는 송아지 같다.

엄마 목소리를 들을 뻔하다가 못 들은 것도 모르고.

놀이방으로 가는데 오늘은 씩씩했다. 놀이방 엄마한테 "안녕하세요" 하라니까 "안녕하세요"를 하겠단다.

10층 1008호 앞에서 초인종을 누르는데 단비가 문앞에 바싹 다가서면서,

"난데요."

한다.

어처구니가 없다. "난데요" —지가 누구야?

안에 먼저 온 아이가 있으니까 좋아서 올라간다. 나는 얼른 돌아섰다.

우체국에 가서 양하한테 보내는 편지를 부치고 조흥은행 앞 공중전화 박스에서 카드를 다시 써봤다. 성공이다.

그런데 부재중인지 신호는 가는데 받지 않는다. 일단 집에 왔다가 12시에 다시 나갔다. 거기는 밤 10시쯤 되겠지.

조금 전에는 옆집에 갔단다.

준연이가 받아서 양하한테 넘겨주었다.

아프지도 않고 아무 일도 없댄다.

그야 그렇겠지. 걱정할 때마다 이상이 있으면 큰일이다. 목소리 듣고 싶어서 걱정을 했지.

단비 목소리를 들려주지 못하는 게 마음에 걸려서,

"지금 놀이방에 데려다주고 오는데 문앞에서 난데요, 한다. 지가 왔다구 난데요, 하는 거야"

나는 너무 명랑한 목소리로 말한다. 웃어가면서.

이제 우리 단비 돌아올 시간이다.

양하한테는 아주 잘하고 있다고 말했는데, 단비 아가씨, 놀이방에서 정말 외롭지 않고 잘 지냈는지? 오늘도 낮잠을 못 잤는지?

낮잠을 자려면 우유 먹을 때부터 같이 누워서 뒹굴어줘야 하고, 팔딱팔딱 이쪽저쪽으로 돌아누우면서 장난치다가,

"자!"

겁도 주어야 하는데.

또 완전히 조용해야 낮잠을 자는데 거기서야 너무 잠이 와서 푹 꼬꾸라지기 전엔 못 자겠지. 우리 단비처럼 낮잠 잘 때 필요한 그 많은 조건이, 거기서야 어디 허락될라구.

낮잠을 자지 않고 오면 9시 되기가 바쁘게 우유를 먹으면서 스르르 잔다. 건강에만 문제없다면 낮잠을 안 자고 밤에 일찍 자는 것이 나로서는 백번 좋지.

게다가 요즘은 낮잠을 고작 1시간 자나 마나 하니까 몸에만 상관없다면 낮잠을 못 자도 그렇게 안쓰러워 할 일이 아니다 싶기도 하다. 그러나 환경 때문에 못 자는 거 같아서 자꾸 마음에 걸린다.

3월 16일

2, 3일 전인가 보다.

놀이방의 6학년짜리 딸애가 단비를 데려다줬는데, 단비 오른쪽 뺨에 약간 벌겋게 지렁이가 기어간 것 같은 자리가 나 있었다.

"왜 여기가 이럴까?"

철렁했다.

혹시 또?

단비 왼쪽 뺨에 1.5cm쯤 되는 상처가 있다. 예전에 내가 우체국에 간 사이에 얼굴에 생채기가 생겼다. 꼭 손톱에 긁힌 자리 같았다. 나는 양하한테는 입을 꾹 다물었다. 그 소리를 들으면 양하가, 단비 얼굴에 흉 질까 봐 걱정을 얼마나 할까.

그 상처 때문에 나는 이 사람한테도 저 사람한테도 "흉이 되지 않을까요?"

물어보곤 했었다.

손톱에 긁힌 자리는 흉이 되는데 다른 상처는 괜찮다고들 한다. 그러면 나는 희망적이 되기도 하고 비관적이 되기도 한다.

희망적이 되는 이유는 이러하다.

며칠 전에 단비하고 같이 놀던 제하가, 자기는 절대 손톱으로 긁지 않았다고 했다. 그럼에도 불구하고 제하가, 저도 모르게 손톱으로 긁었는지도 모른다는 생각을 지워버리지 못해서 비관적이 된다.

병원에 갔을 때 의사선생님한테도 상처를 보였는데 흉이 되지 않는다고는 했다. 그러나 아무의 대답에도 마음이 턱 놓이지 않는다.

그래서 왼쪽 뺨의 그 자리를 볼 때마다 걱정이 태산인데, 그 자리가 없어질 때까지는 마음을 놓을 수가 없는데, 오른쪽 뺨에 지렁이 자리가 또 웬말이냐.

"여기가 왜 이렇지?"

나는 단비를 받아 안으면서 지렁이 자리부터 만져보았다. 물감인가, 루주가 묻었나? 문질러도 지워지지 않았다. 6학년짜리가 아무 소리도 안 하고 돌아갔다.

영 지워지지 않는데 어떻게 된 거야?

방으로 데려와서 단비한테 돋보기를 들이댔다. 가만히 있지 않는다. 그래도 얼추 봤는데 살은 말짱했다. 피부는 다치지 않았다. 하지만 왼쪽 뺨에다 오른쪽 뺨까지 양쪽에 다—.

"넘어졌니?"

물어도 내 팔 안에서 빠져나간다고 단비는 버둥거리기만 한다.

"싸웠니?"

혹시 그 쌍둥이하고? 단비는 여전히 버둥거리기만 한다. 궁둥이에 마른 잔디가 묻어 있었다.

지렁이 자리가 생기기는 해도 흉이 생길 것 같지는 않았다. 확실하게 흉은 생길 것 같지 않다.

나중에 보모 아줌마가 그러는데, 단비를 데리고 오면서 자기네 딸아이 둘이서, 서로 업겠다고 옥신각신하다가 아이가 넘어졌단다. 그런데 그날 밤의 일이다.

한숨 자고 난 단비가 울기 시작하는데 그치지 않았다. 그치지 않을 뿐만 아니라,

"엄마, 엄마."

서럽게 우는 것이었다.

엄마라니? 또 철렁했다. 가끔 우는 일이 있어도,

"엄머니"

하고 울었다. 엄마하고 할머니가 더해진 건지. 그런데 분명히 "엄마"
란다. 이렇게 울 때는 업어서 재우면 좋은데, 그러나 꾹 참는다.

가엾어서 업었다가 내 허리가 삐긋하는 날에는 단비를 못 보게 된
다. 그러면 우리 단비는 어떻게 될까. 내가 업어주지 않는 것을 알아
서 이젠 업어달라는 소리를 거의 하지 않는데.

안아서 달랬다. 계속 운다. 겨우 토닥거려서 재워놓으면 금방 또
"엄마, 엄마" 한다. 진땀이 난다. 나중에는 던져버리고 싶어진다. 그런
데 그때야 "엄마"가 보모 아줌마라는 걸 알았다. 보모 아줌마가 자
기를 엄마라고 부르라니까 놀이방에서 그렇게 불러온 모양이다.

기분이 묘했다. 양하가 들었다면 양하도 그랬겠지. 엄마도 아닌 사
람을 엄마라고 부르다니. 이 "엄마"는 아무래도 문제다. 단비는 자다
깨다 하면서 30분은 울었다. 그렇게 운 적이 없었는데.

왜 우는지 영 알 수가 없다. 나중에 그때 넘어진 이야기를 듣고
나서야 그때 놀랐나 보다, 그래서 그렇게 울었나 보다 하는 생각을
했다. 혹시 이 애가 나쁜 꿈을 꿨거나 몸이 아팠나? 몸이 아픈 것
같지는 않았는데.

단비는 지금 얼굴 양쪽에 긁힌 자리하고 지렁이가 기어간 자리가
있다. 빨리 없어져야 내 마음이 놓일 텐데. 그렇지 않으면 양하가 뭐
라고 할까.

얼굴에 흉이 졌다고 두고두고 애를 태울 텐데.

지렁이가 기어간 자리는 틀림없이 없어지리라. 그러나 저 왼쪽은?

양하한테는 저 자리가 없어질 때까지 비밀로 해야지.

간밤에 목욕을 시키면서 머리를 감는데, 목만 잡으면 울고 야단이다. 목덜미를 살펴보았더니 잔뜩 땀띠가 나 있다.

"어머나 땀띠가— 미안해 단비야"

나는 미안해, 미안해를 계속 말했다.

그랬더니 이 지지배 하는 소리 좀 봐.

"괜찮아."

그리고 한술 더 떠서,

"단비, 이제 안 울지?"

했다.

나는 다시 미안해를 되풀이했고 단비는 괜찮아를 되풀이했다.

요즘 들어 단비의 억지가 늘어만 간다.

목욕을 하고 나와서 옷을 입히는데 도망을 치고 또 소동을 부렸다. 나한테 잡혀서 궁둥이를 팡팡 얻어맞고 나서야 속옷을 입었다. 목뒤에 난 땀띠에 놀라서 피부연고를 바르고 목이 푹 파인 내복을 입혔다.

밤에 덮지 않고 자길래 겨울내복을 입히고 방도 덥게 했더니 탈이 었나 보다. 아침에 일어나 보니까 땀띠는 숨이 많이 죽었다. 밤에 용을 쓰면서 한차례 뒤척이고 나더니 울까 말까 했는데 내가 무섭게,

"자!"

하니까 꾹꾹 울음을 참으면서 다시 잠이 들었다.

양하가 있을 때는 이 애를 내가 데리고 자도 우는 일이 없었는데, 여기에 와서는 가끔 운다. 역시 자리가 바뀐 때문일까. 양하한테서 나에게로 오고, 다시 놀이방에서 한나절을 보내고, 역시 우리 단비에게 영향을 주는 걸까.

그동안에는 머리핀을 앞에만 찔러줬는데, 땀띠를 보고 나서 오늘 아침에는 단비 머리를 양하가 하던 것처럼 해볼까 싶다.

양옆에다 묶으면 애기처럼 보이고 핀을 앞에만 찔러주면 요조숙녀처럼 보인다. 숙녀처럼 보이는 쪽이 나는 좋아서 핀을 앞머리에만 찔러서 늘 단발머리로 해주고 있었는데, 오늘은 목둘레가 시원하라고 양하를 따라서 양옆을 두 갈래로 묶었다.

며칠 전 50프로 세일해서 산 조끼도 입혔다. 분홍빛이다. 우아한가?

내 돈으로 사입히는 옷이다.

내 수입이 좋아야 양하 부담도 좀 덜고 그럴 텐데.

좋아지겠지.

미경이한테서 전화가 왔다.

너무 예쁜 옷이 있어서 단비 주려고 샀다는데 그걸 가지고 내일 오겠단다.

3월 18일

토요일, 일요일 단비가 이틀째 집에서 내 말을 듣지 않는다.

제하가 말하길 단비가 자기 물건을 만지지 않는 걸 보면 할머니가 만지지 못하게 때렸냐고 한다.

단비가 밖에서 돌아오는 나를 보더니 서랍장 위에 올려놓은 자기 작은 이불을 와락 당겨서 끄집어내렸다. 그걸 보고 제하가 말했다.

"에비, 하면 하지 않았는데."

이불을 잡아 내리다가도 제하가 "에비" 하면 하지 않았다는 소리다. 그런데 할머니를 보자 단비가 이불을 끌어내린 것이다.

단비가 그 이불에다 인형을 싸안고 다니면서 놀기에 눈감아주곤 했다. 그래도 내가 없을 때는 제하가 "에비" 하면 못하던 짓들을 내가 현관에 들어서자마자 요 쥐방울이 저지른 것이다.

이제까지 단비를 데리고 놀던 제하가 시무룩해서 단비 옆을 떠난다. 할머니한테 단비를 넘기는 셈이지만 할머니만 있으면 제멋대로인 단비가 보기 싫은 얼굴이다.

단비는 놀이방에서 아주 얌전해서 잘 가르쳤다는 소리를 듣는다. 나는 제 엄마가 가르친 만큼은 변함없어야 하고 그 애가 눈치 보지 않고 당당히 크게 해야겠다는 생각을 늘 함께한다.

그런데 이 집에서 수강이네, 단비랑 나, 이렇게 두 가구가 사는 느낌을 받을 때가 많다. 꼭 독립된 두 가구처럼. 문제는 내가 단비를 끼고돌기 때문이다.

그렇지만 생각해 보면 그럴 수밖에 없다는 생각이 든다. 제하는 이 집 아들이고 단비는 조카다. 아들하고 조카는 분명히 다르다. 단비는 본능적으로 그것을 안다. 그래도 할머니가 끼고 있으면 단비는 자기 처지를 모르고 까불면서 큰다.

점심 전에 근린공원으로 단비를 데리고 나갔다. 단비는 저보다 큰

애보다 작은애한테 관심이 많다. 작은애만 보면 졸졸 쫓아다닌다.

마침 16개월이 된다는 남자애가 제 아빠, 누나하고 같이 나와서 놀고 있었다. 그 애는 천방지축으로 돌아다니다가는 넘어지곤 하는데, 단비가 그 애한테서 눈을 떼지 못한다. 그 애를 쫓아다니고 싶어한다.

그 애 아빠하고 누나가,

"같이 놀아."

하는데 단비는 수줍어서 썩 나서지 못한다.

16개월짜리 사내아이가 제 아빠가 두 팔을 활짝 벌리면 달려가서 품에 쓰러지듯이 안긴다. 그 놀이가 재미있어서 그 애는 그 짓을 또 하고 또 하곤 한다.

단비는 지켜보고 있다. 자기 아빠가 있으면 단비도 저렇게 놀겠지. 아이는 제 부모가 키워야 한다.

단비를 하루라도 빨리 보내고 싶다. 그런데 보내면 양하, 준연이 그리고 단비 모두가 고생스러울 거다. 여기서는 정 급하면 남의 손을 빌릴 수도 있지만 거기서는 어림도 없지.

16개월짜리 사내아이의 아빠가, 바람이 아직 차다면서 아이들을 챙겨서 들어갔다. 나도 부지런히 단비를 데리고 들어오는데 그네를 타겠단다. 16개월짜리 애기 아빠가 감기 걸리기 쉬운 찬바람이라는, 그 바람을 맞으면서 단비가 그네를 탔다.

수강이네가 산에 간다면서 단비를 데리고 갈까 했는데 찬바람이 마음에 걸려서 보내지 않았다.

3월 19일

제하가 학교에 가도,

"나도 가고 싶어."

경숙이가 밖에 나가도,

"나도 가고 싶어."

단비는 늘 가고 싶댄다.

"롯데월드 어드벤처"는 너무나 가고 싶댄다. 슈퍼에도 가고 싶고 놀이터에도 가고 싶고. 결국 단비는 나를 따라서 놀이방으로 간다.

놀이방으로 가는 것도 즐거운 모양이다. 노래랍시고 큰 소리로 하는데 그 말속에는 "놀이방"도 있었다.

단비는 기분이 좋다.

그런데 놀이방에 쌍둥이 두 사내아이가 와 있다. 그동안 오지 않았는데.

계속해서 오느냐고 물었더니 오늘 하루만 맡겼단다.

내가 멈칫멈칫하니까 보모 아줌마가 걱정하지 말란다. 애들이 직장에 다니는 제 엄마한테 그동안 가 있었는데 너무나 얌전해져서 왔단다. 외할머니한테 있을 때는 정말로 극성이었는데 너무너무 얌전해져서 왔다는 것이다.

나도 단비 외할머니다. 할머니 실력이 어찌 엄마를 따르랴. 단비도 쭈뼛쭈뼛하면서 어색한 표정이었다. 아줌마가,

"이틀 동안(토요일과 일요일은 놀이방에 가지 않는다) 단비가 집에 있더니 이렇구나."

했는데 단비랑 "빠이빠이"를 하고 나와서도 나는 마음이 놓이지 않았다.

그 애들이 어지간히 극성스러워야지. 싸우고 할퀴고 울고, 잠시도 가만히 있지 않았다. 우리 단비는 그 애들이 설치면 정신이 없는 얼굴이었다.

말썽꾸러기들이 단비를 보고 빨리 올라오라고 잡아끌었지만 우리 앙큼한 아가씨는 약간 불안한 표정이었다. 꽤 기분이 좋아서 놀이방에 갔는데 말이다.

저녁에 일찍 데려와야지. 단비 얼굴을 긁기라도 하면 어쩌나.

나는 그것이 아주 마음에 걸린다. 지금도 긁힌 자리가 없어지지 않고 있는데.

걔들은 우리 단비보다 꼭 한 달이 늦다는데 말을 못한다. 그리고 사납기만 하다.

불안하네.

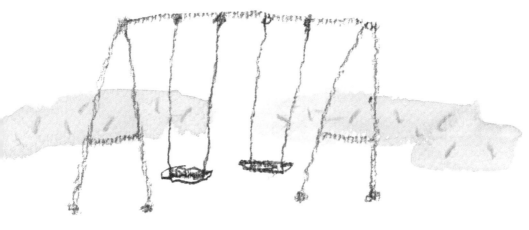

보모 아줌마를 믿지만 모든 일은 아차, 하는 순간에 일어나지 않던가.

3월 23일

21일부터 병원 출입. 오늘로 두 번째다. 코를 흘리더니 그만 기침이 터져나왔다. 단비가 기침을 하면 나는 무서워진다.

작년 요맘때라고 생각되는데 이 애가 기침을 하기 시작하더니 몇 달이나 끌었다. 그리고 기침 끝에 토했다. 그런데 그런 증세가 온 것이다.

꼭 밤에 우유를 먹고 나서 토한다. 작년과 꼭 같다. 열은 없이 토한다.

지난밤에도 자기 전에 우유를 먹고 토했다. 기침은 엔간히 가라앉았는데 21, 22일 이틀을 밤에만 계속 토했다.

너무 먹였나. 자꾸 너무 먹어서 토한 것 같은 생각이 든다. 우유만 들어가면 반사적으로 토하는데, 작년에는 목에서 그르릉 소리가 날 정도로 심하게 기침을 했지만 지금은 그렇지도 않은데.

의사 선생님이,

"비위가 약해진 걸까요?" 한다.

사과, 귤만 먹겠단다니까 그런 거 먹는 것은 아주 좋단다.

단비가 아프면 나는 죽을 것 같다. 내가 아프고 마는 것이 백번 낫지. 병이라면 나는 자지러진다. 좀 과민할 정도다.

기다리던 양하 편지가 왔다.

이제 단비가 놀이방을 다닌다니 우습기도 하고, 대견스럽기도 하고. 여기 오면 아무래도 개가 고생이 심할 것 같아. 엄마, 아빠가 바쁘니까. 지금 거기서 엄청 호강하고 있는 거지 뭐.

그래도 너무 받아주지 마. 많이 혼내면 눈치가 빤하니깐 말을 잘 들을 거야. 여기서 크는 애들은 훈련이 잘돼서 다들 밥도 혼자서 잘 먹고, 혼자서 잘 자더라고. 엄마가 일일이 봐주지 않으니깐.

처음에는 좀 불쌍하다 싶었는데, 자꾸 보니깐 또 그러려니 싶어지네. 미국 사람들은 대부분 같이 일하니깐 애 보는 일 때문에 초비상이더라구.

양하가 돈이 없어도 먹는 것만은 잘 챙겨 먹는다고 적고 나서, 다음같이 계속했다.

단비 아빠는 시험 보기 전에 배가 아프다고 해서 완전히 나를 긴장시키더니 방학 때(봄 방학) 잠 잘 자고 잘 먹으니깐 배 아프다는 소리가 쏙 들어갔어. 자기도 배 아픈 게 잠 못 자서 그렇다나?

그러면서 자기는 배울 나이가 아니고 가르칠 나이라고 툴툴거려.

공부하기 되게 억울한가 보다. 언제는 공부 체질이 아니라고 하더니만. 웃음이 나왔다.

요 단비가 내 말을 듣지 않고 뻗질거리는데, 의사 선생님 말이 이제부터 듣지 않는 때란다.

양하 편지에도 버르장머리가 없어지면 불쌍하다고 봐주지 말고 혼내라고 했는데, 제 엄마도 그랬겠다. 앞으로는 좀 엄하게 할 생각이다.

그런데 낮에 잘 시간이 돼도 자지 않고 뻗질거리길래 조금 울렸더니 청승맞게,

"엄마 엄마ᅳ"

했다.

저건 아이들이 놀이방에서 모두 "엄마 엄마" 하면서 우니까 저도 "엄마 엄마" 우는 걸까.

가엾어지는 것을 꾹 참고 있으려니깐 이번에는,

"아빠, 아빠ᅳ"

했다.

기도 안 차네. 엄마 찾고 아빠 찾고 두루두루 다 찾네.

한편에서는 우습고 한편에서는 저걸 빨리 제 에미 애비한테 보내야지 저 청승을 어찌 보나 싶었다. 앞으로는 더 커가니까 제 에미 애비가 따로 있다는 걸 알고(?) 저런 청승을 더 떨지 않을까 싶기도 하다.

지금까지는 제 엄마 아빠를 찾지 않았는데. 떨어져 지낸 지가 오래돼서, 이제는 잊어가나 싶었는데. 할머니가 울렸다고 엄마, 아빠를 찾으면서 청승을 떤다.

나도 잠이 부족하다. 밤에 몇 번씩 일어나니, 푹 자고 싶다. 낮잠을 한숨같이 잔다.

3월 29일

정신없이 지냈다. 그놈의 감기 때문에.

27일 밤 양하한테서 전화가 왔는데 단비가 아직도 깨끗하지 못한 게 마음에 걸려서 나는 기가 죽은 채로 전화를 받았다.

양하는 장학금을 받게 됐다고 흥분해서 전화를 했던데 나는 풀이 죽었으니. 걔는 내 사정도 모르고 김이 빠진 기분이었을 거다. 게다가 단비가 엄마 전화를 받지 않았다. 싫다고 막 도망을 다니면서.

"단비야, 엄마야 엄마!"

"안 받을 거야."

"받아 받아, 어서."

비싼 전화가 시간만 재깍재깍 달아난다.

"안 받을 거야."

"그러지 말고 엄마 안녕하세요, 해."

"안 해!"

안 하는 것이 큰 유세처럼 도망을 다닌다. 요 아가씨야, 엄마가 왜 전화하는데? 네 목소리 듣자고 하는 건데. 네가 안 받으면 수화기를 놓고 나서 얼마나 허전하겠니? 결국 안 받고 말았다.

요 골치 좀 봐. 내가 일기를 쓰기 시작하니까 고모한테 가자고 떼를 쓰기 시작한다. 결국 의자 위에 올라왔다. 방바닥으로 내가 내려온다. 따라서 내려오겠지. 내가 방바닥에 내려와 버리니까 재미가 없어서,

"할머니."

부른다. 의자 위에서 내려가라, 못 간다, 씨름을 해야 재미있을 텐데.

결국 저도 방바닥에 내려와 버렸다. 책상 위에 놔둔 조그만 내 사진을 갖고 내려와서, 그걸 "할머니" 부르며 내 관심을 저한테로 돌리려 한다.

양하 편지에 미국 애들은 바깥일하는 엄마가 많아 일일이 봐주지 못하니까 밥도 혼자 잘 먹고, 물건도 저 혼자 챙기더라는데. 우리 단비는 훈련 좀 받아야 할 것 같다.

자기 엄마도 너무 봐주지 말라고 했는데 만 두 살이 되더니 이제 꾀가 빠셔서 저 혼자 생각도 하고 행동으로 옮겨 보려는 게 두드러진다.

소꿉놀이 장난감을 가져와서 배 아픈 강아지처럼 낑낑거린다. 방바닥에 살림살이를 몽땅 엎더니 달그락거린다. 노는 게 재미가 없겠지. 할머니를 끌어들이지 못해서. 그렇지만 네가 나를 봐줘야 놀이방으로 쫓겨나지 않는 거야.

놀이방에서 배운 노래 "새끼 손가락 고리를 걸고…" 하는 게 있는데, 저 혼자 노느라 새끼 손가락 걸 사람이 없으니까 커튼 가장자리 찢어진 데다 제 손가락을 집어넣고,

새끼 손가락 고리를 걸고

소리소리 지른다. 애들은 아무리 어려도 저 필요한 걸 기막히게 찾아낸다. 그렇게 커가는 거야, 콧물을 훌쩍거리면서도.

내가 손톱을 깎고 있으니 어느새 달려와 저도 깎겠다고 손톱깎기를 달라고 떼쓴다. "할머니 쓰고 난 뒤 줄게" 살살 달래니 그래도 기다린다. 저는 발톱을 깎겠다고 발을 번쩍 들고 손톱깎기를 갖다 대고 흥흥 웃고 난리다.

황소 같다— 이 아이 웃음은.

"나도 할 수 있다!" 표정으로 아래윗니를 문 채 입술을 활짝 열어 "흥!" 크게 웃는다.

아까 자기 옷 서랍의 옷을 만지지 말라고 말렸는데도 듣지 않고 뒤죽박죽을 해놓았다. 그때도 기분이 째지게 좋아서 "어허허!" 선웃음을 치면서 크게 웃었는데 지금도 그 웃음을 지으면서 좋단다. 저게 자유를 누리는 얼굴일 테지.

양하는 저번에 준연이 머리를 이덕화 동생처럼(고대 로마 원로들 머리처럼) 깎았는데, 그래도 그럭저럭 잘 다닌다더니 그게 아닌 모양이다.

10달러 내고 머리 깎는 거 아까워서 단비 아빠 머리 내가 깎아줬는데 너무 이상하게 깎아서 너무너무 화낸 거 있지. 그래서 나도 같이 화를 냈지 뭐. 내 딴에는 열심히 깎았는데.
하여튼 그래도 잘 다니고 있어. 이제부터는 이발소에 가서 깎으라고 해야겠어.

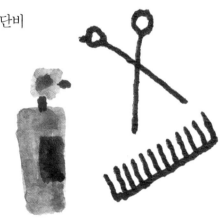

4월

애들은 아프면서 큰다지만

4월 1일

단비는 '뽀뽀뽀'를 녹화한 비디오를 보고 있다.

감기 때문에 양하 친구 숙현이 형부한테까지 갔다. 요새 감기가 그렇게 오래 들러붙어 있단다.

그 말을 듣고 한숨 돌리고 왔다.

그 집 아이들도 감기를 달고 산다는데, 정말 그 말대로 누런 코를 쭉 빼고 있단다. 아빠가 소아과 의사인데 그래도 별 수 없나 보다는 생각이 들었다.

그래도 누가 아플 때는 집안에 의사가 한 사람 있었으면 하는 생각이 간절하다. 그러면 믿는 데가 있어서 의지가 될 것 같아서.

어째서 나는 누가 조금이라도 아프면 죽을병이라도 든 것처럼 방정맞은 생각부터 들까.

어제저녁에는 단비가 아주 잘 놀아주었고 오늘은 콧물도 말라붙었다.

그런데 오늘은 내가 잠이 쏟아져서 단비하고 낮잠이나 같이 잘까, 그 애 옷까지 벗겨놓았는데 요 아가씨는 자지 않고 나만 십분쯤 깜빡 졸았을까?

그때 단비가 선득했던지 말라붙었던 코에서 마알간 콧물이 내비친다. 겨우 콧물이 말라붙어 가는데, 제발 감기야! 뽑혀다오.

무얼 하고 있는지, 비디오 소리가 아직 계속이다. 잘 보고 있는 모양이다.

조금 전에,

"할머니"

우는 소리가 나서 마루에 가보니까, 도깨비가 화면에 나와 있었다. 그게 무서운 거로구나.

아침에 막 일어났을 때인데 수강이가 팬티만 입고,

"단비야"

부르면서 방에 들어왔다. 건장한 사내가 팬티만 입고 나타났으니. 애가 벌써 움츠린 얼굴이었다.

그러는 걸 보고 내가 마루에 나갔다가 방에 다시 들어와 보니까, 수강이는 없는데 단비가 눈에 눈물을 가득 담고 있었다. 소리도 없이 울고 있는 것이었다!

4월 4일

저녁 6시 50분. 경숙이가 단비를 뭘 사먹인다면서 데리고 나갔다. 하도 입맛이 없어 하길래 분위기(?) 있는 레스토랑으로 데리고 간다는 것이다. 거기가 어딘지 나는 모르지만 전에도 그 집에만 가면 잘 먹었단다.

이틀째 단비 열이 없다. 의사 선생님 말이 목이 다 가라앉아 간단다.

양하한테는 단비가 조금 아팠다고만 했다. 사실 그때는 열도 그다지 없고 대단치 않았으니까. 그런데 왜 거짓말한 기분이지?

그러나 이번에는 정말 놀랐다. 이 애가 아프면 정말이지 나는 숨이 잦아드는 것 같다. 그럴 때마다 단비가 미국에 가서 아프면 어쩌나 하는 생각만 든다. 엄마 아빠는 바쁘고 애는 아프고….

그런데 지나오고 보니 단비가 감기에 붙잡힌 그즈음 내가 소홀했던 것 같다. 밤에 보채고 울고 할 때, 아파서 그러는 게 아닌가 금방 알아차려야 했는데.

그런데도 그 생각을 못하고 단비를 놀이방에 계속 보냈다. 놀이방에 종일 있었던 것도, 또 한숨씩 자던 낮잠을 거기 가서 못 잔 것도 단비한테는 큰 부담이 됐던 것 같다.

다음에 입안이 헐었을 때, 애한테 무리가 왔다는 걸 금방 알았어야 했다. 의사도 애 입안을 보고 별말을 안 하니까, 나는 그냥 입속이 좀 헐었거니, 하고 가볍게 생각한 것이다.

그런 것이 다 단비가 힘들다는 신호였는데 나는 곰딴지처럼 아이

를 놀이방에만 보냈다. 병원 약이 안 듣는다고, 의사가 신통치 않은 것 같은 그런 생각만 마음속으로 하면서.

한 달 가까이 아이가 얼마나 힘들었을까. 양하가 그 소리를 들으면 잠이 안 올 거다.

지금 단비가 맛있는 거 먹으러 갔는데, 맛있게 먹고 와서 뒤탈이 없어야 하는데.

이번에도 깨끗하게 낫지 않으면 병원을 바꿔 봐야지.

4월 8일

양하 편지—

엄마, 며칠 전에 드디어 큰맘 먹고 전화를 걸었잖아. 근데 단비 그 녀석 왜 전화를 안 받는 거야? 목소리 듣고 싶어서 전화했는데….

저번 주에 슈퍼에 가서 사진첩을 사다가 단비 생일 때 찍은 사진들 중에 예쁜 것들을 골라서 책상 위에다, 벽에다 걸어놨더니 자꾸만 더 보고 싶은 거 있지?

엄마 아빠 잊어먹어 간다는 게 한편으로는 다행이다 싶기도 하고, 한편으로는 안타깝기도 하고,

어서 빨리 일 년이 후딱 지나가기만 기다리고 있어. 힘들고 고생스럽더라도 같이 있는 게 낫겠다 싶기도 하고. 지금 상태가 단비한테 사실 훨씬 더 좋으리라는 생각도 들고 그러네.

엄마, 너무 돈 아끼지 말고, 너무 무리하지 말고, 엄마 돈 너무 쓰지 말고. 나중에 엄마 미국에 와서 좋은데 가려면 돈 모아야 되잖아.

오후 4시 20분, 단비는 자고 있다.

아파서 핼쑥했던 얼굴이 오늘은 좀 펴진 것 같다. 아이들은 금방 좋아진다니까 그 말만 믿는다.

다신 아프지 말아야지. 이번에 너무 혼났다. 정말로 아프지 말아야지.

인형을 좋아하고 사랑하는 우리 단비. 언제부터인가 인형을 꼭 안고 잔다. 또는 가슴 위에 올려놓고 잔다. 놀 때도 업지 않으면 안고 있다. 인형을 잠시도 몸에서 떼놓지 않는다.

단비가 인형을 좋아해서 죽고 못 사니까 제하까지 인형을 갖고 놀려고 한다. 그래서 둘이 인형을 서로 뺏고 또 뺏기지 않으려고 한바탕 소란이 벌어졌다. 힘이 모자라는 단비는 울고불고 야단이다.

사나이 대장부가 인형을 갖고 놀면 불알이 떨어진다니까, 제하가 멋쩍어하면서 슬그머니 단비한테 인형을 내민다. 그래서

내가,

"하나 사줄까?"

했더니 제하는 목을 세차게 흔들었다. 그야말로 사나이 체면에 갖고 싶다는 말을 못하나 보다. 속으로는 갖고 싶어도.

자고 있는 단비 얼굴이 발그스레하다.

저런 얼굴을 오랜만에 보는 것 같다. 아프지 말아야지. 텔레비전 시작할 때와 끝날 때 애국가 장면을 좋아하는 아가씨.

텔레비전에서는 애국가 반주만 나온다. 내가 노래를 따라 불렀더니 이 아가씨, "동해물과"를 꽤 부른다. 군데군데 발음이 요상한 데는 있지만. 노래 솜씨는 보통이 아니다. 멜로디를 잘 잡는다.

제 아빠는 잘 모르겠지만 양하는 노래는 별로인 거 같은데 돌연변이 아이가 생겼는지도 모른다. 애국가 장면을 대단히 좋아하는 아이.

또 단비는 "케이비에스"를 "케비씨"라고 한다. "케이비에스" 그러니까 "케비씨"를 따라 발음하는 것도 굉장히 좋아한다. 그래서 "케이비에스"가 나오면 "케비씨"를 따라 하느라 정신이 없다.

두 팔을 활짝 벌리고 잘도 잔다.

제발 잘 커다오. 내가 너한테,

"단비야, 아프지 말고 잘 커어. 잘 커서 엄마 아빠한테 가자. 단비야, 잘 커어."

속삭이듯이 가끔 부탁을 하는데, 그 말대로 잘 커다오. 아프지 말고 잘 커다오.

아이들이 아플 때 보면, 그 원인이 대부분 어른의 부주의에 있는

듯싶다. 그러나 단비야, 저항력을 키워서 할머니의 어지간한 잘못을
이겨다오.

4월 9일

밤 9시 30분, 양하한테서 전화가 왔다. 꿈이 좋지 않았단다.

단비가 그동안 많이 아팠기 때문에 나는 뜨끔했다. 수강이는 양
하 전화를 받고 양하 목소리가 좋지 않다고 했는데 글쎄, 그 애들도
우리가 걱정을 할까 봐 아파도 아프다는 소리를 안 하겠지.

"단비야, 엄마 전화. 빨리 받아, 빨리."

해도 요 지지배가 뻔질거리면서 받지 않는다. 저번에도 받지 않아
서 양하가 서운해했는데. 비싼 전화를 에미가 목소리나 듣자고 걸고
있는데.

단비가 그동안 다니던 놀이방 대신 오늘부터 "또레또 몬테소리"에
나간다. 여기는 만 삼 세 이상부터, 유치원에 가기 전의 아이들 놀이
터다. 단비가 너무 어려서 자격이 안 되었는데 경숙이 빽으로 겨우
붙여줬다.

어엿하게 또레또 모자에다 가방을 메고, 아침 9시부터 12시 반까
지, 유아기관에서 생활을 하게 될 판이다. 다른 애들을 따라갈지 애
기 짓이나 하다 말지….

목욕을 하면서 머리를 감기면 샴푸 냄새가 난다고 코를 손으로
감싸 쥐는 아이.

내일 "또레또"에 갖고 갈 연습장이며 색연필 같은 것을 산다고 제

하랑 숙모랑 지금 갔다 왔는데, 손도 안 잡고 혼자 휘젓고 다니더란
다. 기운을 차린 거 같다. 한식(寒食)이 지났는데 양하가,

　…이번 한식에는 엄마가 산소에 못가겠네, 단비 때문에. 나도 늘
　산소에 가다가 안 가니깐 허전하네. 내가 대신 그날 장미꽃 사다
　가 꽂아놓고 제사 지낼까?
　제사는 건너뛰고 장미꽃이나 사다 놓을게.(우리 살림에 장미꽃
　은 엄청난 지출이야)

　나는 그 애들이 사다 놓을 장미꽃을 생각한다.
　내 성장 목록에는 꽃이 없다. 우리는 비교적 빨리 깬 집안이었는
데 꽃은 없다. 양하야, 너의 친할아버지는 나무랑 꽃을 무척 좋아하
셨단다. 장미에 대해서는 아는 게 아주 많았는데 한때는 푸른 장미
꽃을 키우느라 정신이 없으셨단다. 네가 사다 꽂을 장미꽃 생각을
하며 문득 떠오르는 옛 이야기.

4월 21일

　양하는 단비가 보고 싶다면서, 제일 예쁜 짓을 할 때 떼어놓는 것
같아 너무 안타깝단다.
　아이를 데리고 공부하는 사람도 있지만 엄마도 아이도 고생이 너
무 심하다고 했다. 그렇겠지, 그렇고말고. 아이라는 게 어떤 짐인데.
　창밖에서 봄이 오고, 봄이 무르익고 그리고 봄이 가도, 나는 갔는

지 왔는지도 모른다.

개나리가 피었다 지고, 진달래 역시 피었다 져도 모른다. 아이한테 붙잡히면 계절도 커피도 다 바람과 함께 기억 저편의 일이 되어 버린다.

그러니까 아이를 안 낳겠다는 소리도 나올 것이다. 그렇다고 안 낳을 수도 없고 갈등이겠지.

길어진 단비 머리를 잘랐다. 완전히 삐뚤빼뚤이다. 사발을 푹 엎고 자른 머리 끝부분이 들쭉날쭉하다고 보면 된다.

길어진 머리를 손질해 주기도 힘이 들어서 경숙이한테, 미장원에 데려가서 잘라주라고 했는데 경숙이하고 타이밍이 잘 맞지 않았다.

하는 수 없이 내가 잘랐더니 너무 삐뚤빼뚤이다. 나중에 미장원에 데려가야 할까 보다.

그동안 단비가 아프고, 내 컨디션도 좋지 않고, 내 원고도 밀려서 일기를 쓸 기력도 없었다.

내 왼쪽 손등, 손목 가까이의 뼈가 툭 튀어나와 있다. 이것도 결국 단비하고 씨름하다 생긴 뼈의 돌출이다. 힘을 주면 아프다.

인대 같은 게 늘어나서 그 밑에 눌려 있던 말랑말랑한 뼈인지 그런 것이 툭 튀어나왔지 싶다. 불쌍하게도 나는 이제 늙은 당나귀—.

단비는 아직도 누런 콧물이 콧속에 가득 차 있는데, 왜 이 콧물이 마르지 않을까. 감기 후유증이고 코, 귀, 목에 다 온다니 걱정이다.

이번에는 내가 드러누울 뻔했다. 귀가 고장이 나고, 허리가 고장이 나고, 끝에 가서는 몸살이 올 것 같았는데, 고비를 넘긴 듯싶다.

단비가 또래또에 잘 나가준다. 제일 어린아이인데 그런 대로 따라

간다고 한다.

이 애가 "또레또" 가방이며 모자를 어찌나 좋아하는지 아침에 갈 때면 꼭꼭 챙겨서 쓰고 멘다. 수강이는 모자 쓰고 가방 메는 맛에 "또레또"에 가는 거 아니냐고 한다.

처음에는 놀이방에 못 가서 안달이더니 "또레또"에 익숙해지고 나서는 놀이방이 컴컴하다면서 유치원이 더 좋댄다.

저번에 병원에 갈 때, 단비가 모자를 쓰고 가방 멘 것을 보더니 택시 기사 아저씨가,

"몇 살인데 어딜 다녀요?"

물었다.

기사 아저씨 눈에도 어딜 다닐 나이가 못돼 보이는 모양이었다.

그래도 잘 다니고 있다. 양하가 보면 기특할 거다. 내가 이렇게 고생하는 거 너 아니?

아침 6시 30분에 일어나더니 단비가 모자란 잠을 채우느라 낮잠을 2시 15분에 자기 시작해서 4시 40분 지금까지 낮잠을 자고 있다.

12시부터,

"자고 싶어."

하더니 실컷 잔다.

그런데 12시부터 자고 싶다던 애가 2시에 우유를 먹여서 자라니까 벌떡 일어나더니 하는 말.

"안 잘 거야."

바퀴벌레가 나온다고 했더니, 요 지지배 봐라?

"안 나와."

겁을 먹지 않았다. 그럼 다음 수단으로,

"단비는 자지 마. 할머니는 오빠하고 잘 거야."

해도,

"오빠하고 자."

넘어가지 않았다.

그러다가 결국 잠이 들었는데 이 애가 얼마 전까지만 해도 "하지 마" 하면 "한다"고 야단이었다.

그러니까, "자지 마" 하면 잔다고 야단이고, "먹지 마" 하면 먹는다고 야단이고, "가지 마" 하면 간다고 야단이었다. 그래서 그걸 이용해서 먹이기도 하고 재우기도 했는데 이제는 "망태기 할아버지 온다!" 해도 겁을 먹지 않는다.

전에는 "망태기 할아버지!" 하기만 하면 후딱 엎드려서 얼굴을 박고 야단이었다. 그런데 그런 수가 이젠 단비한테 하나씩 하나씩 먹혀들지 않는다.

그렇다면 나도 새로운 수를 하나씩 하나씩 만들어 가야지. 그걸 못하면 궁둥이를 팡팡 때려 울려서라도 말을 듣게 하는 수밖에.

그래도 오랜만에 기침도 안 하고 밥도 잘 먹으니 참 예쁘다.

참, 내가 단비 머리 자른 게 실패해서 미장원에 데려다가 일금 2천 원 주고 손을 봐왔다. 미용사 아가씨가 다 깎고 나더니,

"길러주세요."

했다.

아이들 머리는 긴 게 예쁜가 보다. 그 애의 깡둥하니 올라간 머리를 보면서 억지로 나는,

"좋아, 좋아."

한다.

경숙이가

"에이, 시골애 같애."

하더니 나중에는,

"이것도 괜찮아."

했다.

양하가 보면 뭐라고 할까. 그러지 않아도 할머니가 기르는 애들은 할머니 같다나? 할머니 센스가 후지다고.

또 동작도 굼뜨고 또 뭐랬더라? 그렇지, 그렇지. 노인네들 닮아서 말도 느릿느릿 한댔지.

그렇지만 단비야, 하는 수 없잖아. 할머니가 머리 가꾸는 힘이 부치니 하는 수 없지 뭐.

이뻐이뻐, 이만하면 이뻐.

내 소녀시절 남자애는 아버지가 바리캉으로 머리를 빡빡 깎아주셨고 여자애 머리는 엄마가 잘라주셨다. 언니들은 이미 커서 뒤로 묶었고 나는 늘 단발이었다. 가르마를 왼쪽인가 바른쪽엔가에 타고 귓불 찰랑찰랑 머리를 잘라주는 스타일이다. 목덜미의 잔머리도 비눗물을 찍 묻혀서 날카로운 면도칼로 엄마는 잘 밀어주셨다. 그 시절의 엄마들로서는 보기 드문 솜씨였다.

그러나 나는 엄마에게 머리를 디미는 일이 늘 슬펐다. 나는 오갑빠(일어)가 너무너무 하고 싶었다. 가르마를 타지 않고 앞머리를 눈썹 바로 위에서 한일(一) 자로 자르는 스타일을 오갑빠라고 했다.

우리는 함흥시내에서 약간 벗어난 변두리에 살았는데 시내 아이들은 모두 오갑빠였다. 같은 단발이라도 확 달랐다. 시내하고 변두리의 차이처럼. 아, 죽더라도 오갑빠는 꼭 해볼 것이다. 나는 몇 푼 안 되는 용돈을 한 푼 두 푼 모았다.

내가 꽤 좋은 여학교에 붙었다. 그날 나는 함흥에서 제일 번화한 거리의 이발소(미용실)에 가서 가진 돈을 몽땅 내고 오갑빠를 했다.

엄마가 오갑빠를 한 나를 때렸을까, 화를 냈을까? 내가 계산을 했잖아, 그날이야 설마 엄마가 나를—열세 살이나 됐으니 그 계산을 착 했지.

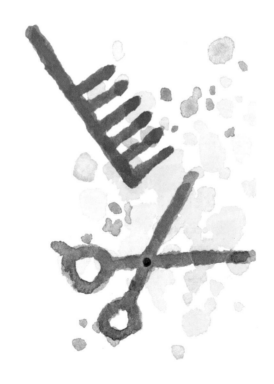

봐, 엄마는 너무나 어처구니가 없어서 한참 나를 쳐다봤다. 그리고 아무 일도 없었다. 단비 머리를 삐뚤빼뚤 잘라놓고 어휴, 세 살이니 망정이지….

4월 23일

아침 9시부터 12시 30분까지 황금 같은 시간, 단비가 "또레또"에 가시고 없다.

오늘 아침에는 속내복을 짧은 걸로 갈아입혀서 아이를 좀 시원하게 해줄까 하다가, 윗도리만 얇고 통풍도 잘될 듯한 걸로 입혀서 보냈다.

그런데 시간이 갈수록 날씨가 꾸물꾸물이다. 아이를 얇게 입혀서 보낸 게 아닌가 걱정이 되네.

나는 단비가 감기에 걸려 기침을 다시 하게 되면 큰일이다 싶어 옷을 두껍게 입히는 편인데 또 그렇게 되면 아이의 저항력이 떨어질까 봐 그게 걱정이고….

그러나 체력을 높일 때까지는 두껍게 입히는 게 낫다는 생각이 더 많다. 아이들은 아프면서 큰다지만 아프면 너무 겁이 나서—.

요즘 그 애의 누런 코가 마르지 않아서 이비인후과에 데려가야 하나, 싶은 생각이 자꾸 든다. "안 소아과"에서 말하기를,

"아이들이 코를 흘린다고 병원에 옵니까. 열이 나거나 기침을 해야 오지요?"

열이 없는데도 내가 아이를 병원에 데려왔다고 웃는 듯했다. 그렇

지만 그 뒤로 단비가 얼마나 오래 기침을 하고 병원에 다녔는데?

코를 어떻게 하면 좋지? 얼마 동안 내버려둘까? 그랬다가 빨리 잡아야 하는 콧병 기르는 거 아닌지? 지금쯤 우리 단비는 "또레또"에서는 무얼 하고 있을까? 내가 기운이 좋으면 밖으로 끌고 다닐 텐데 먼저 뻗어가지고 기운이 부치니 어쩌지?

아이들은 할머니 할아버지가 기르면 말투도 느려지고 움직임도 굼떠서 노인 같아진다니 속이 상한다.

엄마는 중이염 괜찮아? 그저 아프지만 마세요.

저번 주에 소포랑 편지랑 다 받았어. 단비는 너무 못생겨지는 것 같아, 실망스럽게. 심술만 잔뜩 부리는 것 같고. 엄마가 너무 괜히 안됐다 싶어. 감싸서 키울 필요 없어. 그냥 강하게 키워.

어차피 여기 와서 부대끼면서 커야 될 텐데, 지금 너무 과잉보호하면 나중에 더 힘들 것 같아. 여기서는 아주 어려서부터 강하게 키우는 것 같아. 감싸서 키우지도 않고, 그래서 그런지 추위도 덜 타고 자립심도 있고. 우리는 그저 전전긍긍하잖아.

…백화점 가서 느낀 건데 우리나라가 너무 고급을 쓰는 것 같아.

정말 일류 브랜드만 고집하고.

지금 내가 신고 다

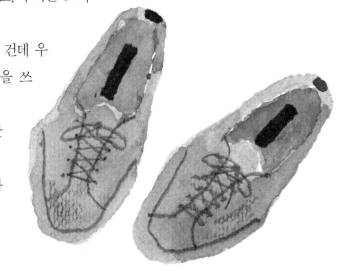

니는 신발은 지난 겨울에 천 오백원(천으로 만든 거, 철이 지났어) 주고 산 걸 신고 다니는데, 세상에 그렇게 예쁜 신발 신고 다니는 사람 없는 거 있지.

아무튼 여름 되면 그런 거 두 개 정도 사놓았다가 겨울에 갖다 줘.

너무 좋아.

비가 오면 천이라 질척거리긴 하지만.

4월 28일

제하 생일을 앞당겨 한다. 친구들이 20명쯤 왔을까. 단비는 정신이 쏙 빠져서 그렇게 시끄러운데도 우유를 먹으면서 낮잠, 3시간을 내리 잤다.

단비 코가 거의 말라가고, 건강해져 가는 것 같아서 너무 좋다. 단비가 건강하면 온 세상이 다 밝다. 이 애만 건강하면 무슨 걱정이 있는가.

내 귀도 거의 나아가는 모양이다. 일주일 치 약을 주고, 더 오지 않아도 된단다.

그러나 내 왼쪽 손목뼈는 더 불거져서 올라온다. 전에 팔이 왜 아팠는지 알았다. 다 단비 때문인데, 팔목 힘줄(?)이 늘어나서 뼈가 튀어나오기 때문이다.

4월 30일

한참 자고 나니까 단비가 가느다랗게 앓는 소리까지는 아니래도, 아무튼 숨소리에 곁들여서 숨소리가 아닌 다른 소리가 났다.

전에는 잠결에 그런 소리 내는구나 했는데, 이번에 아프고 나면서 그게 다 몸이 편치 않다는 신호라는 걸 알았다.

그러나 그 소리가 곧 없어지고 아이도 잘 자기에 나도 따라서 잤는데, 새벽엔 아이가 아무래도 깊은 잠을 못 자고 자꾸 낑낑거렸다.

그럴 때면,

"단비야 자!"

하곤 했는데, 오늘 새벽에는 그 애가 뒤척거리는 걸 보자 정신이 확 들었다. 얼른 일어나서 머리를 짚었다.

초저녁에도 그 가느다란 소리를 듣고 놀라서 이마를 짚어봤는데 열은 없었다.

그런데 열이 있다. 4시 30분. 체온계를 갖다 대니 37.5도.

숙형이 형부가 말한 "폰탈시럽"을 먹였다.

한 시간쯤 지나자 열이 내리기 시작했다. 병에다 따뜻한 물을 충분히 담아서 먹였지만 역시 깊은 잠은 들지 못했다.

웬일일까. 코도 다 말라서 이젠 됐다 했는데 웬일일까. 뭘 또 잘못했을까. 이 애가 아프면 나는 어쩌지?

애들은 아프면서 큰다는데, 그래 그렇게 생각하자. 애들은 아프면서 자랄 것이다. 역시 위로가 된다. "또레또"에 보내지 않고 소아과에 데려가기로 한다. "이 소아과"로 갈까, "안 소아과"도 갈까?

"이 소아과"가 단비한테 맞다는 생각도 들고, "안 소아과"가 실력이 있는 것 같기도 하고─.

"이 소아과"로 간다.

목에 하얗게 백태가 꼈다고 한다. 목과 코 때문에 열이 올랐단다. 약을 먹고 지금은 저녁 7시 30분, 열이 없다. 밤에 열이 오르지 말아야 되는데. 3일엔 내가 옥포로 간다. 단비 일이 여간 마음에 걸리는 게 아니다.

경숙이가 와서, 열감기가 돌아, "또레또"의 아이들 셋이 오지 않았단다. 우리 단비쯤이야 그런 감기는 거뜬히 이길 텐데. 어젯밤까지 춤추고 노래하고 컨디션이 아주 좋았는데.

하기야 애들은 알 수가 없다. 열이 펄펄 나서 힘이 쭈욱 빠질 때까지는 잘 노니까.

에구, 요 애물단지가 피아노를 치겠단다.

정말 애물단지─.

5월
유치원 단골 지각생

5월 1일

우리 아가씨가 잔다. 오늘은 빨리 잔다.

오늘은 어린이날인 데다가 준연이 생일이다. 단비 고모님들이 다녀갔다. 준연이 생일이라서 동생 생각이 나고, 또 엄마 아빠랑 떨어져 지내는 단비가 안쓰러워서 보러 왔을 것이다.

우리 단비는 공부를 하자면 카드를 가지고 와서 "기차"가 나오면,

　…기차길에 오막살이…

노래 한마디 하고, "토끼"가 나오면,

　…산토끼 토끼야…

춤까지 한바탕 추고, 넉살이 너무너무 늘었다. "산토끼" 노래가 "나의 살던 고향"으로 가서 붙기도 한다. 또 엄마 타조, 아기 타조 하면서 작곡 편곡까지 해가면서 한바탕 노래를 불렀다.

양하가 떠나고 나서 꼭 넉 달하고 나흘, 단비를 키웠다.

크긴 컸다. 말이 늘어난 것은 물론이고, 유심히 보면 표정이 다양해지고, 손발도 궁둥이도 다 컸다는 걸 알게 된다.

변기가 점점 작아져서 잘못하면 오줌이 밖으로 새는데, 그래서 나

는 단비더러 오줌을 눌 때마다 뒤로 바싹 앉으라고 말한다.

그러면 단비는 알아차리고 궁둥이를 들고 뒤로 바싹 붙어 앉는다. 옷을 몇 번 적셔서 나한테 야단을 맞았으니까.

인형을 타월에 싸안고 다니면서 자기가 엄마란다. 내가 궁둥이를 팡팡 때려도 꿈쩍을 안 한다. 어떤 때는 도리어 나한테 덤빈다. 팩 돌아누워서 옷장을 발로 마구 찰 때도 있다. 영 못마땅해서.

전에는 내가 궁둥이를 때리면 찍 울었는데 요즘은 울지도 않는다. 울지도 않고 덤빈다.

밤에는 놀면서 까불어 대는데 얼굴 표정이 점점 익살스러워진다. 눈을 아래로 내리깔기도 하고, 모로 굴리기도 하고, 위로 치뜨기도 하고, 나하고 장난을 치는 것이다.

점점 더 귀여운데 제 엄마 아빠는 그걸 못 보고.

5월 2일

아침에 양하한테 전화를 했다.

어제가 어린이날인 데다가 준연이 생일이기도 하고 또 단비 고모님들도 왔다 갔기에 밤에 전화를 걸었는데 받지 않았다.

여기서 밤 10시 이후에 걸면 전화 값이 좀 싸다기에 해봤는데 받지 않았다. 그래서 오늘 아침에 걸었더니 받았다.

어제는 학교에 일찍 가는 날이라, 여기가 밤 10시 때 거기는 아침 8시여서 이미 학교에 가고 없었다고 한다.

전화를 받고 양하가 뜻밖이었던지 놀랐다.

단비한테 미리 가르쳐 준 말을 몇 마디 시키고, 그래도 미국에 전화를 했다고, 전화료가 무서워서 얼른 끊었다.

여기서라면 한 시간도 더 붙잡고 있어야 할 전화를 5분이나 했을까. 양하의 목소리가 꽤 밝았다. 놀라고 금방 흥분해서.

전화하길 잘했다.

양하가 얼른 하는 소리가, 오늘은 길게 전화를 했으니 다음 전화는 자기가 걸겠단다. 저쪽도 이쪽도 전화료가 무서워서 거기에만 신경을 쓰면서 하는 소리다.

전화 잘했지.

내일은 내가 옥포로 간다. 두 밤을 자고 오게 되는데, 단비를 처음으로 떼어놓고 가서 아주 마음에 걸린다. 경숙이가 잘하겠지.

단비는 오늘 경숙이를 따라서 "한신코아"로 갔다. 밖에 나간다니까 너무너무 좋아서 춤을 추면서 뱅글뱅글 돌았다.

밖에 나가는 게 너무 좋은가 보다. 바람처럼 돌아다니고 싶은가 보다.

5월 7일

단비는 "또레또"에 가고 없다. 내가 3일에서 5일까지 집을 비웠는데 한 번도 할머니를 찾지 않았단다. 경숙이는 체념이 빠른 애라고 하고, 정훈이 엄마는 엄마가 공부하게 타고난 애라고 했단다.

4일에는 가고 싶고 또 가고 싶던 "롯데월드"로 갔다는데 얼마나 기뻐했을까. 하기야 기다리고 기다렸을 때가 더 좋았을지도 모르지만.

악대가 "롯데월드" 안을 한 바퀴 돌 때는, 너무 앞에 앉아서 귀가 따갑다고 경숙이한테 귀를 파묻고 있었단다. 제하는 단비를 잃어버릴까 봐 뒤를 쫓아다니는데 정신이 없었던 모양이다.

아무튼 잘했다.

밤 11시가 다 돼서 돌아오니까 막 재웠다는 애가 벌떡 일어났다.

내가 없는 사이 양하한테서 단비 샌들하고 내 목걸이하고 편지가 함께 와 있었다.

단비 샌들은 세일해서 15달러, 이태리제였다. 세일해서 15달러라면

우리 단비한테 너무 고급이네. 눈 딱 감고 샀겠지. 내 목걸이는 보내지 않아도 되는데, 그래도 보내고 싶었겠지.

엄마 기쁘게 하려고. 돈을 버는 놈들이 보내야 엄마가 기쁘지. 가슴이 사르르 녹네, 그냥.

5월 10일

여학교 동창회가 있어서 아침에 단비를 정훈이 엄마한테 맡겼다. 경숙이는 "또래또"에서 가는 "드림랜드" 소풍에 따라갔는데, 단비는 기침이 날까 봐 보내지 않았다.

나는 부랴부랴 돌아왔지만 3시 30분이나 됐다. 정훈이 엄마 말이, 울지도 않고 잘 놀고 밥도 잘 먹었단다.

낮잠을 5시가 다 돼서야 잤는데 7시 30분인 지금도 단비는 곤하게 잔다. 자기 전에 안 잔다고 야단을 쳐서 기침을 한바탕 했다. 자는 게 그렇게도 억울한가 보다.

목욕을 오래 시키지 못해서 모습이 꾀죄죄하다. 양하가 봤으면 마음이 아플 텐데. 오늘 밤에 목욕을 시킬까 어쩔까 갈등 생기네.

5월 17일

편지랑 사진이랑 잘 받았어. 단비가 너무 갑자기 큰 거 같아. 모자 쓰고 가방 메고, 아주 그럴듯해. 걔가 좋아하게도 생겼더라. 마치 뭐라도 된 기분인가 보지?

가방을 목에 걸어서 좀 불편할 텐데. 고 어린 게 도시락을 싸가?

참 내. 도대체 뭘 싸가지고 가서 어떻게 먹지? 혼자서는 못 먹을 텐데. 누가 먹여주나?

그리고 뭘 제대로 알아듣고 좋아하나 봐? 하여간 웃길 노릇이야. 내가 데리고 있었으면 생각도 못할 일인데, 벌써 그런데 다니면서 너무 빨리 크는 거 아냐?

아무튼 좋아한다니 다행이야.

그나저나 이제는 할머니한테 반항하나 봐? 나 같으면 완전히 기를 팍 죽여 놓을 텐데. 감히 어디서 성질을 부려? 엄마도 괜히 봐주지 말고 진짜로 가끔 무섭게 해.

그래야지 개가 무서운 것도 알지, 뭐든 자기 마음대로만 하려고 할까 봐 걱정이야. 추측컨대 지금 모두들 단비를 많이 봐줄 것 같아. 그러니까 조금 무섭게 해도 될 거야.

아직도 여전히 통통하네.

유모차를 끌고 가서 "또레또" 앞에서 기다리는데 문이 열리지 않는다. 1시까지는 병원에 가야 하는데, 늦으면 병원 점심시간일 텐데. 그래도 문이 열리지 않는다. 1시 하고도 30분이 지났을 텐데 열리지 않는다.

엉뚱한 데서 선생님이 아이들을 데리고 온다. 그런데 단비는 보이지 않는다. 가까이 가자,

"밖에서 한차례 뛰놀았어요."

한다.

단비는 영빈이 엄마(보모)가 집으로 데리고 갔단다. 그래서 내가 그쪽으로 쫓아가는데 영빈이 엄마가 수빈이하고 단비를 도로 데려오고 있었다.

우리 집 문이 잠겨 있었으니까.

공원 안 놀이터에서 놀았는데 단비가 미끄럼틀을 밑에서부터 기어 올라갔다고 한다. 저 혼자서 한다면서 씩씩하게 기어 올라갔다고 한다.

미끄럼틀도 잘 타고 또 어떤 때는 큰애들보다 더 잘한다는 게 수빈이 엄마 말이다.

얼른 유모차에 싣고 병원으로 갔다. 의사 선생님이 이제 그만 오란다.

단비가 고생했지.

진찰할 때마다 의사 선생님이 사탕을 한 알씩 주는데, 그걸 얻어먹는 재미에 단비가 병원에 다녔다. 정말정말 다시는 기침에 붙잡히지 말아야지.

오다가 양하한테 편지를 부쳤다.

편지에다 단비가, 어버이날에 "또레또"에서 만든 목걸이를 할머니에게 걸어준 애기를 썼다.

그 목걸이는 수수깡(물감을 들여서 구슬처럼 토막토막 자른 것)을 실에 꿰어서 만들었는데, 삐뚤삐뚤 수수깡이 실에서 빠져 나온 게 바로 단비가 꿴 거란다.

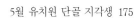

수수깡 구슬 사이사이에는 튀긴 옥수수(팝콘)도 더러 섞여서 끼어 있었다. 단비는 나한테 목걸이를 걸어주고 나서 그 목걸이의 튀긴 옥수수를 빼 먹었다.

지금도 그 목걸이가 책장 모서리에 걸려 있는데 단비가 옥수수를 빼 먹어서 목걸이 삼분의 일 정도는 실이 드러나 있다.

카네이션도 누가 만들어 줬는지 색종이로 만든 꽃을 갖고 와서 나한테 내밀었다. "또레또"에서 그렇게 하라고 시켰겠지.

그 카네이션하고 제하가 가져온 카네이션 두 개를 단비 옷장에다 붙여 놨는데 단비가 그걸 발기발기 찢어버렸다. 이 아가씨가 카네이션 주는 뜻을 알아야 말이지.

나는 단비하고 이렇게 산다오.

5월 21일

우리 아가씨가 지금쯤 무얼 하고 있을까.

19일 밤에 기침을 해서 둘이 함께 뜬눈으로 보냈다. 밤새 기침을 하는데 가슴이 미어질 지경이다.

새벽녘에는 토하는 바람에 견딜 수가 없어서 기도를 했다.

이 어린것을 도와주세요! 이 어린것을 도와주세요! 하고.

토하고 나서, 토한 것을 내가 치우고 있으면 벌떡 일어나서,

"내가 토했지?"

한다.

"이제는 안 토할게."

하기도 한다.

그 목소리가 어찌나 맑은지 깜짝 놀라면서 너무 기쁘다. 기침을 그렇게 했는데도 여느 때와 똑같은 맑은 목소리가 너무 기쁘다.

기침을 하면서 또 입을 막는다. 토하지 않으려고.

자기가 토한 것을 내가 허둥지둥 치우고 있으면,

"안 토할게."

하는데, 고 쥐방울만한 것이 할머니가 안돼 보이나 보다.

처음에 이 애가 토했을 때 나는 너무너무 놀랐는데 이제는 약간 이해가 간다. 특히 뭘 많이 먹은 날에 기침을 하면 쉽게 토한다는 걸.

예전에 우리 애들은 토한 것 같지 않은데. 또 예전엔 아이들 감기가 이렇게 오래가지 않았는데, 요즘 감기는 왜 이리도 질길까.

단비를 내가 단련시키지 않아서 자꾸 감기에 걸리는 걸까. 양하는 강하게 키우라고 했는데 나도 강하게 키우고만 싶다.

너무 전전긍긍하는지도 모르겠다. 인내심을 가지고, 시간을 들여서 천천히 아이의 체력을 길러야지. 그렇게 해보자.

애가 키는 컸는데 체중은 양하가 떠난 지 다섯 달이 되어 가는데 오백 그램이나 늘었을까.

15킬로를 밑돈다.

본디 표준보다 대단히 큰 애였는데 어쩌면 좋을까. 내가 뭘 잘못한 걸까. 왜 자꾸 감기에 걸릴까.

"또래또"에서 당번이 돌아오면 앞에 나가서,

"문단비가 당번입니다. 열심히 하겠습니다."

한다는 애가(당번은 점심때가 되면 일주일에 한 번씩 수요일에만 점심을 싸가지고 간다).

문단비가 당번입니다. 열심히 하겠습니다. —하고 나서, 아이들 이름을 하나하나 불러가면서 손을 씻게 하는 모양인데, 제 외숙모가 아이들 이름을 가만가만 일러주니까, 아이들 이름도 부르더란다. 조그만 소리로.

또 앞에 나가서 독창도 했단다. 조그만 소리로. 업어달라고 조르다가도 내가 허리가 아프다면 얌전히 포기하는 애가. 튼튼히 커라, 응.

어제는 배를 사다가 씨를 파내고 꿀을 넣어서 중탕을 해서 먹이고, 병원에 가서 약도 다시 받아왔다.

그 덕분인지 지난밤에는 거의 기침을 하지 않고 푹 잤다.

숙현이 언니가 무를 강판에 갈아서 꿀에 재워 오래 먹이라고 했는데, 시키는 대로 해서 맛을 보니까 매웠다.

내가 매우면 단비는 어떨까.

아니나 다를까 단비가 맵다고 붕어처럼 입을 빵긋거렸다. 그래서 나나 마셔버리자 싶어서 한참 뒤에 마셨더니 매운맛이 없었다.

그러면 그렇지. 삭아서 매운맛이 없어진 거야. 이걸 오래도록 먹어야지. 오래 먹일수록 기관지가 약한 애들이 효험을 본다니까.

오늘은 바람이 심하게 부는데, "또레또"에 갔다가 또 감기가 도지지나 않을는지. 바람이 심해서 아침에 경숙이가 업고 갔는데, 코를 박으라니까 단비는 제 숙모 등에다 코를 박고 업혀갔다.

업히면 신이 나는 애, 기분이 좋았을 거야.

이 유치원에서는 다섯 살 넘는 아이들을 받는 게 원칙인데 거기서 세 살짜리가 뭐 하고 있는지 모르겠다. 단비가 제일 어리고, 다음이 네 살난 특별한 아이가 하나 있고, 나머지는 모두 다섯 살이 넘는단다.

화장실은 물론 선생님들이 돌봐준다.

그래도 단비는 "또레또"에서 인기가 많다고 한다. 아이들이 모두 단비하고 짝꿍이 되려고 한단다.

너무 어리기 때문이겠지만, 귀엽다면서 두 손으로 단비 얼굴을 감싸고 해서, 귀찮게 구는 애가 많은 모양이다.

귀찮게 굴면 단비는 그 애를 밀어버린단다. 그래서 저보다 큰애들이 넘어지기 일쑤란다. 어리다고 모두들 봐주니까 단비는 밀겠지. 자기 얼굴을 마구 만지는 게 싫기도 해서.

어떤 애가, 문단비가 밀어서 넘어졌다고 집에 가서 일러바쳤다.

그 엄마는 단비가 왜 민 줄은 모르고, 자기 애 말만 듣고 "또레또"에 와서, 단비가 밀어서 우리 애 넘어졌다고 한 모양이다.

"또레또"에서 일주일에 세 번, 거기의 일을 돕고 있는 경숙이가 얄미워서,

"걔가 단비를 제일 귀찮게 해요."

했단다.

처음에는 무슨 소린지 몰랐는데 제 새끼가 다 예뻐서 팔이 안으로 굽는 거지.

그러나 단비가 넘어졌다는 것보다 단비가 밀어서 넘어졌다니, 나는 넘어진 애 엄마보다 기분이 좋다.

이 소리를 양하한테 써 보내야지. 대견하고 기분이 좋을 거다, 다른 애들이 어리다고 봐주는 것은 생각하지 않고.

단비 때문에 엄마랑 오빠네 식구가 제일 수고를 많이 하는 거 같아. 고 녀석이 예쁘면서도 골칫거리지 뭐. 그래도 쑥쑥 잘 커서 얼마나 고마운지 몰라. 아프기라도 하면 얼마나 마음이 아프겠어. 롯데월드도 갔다면서?

"오늘 편지 받았어요. 별일 없다는 반가운 소식!" 이런 편지를 양하한테서 받으면 나는 찔끔한다. 한술 더 떠서, "쑥쑥 잘 커서 얼마나 고마운지 몰라." 이렇게 되면 완전히 기가 팍 죽는다.

감기 걸려도 그냥 슬쩍 걸린 걸로 하고, 기침을 해도 몇 번 컹컹거리다 만 것으로 하고……

5월 25일

혈압이 오른다 혈압이. 180은 됐을 거야.

단비 약을 먹일 때마다 되풀이되는 일인데,

"자아, 단비 약."

하면 벌써 요 쥐방울이 입을 틀어막는다.

"안 돼. 잘 먹어야 돼."

그러면서 시럽 병을 가져오면 방에서 도망을 친다. 해롱해롱 웃으면서 도망을 친다.

우선 부드럽게 나간다.

"단비야, 약 먹고 어야 가자."

방에 들어온다. 방에 들어온 것을 보고 순갈에 시럽을 따르고 거기에다 가루약을 갠다.

"자아, 단비야."

숟가락을 가져가면 "헤헤헤" 하고 다시 도망을 친다. 달래고 도망을 치고, 화를 내고 도망을 치고. 그때쯤 되면 내 목소리가 한 옥타브는 올라가 있다.

"단비야! 요 지지배야!"

그러면 내 얼굴빛을 슬슬 살피면서 나한테 쫓겨서 방구석까지 간다. 먹을 듯이 입을 벌렸다가 꽉 닫아버린다.

"단비야!"

너무 고함을 쳐서 손까지 떨린다. 약이 조금 엎질러진다. 밑에 이불이라도 깔려 있으면 거둬서 빨아야 한다. 시럽이 끈끈해서 닦아서는 안 된다. 그래도 단비는 입을 다문 채 꿈쩍도 하지 않는다.

일단 약을 치운다. 그러자면 약이 더 엎질러지지 않게 숟갈의 밥 뜨는 쪽하고 손 잡는 쪽을 수평이 되게 잘 놔야 한다. 얇은 책이 없으면 종이 같은 것을 꿍쳐서 손잡이 밑에 고인다.

결국 나는 폭발한다.

"요놈의 지지배! 할머니가 니 밥이야, 개똥이야! 할머니 힘들어 죽겠는데 왜 밤낮으로 힘들게 해! 할머니가 죽어도 좋아? 혈압이 올라서 죽어도 좋냐 말야!"

단비가 얻어맞는다. 궁둥이를 팡팡 얻어맞는다.

"아파아."

왕! 울음을 터트린다.

"아프라고 때리는데 그럼 아프지. 약 잘 먹을 거야!"

"네."

"정말 잘 먹지? 안 먹으면 갖다 버릴 거야! 망태기 할아버지한테 갖다 버려야지."

"잘 먹을 거야."

"알았어!"

이래서 잘 먹을 때도 있고, 약속을 헌신짝처럼 깨고 다시 도망갈 때도 있다. 어떤 때는 약을 다 엎어버려서 다시 탈 때도 있다. 그런 날에는 약을 먹이고 나서도 화가 풀리지 않는다. 그러면 단비 얼굴 보는 것도 미워서 이솝 이야기를 틀어주고 나는 방으로 들어와 버린다.

"독수리와 딱정벌레"를 단비가 굉장히 좋아한다. 독수리가 가엾은

토끼를 잡아먹는 이야기다.

독수리가 가엾은 토끼를 낚아채려고 한다. 딱정벌레가 놓아주라고 사정을 한다. 독수리는 딱정벌레 말을 듣지 않고 토끼를 낚아서 가 버렸다. 화가 난 딱정벌레가 이때부터 독수리 둥지를 찾아내서는 그 속의 독수리 알을 모조리 땅바닥으로 떨어뜨린다.

단비가 제일 좋아하는 대목은 필사적으로 도망치는 토끼를 독수리가 날카로운 발톱으로 낚아채는 장면이다. 다음은 알이 없어진 독수리가 눈물을 뚝뚝 흘리는 장면이다. 벌써부터 극적인 장면만 좋아한다.

다 보고는 단비가 방으로 들어온다. 그림책을 들고 와서 어쩌구저쩌구한다. 나는 아까 약올랐던 것이 아직도 풀리지 않은 상태다. 단비가 말을 걸어와도 모른 체한다.

할머니랑 대화를 하려던 단비가 시무룩해서 구시렁거린다.

"할머니가 말도 안 하고… 낙타 호랑이 이야기하고 싶은데…"

어이구, 내가 져야지. 그래서 단비가 바라는 대화가 다시 시작되었다. 단단히 다짐을 받아둬야 되는데. 뺀질거리지 않고 약 잘 먹겠다고.

5월 26일

오후 3시. 단비가 잘 자고 있다. 간밤에도 잘 잤다. 나는 두 번이나 기도를 드렸다. 아프지 않게 도와주세요, 하고.

어제는 내 바지 밑둥을 뚝 잘라서, 허리에다 멜빵을 달아 밤에 단비한테 입혔다. 낮에 그걸 만들어 놓고 단비한테 한번 입어보라니까 안 입는다고 울고불고 질색을 했다.

걔 눈에도 그 자루바지가 말도 안 되게 마음에 안 드는 모양이었다. 그걸 할머니가 입으라니.

그런데 밤에는,

"단비 입는 거야?"

하면서 고분고분 입었다.

얼떨결에 입은 건가? 아니면 안 입는다고 낮에 나한테 혼이 나서 입는 걸까?

그런데 입혀놓고 마루에 나갔다가 들어오니까,

"안 입을 거야."

울상을 짓고 있었다.

나는 엄숙하게,

"자, 자."

하면서 우유병을 내밀었다. 단비는 하는 수 없이 우유병을 받아들고 그 자루옷을 입은 채 누웠다.

　우유 먹는 거 보면서 그 자루옷을 보고 있자니까 "안 입을 거야" 할만도 해서, 단비 몰래 나는 밑을 보고 웃었다. 웃어도 또 웃음이 나왔다.

　그런데 기침 한번 안 하고 단비가 너무나 잘 잤다. 새벽 4시에 일어나서 나는, 단비의 자루잠옷의 넓다란 바지 가랑이에다 손을 살며시 넣었다. 훈훈했다.

　옳아, 하면서 나는 가슴이 철렁 내려앉는 것을 느꼈다.

　3월 초부터 줄곧 기침과 콧물 때문에 애가 너무 고생을 했는데 추웠던 게 맞구나.

　단비는 늘 이불은커녕 타월을 걸쳐줘도 뻥뻥 차냈다. 그래서 애가 춥다는 생각은 못했다. 그래도 내복 하나 갖고는 보온이 안 될 텐데 싶어서, 지난 초순쯤부터는 전기담요를 깔아주었다.

　그러나 기침의 주범은 추위였다는 생각을 하자, 나는 벌떡 일어나 앉았다.

　애한테 너무나 미안해서.

　3월, 4월, 그리고 지금은 5월, 백 일 가깝게나! 열흘도 아니고 백 일 가깝게나 이 애를 춥게 하다니!

　밤에 일어나서 내 이불의 한 귀퉁이를 살짝 단비에게 덮어보기도 하고, 정 차던지면 덮는 대신 이불을 가지고 애 둘레를 병풍처럼 막아보기도 했다.

　지난봄에도 기침 때문에 한차례 고생한 일이 있어서, "이 소아과" 의사 선생님 말대로 목의 모세혈관이 약해서 기침을 잘하나 보다,

그렇게만 생각해왔다.

작년에도 여름이 가까워지면서 기침이 자연히 떨어졌던 생각만 하고, 이제 괜찮겠지, 조금만 더 버티면 되겠지, 그런 생각만 했다.

무를 강판에 갈아 꿀을 재워서 냉장고에 넣어놓고, 이제 약을 끊으면 그걸 오래오래 먹이자는 생각만 했으니—.

저번에, 단비가 놀이방엘 다닐 때 어떤 엄마가 그랬다. 자기네 애는 밤에 잘 때, 내복을 입히고 다시 잠옷 하나를 더 입힌다고 했다. 그때 그 말을 왜 잘 생각해 보지 않았을까.

단비 기침이 밤에 보온을 잘못해서 생긴 거라면—지금은 거의 그렇다는 생각이 든다. 왜냐면 오늘은 낮에도 기침을 거의 안 했고 지금도 숨소리가 고르게 잘 자고 있다.

보온을 잘못해서 단비가 기침이 난 거라면, 이 잘못을 어떻게 빌까, 하루이틀도 아니고 석 달씩이나!

중간중간에 괜찮을 때가 있었다고는 하지만, 그래도 석 달이다! 석 달 동안 아이를 추위에 떨게 하다니!

자다가 일어나서 아이 목에다 손을 가져가 보면 땀이 나 있었다. 늘 그랬던 것은 아니지만 땀이 나 있을 때가 많아서 춥지는 않겠지, 했다.

그러나 밤이 깊어지면서 밖의 기온이 떨어지고, 새벽에 불이 한번 들어오기는 하지만, 그 뒤에 기온이 또 떨어지면 내복만 입은 애가 추웠을 것이다. 그러다가 방 안의 공기가 더워지면 땀을 흘리곤 했겠지.

단비를 내가 예뻐서 못 산다 한들 애의 보온을 제대로 못해서 석 달이나 기침을 하게 했다면 그게 다 무슨 소용인가!

어제 "안 소아과" 의사 선생님이,

"약을 한 달이나 먹었다고 하시는데 먹다 말다 했겠지요. 열이 없었다니까 기침이 계속되는 건 약을 계속 먹이지 않아서 그래요. 기침을 한다고 다 약을 먹는 건 아니지요. 시골 애들이 약을 먹어요? 그렇지만 먹었다 안 먹었다 하는 건 나빠요. 먹일 때는 계속 먹이고 안 먹이려면 일주일이고 그냥 둬야지요. 먹이다 말다 하면 나빠져요."

나는 약을 계속 먹였다고 중얼거렸다. 그러나 이제 나았다 싶었을 때는 중단했다. 약을 오래 먹이면 나쁘다는 어설픈 지식도 있어서.

그러니 의사 선생님이 계속 먹이지 않은 게 나빴다고 강조해도,

"아닌데—."

볼멘소리가 도중에서 끊어질 수밖에 없었다.

"한 달이나 기침을 했다는데 다른 데가 나쁘면 벌써 딴 증세가 나왔지요. 기관지염이 된다든지 목이 붓는다든지. 그렇지만 기관지도 목도 괜찮거든요."

기관지며 목이 괜찮다는 소리가 그렇게 고마울 수 없었다. 그래서 앞으로는 죽어도 살아도 이 병원만 다니자고 맹세하면서 집으로 돌아왔다.

집에 돌아와서 문득 단비 잠옷을 만들자는 생각을 했다.

예전에 내 아이들을 기를 때 이불을 하도 걷어차서, 이불에다 멜빵을 해줄까, 하는 생각을 여러 번 했었다.

그때는 요즈음 아파트 난방 같지가 않았다. 연탄을 땠기 때문에 방 공기가 찼다. 그래서 애들이 이불을 발로 차 던진다 해도 단비 같

지는 않았다. 이불을 얌전히 덮고 잘 때도 많았다.

그에 비하면 요즘 아파트는 불이 들어오지 않을 때도 방 공기가 그렇게 차게 느껴지지 않는다. 그래서 아파트에 사는 애들이 이불을 덮지 않는 모양이다.

현지도 덮지 않는다고 했다. 지연이는 몸에 타월을 감아서 재운다고 했다.

타월을 감으면 애가 얼마나 답답할까. 몸은 열이 날 때도 있고 식을 때도 있는데. 그래서 나는 내 바지를 자를 생각을 했다.

넓은 바지 가랑이라면 더운 바람, 찬바람이 잘 들락날락할 테니까.

단비가 지금 기침을 안 하는 것이, 간밤에 그렇게 잘 잔 것이, 모두 그 바지 덕분이라고 생각하면 섣부른 판단인지도 모르지만, 제발 그 바지 덕분이면 좋겠다.

단비를 석 달 동안이나 고생시킨 것이 다 내 잘못 때문이라 해도 제발 기침의 원인이 애를 춥게 한 데 있었으면 한다.

지난 일에 대해서 미안하고 미안하고 또 미안해서, 양하한테 얼굴을 들 면목이 없어도 기침의 원인이 제발 거기에 있었으면….

지난 석 달을 생각하지 말자.

단비는 지금 너무나 낮잠을 잘 잔다.

너무나 너무나 미안해서—.

5월 29일

단비가 씩씩하게 유치원엘 갔다. 유치원 단골 지각생이 오늘은 두 번째로 갔다.

양하가 어제 편지에다 단비가 체념이 빠른 것은 자기가 단비 어렸을 때 너무 기를 팍 죽였기 때문이 아닌가 해서 마음 아파했다.

그러나 그 덕분에 아이를 잘 키웠다는 소리도 듣고, 큰애들보다 낫다는 소리도 듣는지 모른다.

어제는 이 애가 딸기를 먹겠대서 딸기를 사가지고 돌아오는데 딸기가 든 비닐주머니를 자기가 들겠다고 떼를 썼다.

저번에도 딸기를 샀을 때 자기가 들겠다고 해서 들렸더니 주머니를 얼마나 휘둘러댔던지 집에 와서 보니까 딸기가 곤죽이 돼 있었다.

그래서,

"안 돼. 단비가 들면 딸기가 아야야, 해서 안 돼."

하고 들리지 않았더니 울고불고 야단이 났다.

그 애가 좋아하는 돈지갑을 줘도 싫다면서 딸기만 들겠단다. 그러고는 길에 버티고 서서 따라오지 않았다.

그 앨 놔두고 내가 먼저 오는 시늉을 해봤지만, 그래도 제자리에서 움직이지 않았다.

"단비, 안 올래?"

소리를 지르다가 나는 신경질이 나서 되돌아가 단비 궁둥이를 한 대 때렸다.

"아앙!"

우는 소리가 커졌는데 모른 척하고 돌아섰다.

몇 걸음쯤 왔을까. 이 애가 쫓아오더니 내 궁둥이를 그 조그만 주먹으로 한 번 때렸다. 그러고 나서 손을 내밀어 내 손을 잡으려 했다.

손을 잡아주니까 할머니를 때렸겠다, 기분이 좋아서 흥얼흥얼 어쩌구 하면서, 기분이 싹 풀려서 집에까지 따라왔다.

나는 너무나 우스워서, 한 대 얻어맞고 자기도 할머니를 한 대 때리고는 기분이 풀리는 게 너무 우스워 한참을 웃었다.

낮엔 단비가 좋아하는 치킨이나 시켜서 먹여야지.

자기 엄마인 양하는 치킨을 먹어도 다리의 속살 같은 퍼석퍼석하는 고기를 맛이 좋다고 먹는데, 단비는 그렇지가 않다.

치킨 껍질을 잘 먹는다. 껍질이 고소하거든.

그래서 나는 치킨을 사오면 껍질만 발라준다. 그러면 아기 제비처럼 잘도 받아먹는다. 양하보다 음식 맛을 제대로 아는 애다.

나는 가끔 단비를 보고,

"양하야."

한다.

밖에 나가서 단비를 급하게 부를 때 그런 일이 많은데, 양하랑 단비를 헷갈리고 사는 거 같다. 어떤 때는 단비 웃는 얼굴을 보면, 양하 어렸을 때하고 꼭 같다.

양하는 돈이 없어서, 돈을 쓰는 게 무서워서 카메라를 사지 못해, 사진을 찍어서 보내지 못한단다.

떠날 때 내 카메라를 줘서 보낼걸.

그 카메라를 할부 6개월로 끊어서(크게 비싸지도 않고 18만원인가 하던데!) 산 생각을 하면서, 미국에 가면 카메라가 싸다니까 가서 사라고 주지 않고 보냈는데 잘못했다.

나야 또 10개월 할부하든 어떻게든 다시 사면 되는 것을, 그 애들한테 주어서 보내지 않았다니.

보내주고 싶다!

바람이 윙윙거린다. 이북에서 한겨울에 전깃줄을 때리던 그 바람 소리 같다.

내 고향의 바람은 자기가 가진 본래의 힘으로 들판을 달리고 강물을 말아 올리고 높은 나무의 허리를 꺾다가 골목길로 쫓겨 들어오면 전봇대를 상대로 맹렬하게 소리친다. 윙윙윙!

6월
눈물 닦아줘, 콧물 닦아줘

6월 5일

지난 31일 밤에 단비가 갑자기, 정말 갑자기 열이 올랐다. 열이 너무너무 높아서 나는 뜬눈으로 아이 곁을 지켰다.

제하가 전에 아파서 입원을 했을 때, 열이 40도 가까이 올랐다.

그때 병원에서는 아이를 발가벗겨서 우선 알콜로 닦아주고, 우리더러 계속해서 찬물 찜질을 해주라고 했다. 가슴만 내놓고 심장만 피하면서 닦아주라는 것이었다.

나는 단비를 발가벗겨서 찬물 찜질을 하기 시작했다.

"아파, 아파!"

하는데 찬 걸 아프다고 했다.

그러고 보니 이 아이가 돌이 되기 전에 한번 열이 크게 오른 적이 있는데, 그때도 내가 밤을 새워가면서 찬물 찜질을 해주었다.

그런데 그때는 아이가 너무 어려서 가슴께를 빼면 수건을 갖다놓을 데가 없었다. 그래서 거즈를 접어 팔다리에다가 길게 놓아주곤 했다. 그래도 너무 어려서 "차다, 아프다"는 말을 못했는데 지금은 찬 걸 아프단다.

아이 아픈 걸 보는 것처럼 애처로운 일이 또 있을까. 나는 물수건을 손으로 주물럭주물럭해서, 찬 걸 조금 식혀가지고 아이의 팔다리에 올려놓았다.

아침에 바로 "안 소아과"로 갔는데 입안이 빨갛다는 것이었다.

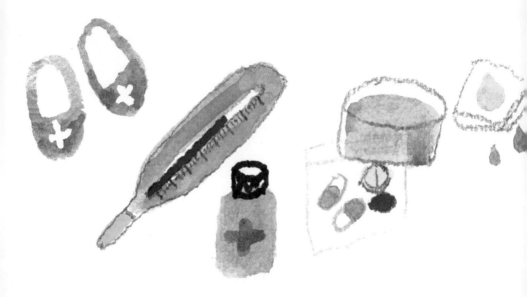

다음 날부터 입안이 엉망으로 헐었다. 입속이 아픈 것을 이 애는,

"이빨이 아파, 아파."

했다. 그러면서 아무것도 먹으려 하지 않았다.

열은 하룻밤으로 내렸는데 입속이 아파서 사흘 동안 너무너무 아파했다. 그래도 나흘째에는 약간 나아졌고, 오늘 아침에는 많이 나은 모양인데 아직도 우유 말고는 받아먹지 않는다.

단비야, 할머니가 뭘 잘못해서 또 아프니? 단비 때문에 내 속이 캄캄해 있는데 양하한테서 편지가 왔다. 나는 읽으면서 눈물범벅이 됐다.

단비가 튼튼하게 잘 큰다고 양하한테 새빨간 거짓말을 할 수도 없고… 이 애가 아프다면 그것들 가슴이 얼마나 찢어질까. 나는 양하한테 단비를 잘 키운다고 칭찬 듣는 게 소원인데…

그래도 어제부터는 "또레또"에 나간다. 지금쯤 우리 단비는 무얼 하고 있을까.

6월 8일

단비 병원행 끝!

오늘은 약도 타지 않고 뇌염접종만 하고 왔다. 좋아하는 것도 조심해야지 할 정도로 좋다.

저번에는 이번 약이 마지막이라고 경숙이한테랑 자랑을 했는데, 오늘은 그런 말도 삼간다. 마음으로만 좋아하기로 한다.

단비야, 다시는 아프지 말고 쑥쑥 커라.

어제 양하한테 단비 키가 0.5cm쯤 컸다고 편지에 적어보내고 나서, 다시 재보니깐 0.5가 뭐야, 1.5cm가 컸더라고.

뭐가 잘못된 거야, 싶어서 다시 쟀다. 역시 1.5cm가 컸다. 얼마 전에 재보니까 분명히 0.5 정도밖에 크지 않았던데 그때 내가 잘못 쟀는가. 아무튼 많이 커줘서 너무 좋다.

몸무게는 양하한테 적어보낸 대로 15kg 좀 넘을까 말까 했다.

지금 막 양하한테서 단비에게 카드가 왔다. 생일도 아닌데 웬 카드.

옳지. 저번에 제현이하고 제하 생일 때 뭘 사 보낼까 끙끙거리길래, 돈 없는 거 잘 아는데 사서 보낼 생각 말고 카드나 보내라고 했더니 이제야 보내는 모양이다. 제하 생일이 5월 8일인데.

단비에게

너는 생일도 아닌데 오빠한테만 보내면 "내 꺼는?" 섭섭해 할 것 같아서 그냥 보낸다. 엄마가 돈만 있으면 단비 옷이랑 장난감이랑 많이 보낼 텐데….

시장만 가면 아동복 코너에서 만지작거리다 사고 싶어하면 매일 아빠한테 혼난단다. 그 인정머리 없는…. 네가 오면 사준단다.

아무튼 아프지 말고 쑥쑥 커라. 오빠랑 싸우지(?) 말고.

안녕.

5월 25일 엄마

카드가 제하 것은 오지 않고 단비 것만 먼저 왔다. 단비 카드는 감춰뒀다가 제하 카드 오면 그때 함께 보여줘야지.

6월 13일

단비는 아침에 "또레또"에 갈 때마다 할머니랑 같이 가겠다고 궁둥이를 뒤로 내뺀다. 숙모보다 할머니하고 가고 싶은 모양이다.

나는 "또레또"에 같이 가지 않는 것만도 큰 휴식인데, 이따가 데리러 간다고 달래서 경숙이한테 딸려 보낸다.

기분이 좋은 날 아침에는 금방,

"이따 데리러 올 거야, 할머니?"

하고는 단비가 얌전히 경숙이 손을 잡고 가는데, 저번에는 할머니가 같이 가지 않고 숙모랑 가라니까 현관에서 눈물을 찔끔 흘렸다.

이 애가 말없이 눈물을 흘릴 때가 나는 제일 안쓰럽다. 믿는 게 할머닌데, 할머니 하나 의지하고 사는데….

그러나 양하도 말했듯이 강하게 키워야지. 그날 아침에는 다른 일로 단비 기분이 상해 있었을 거다.

예뻐진다, 요즘 단비가.

또 내 왼쪽 손목뼈가 툭 튀어오르는 것 같다. 이것은 내 자가진단
인데 거기 힘줄이 늘어났지 싶다.

일 년 전에 이 손을 갑자기 쓰지 못하게 됐을 때, 병원 X-레이를
찍었다. 병원에서는 X-레이 결과를 보고 손이 고장난 것이 아니라
목에 이상이 있다고 했다.

물리치료를 받으래서 열심히 받았는데, 난데없이 멀쩡했던 허리가
아팠다. 나는 당황했다. 혹을 떼러 왔는지 하나 더 붙이러 왔는지.

물리치료를 한다고 여기를 잡아당기고 저기를 잡아당기고, 성한
허리까지 잡아늘리는 통에 허리가 위
험해졌다는 생각이 들었다. 의사
선생님한테 곧이곧대로 말하면
또 뭐라고 할지 몰라서, 나는 아
무 소리도 안 하고 물리치료를
그만두었다.

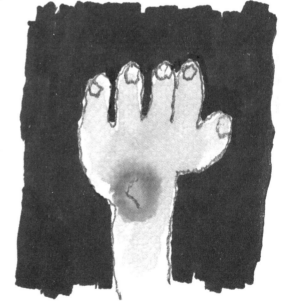

지금도 나는 내 자가진단을
엉터리라고 생각하지 않는데 목
이 어쨌던 것이 아니고 손목 힘
줄이 늘어났던 거다. 그래서
그 밑의 뼈가 솟아오르기 시
작했던 거다.

틀림없이 그렇다. 힘줄이 늘

어난 원인은 뻔하다. 단비 때문이다. 단비를 키우면서 업고, 안고, 손에 늘 힘을 주는 바람에 유연성을 잃어가던 내 힘줄이 찍 늘어난 것이 뻔하다. 단비 날 때부터 반 이상은 내가 키웠으니깐.

지난 여름에 그 손이 갑자기 말썽을 일으켰기 때문에, 나는 굉장히 신경을 써 왔다. 첫째로도 둘째로도 그 손을 쓰지 말아야지 싶어서 모셔왔다.

그러나 써야 할 때는 쓰는 수밖에 없다. 단비를 한 손만으로 기를 수는 없다. 그래서 슬쩍슬쩍 쓰다보니까 알게 모르게 뼈가 부어오르는 듯싶다.

내 손이 젊다면 왜 이런 고장이 생기냐. 늙어서 뼈에서, 살에서 양분이 빠지고 힘이 빠지니까 손등 뼈가 겁 없이 솟아오르고 그러지.

나중에 미국에 가면 양하한테 뼈가 툭 튀어오른 내 손을 내밀어 보여야지. 지금은 꾹 참고 나중에 두고두고 너스레를 떨 생각이다.

내 귀는 왜 아직도 이렇게 먹먹할까. 단비가 깨끗해지니까 이번에는 내 귀가 걱정이다.

단비가 아플 때 나는 하느님께, 그 애 대신 나를 아프게 하소서, 하고 빌었다. 그걸 잊은 모양이다. 귀가 어쩌구 군소리를 하는 걸 보니.

하지만 아프지 말아야지. 단비를 양하한테 보낼 때까지는 단비도 씩씩하고 나도 씩씩해야지.

6월 18일

장마가 시작이란다. 비가 오고 있다.

새벽에 잠을 설쳐서 정신없이 자고 일어나 보니까 9시. 단비는 아직도 곤히 자고 있다.

단비, 유치원 40분 지각. 막 데려다주고 돌아왔다.

어젯밤에는 단비를 데리고 "안단테"에서 외식. 단비는,

"배가 뿡뿡."

하면서 돌아왔다.

오면서 내내 배가 터진다나, 배가 부르다나. 매일 이렇게 먹으면 단박에 뚱뚱보가 되겠다.

유아 때 단비는 너무 뚱뚱했다. 그래서 병원 선생님한테 비만아 만들었다고 야단을 맞을지 모른다면서 양하랑 깔깔 웃었던 일이 생각난다. 그렇게 다시 뚱뚱보가 되는 게 아닌지.

아니지. 입 꼭 다물자. 입빠른 소리 하지 말자. 정말 정말 조심하자.

단비는 배가 터진다면서 돌아와 경숙이가 떡볶이를 해주니까 제하랑,

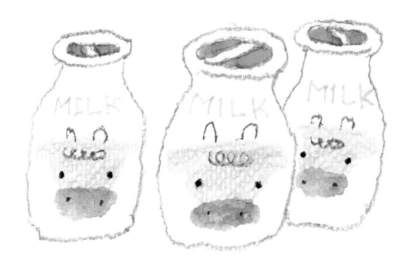

"맛있다."

면서 또 두 갠가 세 갠가 먹었으니!

6월 20일

양하한테 편지 한 통을 쓰고 나니까 아침이 후다닥 가버렸다. 이제 한 시간 뒤엔 단비가 온다. 그러면 단비하고의 싸움이 벌어진다.

어제는 내가 바느질을 하고 있으려니까 단비는 하는 수 없었던지 뻗대지 않고 혼자서 놀았다. 그래서 나는 이제부터 단비하고 보내는 시간에 바느질을 할 계획을 세운다.

단비 바지를 만들고 블라우스도 만들 참이다. 나는 글솜씨보다는 바느질 솜씨가 나은데 재주도 없는 글을 붙잡고 대가(大家)를 꿈꾼다. 에잇!

단비 흰 블라우스를 세일해서 5천원에 샀다. 원래 2만 5천원이라나. 이런 블라우스를 하나 만들어야지. 그러면 2만 5천원 버는 거 아닌가.

뭐든지 돈으로 척 계산이 나온다. 흐흐(웃는 소리).

우유병을 없앤 지 사흘쯤 되는데 컵에다 주는 우유를 먹지 않아 냉장고에서 남아돈다.

6월 22일

단비가 궁둥이깨나 얻어맞고 제하 방에 갇혔다.

아이들은 아무도 없는 곳에 혼자 갇히는 것을 제일 싫어한다는데 단비도 난리가 났다.

나는 그 난리를 좀 견뎌보려고 꾸욱 참는데 참을 수 없었다. 저러다가 애가 너무 질려서 병이라도 나면….

요 아이가 낮잠을 재우는데 뺀질거리면서 영 자지 않았다. 이런 때는 야단을 치는 것보다 칭찬을 해주면 말도 잘 듣고 효과도 있을 것 같았다. 예쁘다면서 살살 자자니까,

"할머니. 단비 이뻐?"

이 말을 스무 번도 더 물었다. 그리고,

"눈을 감아."

하면,

"감았어."

하고는 두 손을 눈에 대고 장난을 쳤다.

마침내 나는 신경질이 머리끝까지 뻗쳐서 손이 나가고 말았다. 궁둥이를 냅다 때리고 나서 제하 방에 가둔 것이다.

그런데 죽는다고 아우성이니 도로 데려왔다. 혼이 좀 났으니까 고분고분 말을 잘 들을까 싶어서 자라니까 안아달란다. 그걸 무섭게 거절(?)하니까 눈물을 닦아달란다.

그것도 모른 체하고 우악스럽게 요에다 던지듯이 눕히고 자라니까 코가 나온단다.

"눈물 닦아줘. 코 닦아줘!"

"단비가 닦아!"

하니까,

"후지, 할머니 후지."

한다.

하는 수가 없어서 휴지를 갖다 주니까,

"할머니, 다 닦았어."

쓱 휴지를 내민다.

웃을 수도 울 수도 없는데 내 기분은 점점 더 약이 오른다. 휴지를 받아서 방바닥에다 내동댕이치고(물론 소리는 나지 않지만) 무서운 소리로 자라니까,

"코가 또 나와."

나는 다시 단비를 요에다 넘어뜨리고 씩씩거렸다.

요게 할머닐 약올리려고 작정했나. 할머니가 머리끝까지 진짜로 화난 것도 모르고.

드디어 단비가 울음을 그치고 자려고 하다가 생각해 보니까 저도 분한지 새울음을 터뜨렸다. 두세 번 그러다가 겨우 잠이 들었다.

어휴!

어떤 때는 낮잠을 걸러버릴까, 하는 생각도 한다. 그러나 두 살에서 다섯 살까지는 하루에 열두 시간 넘게 잠을 자야 한단다. 그래서 아까 같은 소동을 부리면서도 재운다.

지금 두 시간째 자고 있다. 조금 오래 잔다. 그러나 아까 나하고 씨름한 것도 운동이지 싶어서 내버려둔다.

야단을 치기보다 칭찬을 해주는 편이 확실히 효과가 있다. 밥을 먹을 때도 착하다면서 살살 달래면 잘 받아먹는다.

또 툭하면 업어달라는데, 특히 계단을 올라갈 때면,

"힘들어."

자꾸 업어달란다. 그런 때도 씩씩하게 걸어가자고 부추기면 씩씩하게 걷는다면서 업어달라는 소리가 쑥 들어간다.

그런데 밥을 많이 먹었나 어디 보자고,

"배가 뿡뿡해?"

하면, 요게 배를 쑤욱 내밀고 뿡뿡하댄다. 그런 거 가르쳐 주지도 않았는데 어찌 그리 잘 아는지.

그나저나 응석을 다 받아줘서 이 애가 나를 개똥같이 아는데, 별안간 오늘 기합을 받았으니 어리둥절할 거다. 아까 분해서 우는 걸 봐.

그러지 말고 그 애한테 줏대 있게, 한결같이 대해야 하는데 나는 그러지 못한다. 내가 예뻐하지 않으면 그 애가 누굴 믿고 사나, 데려온 자식처럼 안쓰러운 생각에 단비한테 늘 후하다.

모름지기 교육(?)이라는 것은 그런 게 아닐 텐데. 숙제다.

양하한테서 편지가 왔는데 5월 30일에 쓴 편지다. 22일 만에 왔다는 소리가 아닌가. 금방 부치지 못했다 해도 너무 오래 걸렸다.

　우리는 둘 다 half-TA(학비+의료보험+450달러)로 결정이 난 것 같아. 그런데 무슨 장학금 1,111달러를 또 준대. 찔끔찔끔이라도 받으니 다행이지 뭐.
　그리고 또 해피 뉴스인데 단비 아빠가 어떤 교수 일을 해주기로 되어서 방학 때 돈을 조금 벌 수 있을 것 같아. 무슨 줄타기하는 것 같지?
　여름방학에 할 일이 없어서 시들시들했는데, 그 교수 전화 받더니 신이 나서 죽겠나 봐. 돈보다도 무슨 일을 한다는 게 좋은 것 같아. 그렇게 해서 또 사람도 알게 되고(다른 과 교수거든).

마누라랑 자식 굶기지는 않겠다고 쓰고 나서, 양하는 제 남편을 좀 헐뜯었다.

　도대체 사람이 재미가 없어서 따분하고, 도대체 여행에는 관심이 없어. 사실 두 시간 반만 가면 뉴욕인데, 길 모른다고 안 간다는 사람은 그이밖에 없을 거야.
　지나치게 자기 분수를 알고, 욕심이 없는 것도 탈이야. 아무튼 주위에서 왜 그렇게 집에만 있냐구 사람들이 다 한마디씩 해.
　그렇게 좋은 차(새 차를 사는 사람이 많지 않거든) 가지고. 그래도 꼼짝도 안 해. 길도 모르고 돈도 많이 든다나.
　하여튼 나도 이제 닮아서 무덤덤하게 살아.

한가하니까 서울에 가고 싶은 마음, 단비 보고 싶은 마음이 간절하단다.

저번에 "안 소아과"에서 단비 입속을 보고 칫솔질을 해주지 않냐고 했다. 요즘 아파서 해주지 못한다고 대답하고 집에 와서 입속을 보니까 새까맸다.

이렇다니까. 한쪽에 매달리면 다른 한쪽이 틀어지는구나. 내가 놀라서, 거즈로 닦고 칫솔 두 개(털이 길게 붙은 것하고 네모나게 붙은 것하고)를 가지고 번갈아 가면서 닦아주었다. 이제 일어나면 또 닦아줘야지. 많이 깨끗해졌다.

옛날 애들은 이도 닦아주지 않고 어떻게 컸을까! 치과 간호사 말을 들었는데, 애기 이빨이 하나 나면 하나 닦아 주고, 둘이 나면 둘을 닦아줘야 한단다. 손가락에 살짝 솜을 말아서.

옛날 애들은 막 컸지 뭐.

7월
쉬는 피피 응가는 푸푸

7월 1일

지난 29일에 단비가 "또레또"에서 당번이었다고 한다. 당번이 되면 열 시에 간식을 줄 때 앞에 나가서 아이들 이름을 불러가면서 손을 씻으라고 말한다.

단비도 당번이라 앞에 나가서,

"오늘 당번은 문단비입니다. 열심히 하겠습니다."

하고 난 뒤에 아이들 이름을 부르는데, 자기가 좋아하는 아이들 이름은 먼저 부르더란다. 열다섯 명이나 되는 아이들 이름을 다 알고 있었다는 게 믿어지지 않는다.

경숙이가 나 좋아하라고 거짓말을 조금 보태는 걸까. 아니야. 아이들 총명함은 무시 못하는 거야.

7월 3일

세월아 가라. 자꾸자꾸 가라. 자꾸 가서 단비가 후울적 커서 내 방해도 되지 않고, 양하 방해도 되지 않고, 그렇게만 커라.

이 애가 태어난 뒤로 단 하루로 편한 날이 없었다. 나도 힘들고 양하도 힘들었다.

왜 그렇게도 힘들었는가.

탈이 나지 않게 키우자는 마음밖에 없었다.

이 애가 약한가?

살이 통통하게 진 걸 보면 약한 것도 아닌데, 우리가 사서 고생하는 건가.

그럴지도 모르지. 마구 키워야 한다면서도 양하 말대로 너무 전전긍긍하며 키운 거야. 게다가 내가 나이를 잡수셔서, 아이를 키우는 게 너무너무 힘들었어.

"많이 먹고 빨리 커."

하면 단비가,

"엄마 아빠한테 갈려고? 미국 갈려고?"

한다.

그건 내가, 많이 먹고 빨리 커서 엄마 아빠한테 가라—한 소리를 그대로 하는 거다. 고놈의 말이 느는 만큼만 빨리 커졌으면!

지금은 "또레또"에서 무엇을 하고 있는지. 영 숫기가 없어서, 밖에 나가도 말을 안 해서, 집에서 말을 잘한다면 남들이 믿지 않는다는 아이.

내가 데리러 가면 좋아서, 눈에 흰자위만 남게 올려 뜨는 묘한 짓을 해서 좋은 걸 나타내는 아이. 아니면 "으악으악!" 소리를 지르고.

아침에도 될 수만 있으면 할머니하고 "또레또"에 가고 싶다. 그래서,

"숙모는 싫어."

소리도 한다. 그러나 제 눈치에 숙모하고 가게 돼 있으면 하는 수 없이 숙모를 따라나선다. 그럴 때마다 나는 단비가 안돼서,

"이따 할머니가 데리러 갈게."

한다.

단비는,

"이따 올 거야?"

하면서, 그걸 위안 삼아 숙모하고 같이 나간다.

전에 한번 그 애가 돌아서서 눈에 눈물을 가득 담은 걸 봤는데, 그래, 할머니한테라도 의지해라, 의지해.

내가 단비한테 약한 이유—이 애가 마음 터억 놓고 기댈 사람이 하나는 있어야지. 자기를 지켜주는 사람이라고 꼭 믿는 한 사람은 있어야지.

목숨을 걸고라도 자기를 지켜주는 사람, 본능적으로 그렇게 느껴지는 사람. 그게 없으면 이 아이는 얼마나 불안하고 슬프겠어. 하느님을 대신해서 엄마가 보내졌다는데 엄마를 대신해서 내가 단비 곁에 있어야 하니까.

단비는 아무한테도 못하는 응석을 나한테 부리고 아무한테도 못하는 억지도 나한테 부린다. 그래서 나는 행복하기도 하고 미치게 힘들기도 하다.

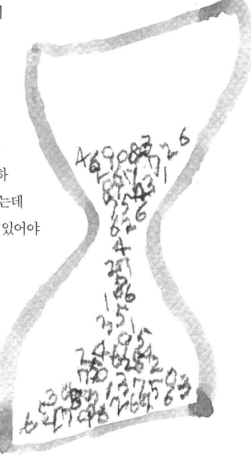

7월 9일

너무 더우니까 일기 쓰기도 게을러진다. 그렇게 덥다. 이 여름을 어떻게 날까 싶다.

그러나 이 여름을 나야 가을이 올 테고 다시 12월이 돼서 추워져야 단비를 데리고 자기 엄마 아빠한테 가게 된다.

세월아, 빨리 가라. 단비야, 빨리 커라.

단비가 가면 제 엄마가 아이 보랴, 살림하랴, 남편 건강 돌보랴, 그리고 저도 공부를 해야할 생각을 하면 가엾어진다. 단비가 빨리 커야 덜 힘들 텐데.

엄마 귀 때문에 나도 마음이 좀 우울해서 편지 썼어. 옆에 있으면서 힘이 되어 드려야 하는데, 자식까지 맡기고 나만 너무 편하게 잘 지내는 거 같아서 너무 미안해.

내가 영 찜찜해 하니깐 단비 아빠가 그래도 장모님이 딸 사위 힘이 돼 주는 거 자랑스러워 하니깐 너무 걱정 말라네.

그래서 내가 미국 오면 우리 사위 최고라는 소리 나오게 해 주겠냐니깐 비실비실 웃는 거 있지. 엄마도 행복하게 생각해. 그저 딸 사위가 끔찍하게 생각하는 걸 좀 알아주세요.

그러니까 힘내서 귀 좀 열심히 고쳐봐요. 엄마가 조금만 안 좋아도 우리가 미국에서 흔들흔들하잖아.

절대 단비 업지 말구. 이쁜 건 이쁜 거구, 내가 업어도 끔찍한데. 그러다가 정말 허리 삐끗하면 어쩔려구. 먼저 엄마 몸 생각해야지. 절대 업지 마.

이제는 엄마가 좀 우아하게 살아야 할 텐데, 내가 어느 천년에 엄마한테 효도하면서 살게 될까… 그래도 머잖아 미국에 오고, 또 잘하면 글도 좀 쓸 수 있을지 희망을 가져봐.

참 단비한테 쉬는 "피피" 응가는 "푸푸"라고 가르쳐 봐. 여기서는 그렇게 표현하나 봐. 응가 누고 싶으면 "푸푸"하나 봐. 유치원에 가면 제일 먼저 필요한 말이겠지 뭐.

양하는 내가 미국에 오면 팔자 좋게 글 쓰고 돈 좀 있으면 유람 떠나고 한다지만 그렇게 될까. 양하한테 단비를 맡기고 내가 속 편하게 글쓰고 놀러다니고, 그럴 수 있다고 생각하나.

단비가 미국에 갈 때쯤에는 그렇게 할 수 있을 만큼 단비가 커 있을까. 지금 이렇게 손이 많이 가는데. 먹는 것, 입는 것, 이렇게 사람의 진을 다 빼는데, 그때는 척척 알아서 저 혼자서 다할 수 있다는 걸까.

응가는 "푸푸"고 쉬는 "피피"라고 가르쳐 주려다 그만두었다. 헷갈리기만 할 거야. 지금 써먹지도 않는 것을 가르쳐 봐야 아이가 헷갈리기만 하지.

그나저나 이렇게 잘하는 우리말을 배우자마자 써먹지 못하게 되고, 그 꼬부랑 말을 해야 되다니 안쓰럽다. 미국 간다고 덮어놓고 좋아할 일이 아니로구나.

7월 14일

12일에 천연이가 세상을 떠났다.

그 소식을 들은 날 밤, 나는 그 친구가 열심히 모으던 예쁘고 묘한 찻종이며 그릇들이 자꾸 눈에 밟혔다. 사람이 하루 만에 죽는 건 모르고 열흘 살 생각만 한다.

천연이는 늘 노후 걱정을 했지….

친구들이 문병을 가니까 돈 걱정을 자꾸 하더란다. 그럼 아파트를 팔라니깐 눈을 똥그랗게 뜨고,

"그럼 우리는 뭘 먹고 사니?"

하더란다.

그 친구는 사는 집 말고 조그만 아파트를 하나 더 갖고 있었다. 자식이 없는 그 친구는 거기에서 나오는 월세를 의지하며 살아왔다.

그런데 그 아파트를 팔라니까 눈을 똥그랗게 뜨더라는 것이다. 노후 대책을 어떻게 하라는 거냐면서.

친구들이, "이것아, 너는 곧 죽는다" 할 수도 없어서 묵묵히 천연이를 지켜보기만 했단다.

십여 년 전에 지순이가 죽었을 때, 나는 너무 충격을 받았다. 그러나 지금은 충격이 아니고 허무하다. 천연이가 죽을 것을 알면서도 죽는 날까지, 우리 친구들 서로서로가 마음속에서의 싸움에서 벗어나지 못했으니….

김영애가 8월 3일엔가 미국에 간단다. 딸 경희가 문학지에 소설이 당선이 돼서 그쪽에서 수상식이 있단다.

나도 단비를 둘러업고 미국에 갔다 오고 싶다. 양하를 만나 보고 다시 단비 업고 돌아오고만 싶다.

나도 어느 날엔가 죽을 텐데. 내가 죽으면 양하가 가엾어서 어떡하나. 엄마 하나가 빽인데, 내가 없어지면 우리 양하는 누구한테 마음을 의지할까.

나한테 나 같은 친정 엄마가 있었더라면 나는 살면서 크게 의지했겠지.

양하는 자기도 알게 모르게 나를 의지하고 있다. 그 마음의 의지를 어디로 옮길까.

나는 양하한테 힘이 될 수 있는 날까지 살다가, 그 애한테 짐이 되는 날엔 죽고 싶다. 나는 살아 있는 날까지는 그 애의 힘이 되다가 짐이 될 때는 훌쩍 가고 싶다.

나한테는 아직도 제 아버지가 가던 날의 네 살짜리 양하!

7월 15일

장마.

장마 덕분에 오늘은 덜 덥다. 모두들 장마가 지겹다고 한다. 나는 별 상관이 없는데.

장마가 끝나면 얼마나 더울까. 어휴, 죽었네.

12일엔가 너무 더워서 단비를 서늘한 물샤워를 시켰다. 그랬더니 다음 날에 진한 누런 콧물이 흘렀다. 큰일 났네 싶어서 서둘러 "이 소아과"로 갔다("안 소아과"는 이미 병원이 끝난 7시 30분이어서 8시까지 하는 "이 소아과"로 갔다).

별일 없이 지냈다. 내가 조금 과민했던 것 같은데, 밤에 열이 나면 어쩌나 해서—나는 단비가 밤에 열이 나면 정말로 막막하다.

14일에도 아무 일이 없었고 지금도 잘 자고 일어났다.

병원에 안 가는 기록을 세우려 했는데, 7월에 들어와서 결국 한 번 가고 말았다. 이 아이가 진짜로 건강하다면 나는 이런 과민반응

을 하지 않을 텐데.

마루에서 놀다가 쪼르르 쫓아와서 내 무릎에 올라앉았다.

그러고는,

"할머니, 덥지 않아?"

한다.

더운데 자꾸 달라붙어서,

"저어기 떨어져 앉아!"

몇 번 소리를 쳤더니 그걸 기억하고 있다.

"그래, 지금은 덥지 않아."

그냥 있어도 좋다니까 내 어깨를 감싸면서 어리광을 부린다.

"그래도 단비야, 더울 때는 저만큼 떨어져 있어야 돼." 하니까

"네."

씩씩하게 대답한다.

이렇게 대답해놓고 금방 또 달라붙을 거면서, "네"라고? 어디 보자. 진짜 달라붙는지 않는지.

7월 17일

어제는 양하네 주민세 고지서를 가지러 갈 약속이 있었다.

그런데 단비를 볼 사람이 없어서(무슨 날인지 "또레또"가 쉬었다) 결국 택시에다 유모차를 싣고 주택은행이 있는 3단지까지 갔다.

안내에다 유모차를 맡기고 단비 손목을 잡고 2층으로 올라가는데 (주택상환금 내는 데는 2층이더라. 은행 사람들은 자기네한테 이로

운 창구는 아래층 편리한 곳에 두고, 고객에게 필요한 창구는 2층 3층에 두는 못된 버릇이 있는 거야.) 단비가 갑자기 유모차 생각이 났던지,

"유모차!"

하고 큰일 난 얼굴을 했다.

"괜찮아, 저어기 아저씨가 보고 있어요."

그래도 역시 불안한 얼굴이었다.

2층에서 일을 보고 다시 계단을 내려오는데 또,

"유모차!"

하고 큰일 난 얼굴을 했다.

"저어기 아저씨가 보고 있잖아. 저어기."

"어디?"

하고 목을 길게 내뺐다.

그래도 보이지 않으니까 계속,

"어디?"

하고 불안한 얼굴을 했다.

밑으로 내려와서,

"봐, 여기 있잖아."

그때야 걱정스러웠던 얼굴이 펴졌다.

거기에서 유모차를 타고 4단지(양하네)에 갔다가 다시 상업은행에 들러서 내 적금을 냈다.

점심때가 가까워졌다. 나는 외식을 하기로 마음먹었다.

경숙이가 가게를 낸 뒤로 우리 (단비하고 나) 점심은 스스로 해결

해야 한다. 집에 가도 마땅한 게 없고, 밖에서 한 끼 때워야지.

우리는 "한반도"로 갔다.

한참 기다려서 맛도 없는 삼치구이를 먹었다.

집에 와서 단비한테 우유를 먹이고 한잠 재우려는데, 목에 꼭 모기가 문 자국 같은 두드러기가 두세 군데 보였다.

대낮에 무슨 모기? 벌레에 물렸나? 하면서 낮잠을 재웠다. 그런데 1시간 반쯤 자고 일어난 단비 얼굴이, 양쪽 눈언저리며 입술이 부어올라 있었다.

식중독이구나! 나는 아무렇지 않은데. 그놈의 삼치가 좋지 않았던 게야. 나는 단비를 메고 "안 소아과"로 달려갔다.

단비는 병원에 간다면 좋아한다. 병원이 좋은 게 아니라 밖에 나가는 게 좋은 것이다.

자고 나서 기분이 좀 덜 좋았는데 병원에 간다니까 싹 가셔서, 좋아라 따라 나온다.

"식중독인가요? 점심에 생선을 먹었는데요?"

"식중독은 토하고 설사하고 야단인데 그렇지는 않지요?"

"네."

"그냥 두드러기예요."

"두드러기는 왜 나는데요?"

"원인은 여러 가지가 있을 수 있지요. 그렇지만 생선이 원인이라고 볼 수는 없어요, 뭐가 원인인지 알 수 없지요."

두드러기가 등허리에 벌겋게, 크게 부풀어올라 있는데 두드러기는 크게 아무런 해도 없단다. 미관상(얼굴 같은 데 나니까) 좋지 않아서 그렇지 그 밖에는 아무런 해가 없단다.

아이가 가려워서 그게 고통스럽다면서 주사 한 대를 놔주고 매일—그러니까 오늘도 두드러기가 가라앉지 않으면 다시 한번 데려오란다.

그런데 저녁때쯤에는 두드러기가 가라앉아서 지금은 약만 먹이고 있다.

어제는 놀랐지. 두드러기는 무슨 두드러기가 나가지고. 그래도 금방 끝났으니 나는 행복이야.

오늘은 오전에 수강이, 제하 따라 밖에 나가서 "아이차"인가 뭔가를 얻어먹고 돌아왔다.

수강이네가 비가 오락가락하는데도 산에 갔는데 단비는 남았다. 좀 불만스러운 얼굴이었지만 그래도 산에까지 따라가겠다고 떼를 쓰지는 못했다.

아침에 "아이차"를 먹은 것만도 행복이지. 내가 그런 것을(얼음) 못먹게 하니까.

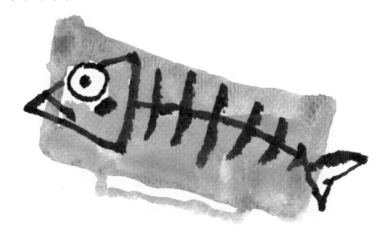

7월 21일

오늘은 단비의 방학식. 유치원에 데려다주고 돌아왔다.

방학식 날에 여러 가지 행사가 있다고 엄마들도 오라고 했다.

거기에는 경숙이도 있고, 나는 또 6단지에 가서 양하네 주민등록 등본을 떼어 올 일도 있고 해서 그냥 돌아왔는데, 집에 와서 다시 생각해 보니까, 양하가 있었다면 방학식에 물론 갈 거라는 생각이 들었다. 나는 "또레또"로 다시 갔다.

6단지에는 도중에 나와서 가기로 하고 단비 기 살리러 가자.

내가 들어서니까 단비가 의자에서 일어나서 내 곁으로 온다. 선생님이 봐준다. 단비 말고도 더 큰애들이 자기 엄마 치마꼬리를 붙잡고 비비 꼬는 애들이 있다.

노래 부르기가 시작된다. 단비는 2번, 지정곡은 "방울꽃". 집에서 연습은 시켰지만 잘할까.

2번이니까 금세 차례가 됐다. 안 한댄다. 선생님이 근아라는 아이하고 함께 부르게 한다.

근아가 열심히 부르니까 근아를 따라서 1절을 두 번 함께 불렀다. 집에서도 가사가 앞뒤가 틀렸는데 오늘도 틀렸다.

상을 줄 때 제일 어려서 특별상이라도 주나 했더니 주지 않았다. 그러나 선에 들지 못하는 애들이 받는 노력상은 당당하게 받았다. "또레또"에서는 단비를 막내라고 부른다.

마루에서 비디오를 만지작거리고 있다.

요즘은 테이프를 거의 혼자서 돌려서 본다. 가르쳐 줬더니 곧잘 그대로 한다. 그러다가도 또 여기저기를 함부로 눌러서 고장을 내지만.

테이프가 끝나서 내 등 뒤로 기어오른다.

먹지 않는다고 내던진 감자에다 설탕을 찍어서 준다.

"맛있다."

면서 떨어져 나간다.

설탕을 찍어서 먹이는 것은 좋지 않을 텐데. 이가 썩는다고 양하는 초콜릿을 먹이지 않던데. 그래도 떼어내는 방법으로 썼다.

오늘부터, 8월 4일인가 5일까지 방학이라니 그나마 단비한테서 조금 놓여나던 아침 시간을 다시 뺏긴다. 단비도 유치원에 못 가고 나하고만 있자면 힘들 게다. 이참에 어디 우유병이나 완전히 떼어보자.

수빈이가 아직도 밤에 자기 전에 우유병에다 우유를 먹는단다. 다섯 살인가 여섯 살인가 된 애가. 창피한 생각이 들라고 어른들이,

"어머 수빈아, 너 아직 우유병에다 우유 먹니?"

그러면 수빈이는 못 들은 척 돌아앉아서 우유병을 빤단다. 양하말이, 크면 클수록 우유병 떼는 게 힘들다더니 그런 모양이다.

단비는 요즘 컵의 우유를 빨대로 빨아먹는다. 젖꼭지를 뺏긴 게 억울해서 빨대로라도 먹는 모양이다. "또레또"에서는 단비도 수빈이도 간식으로 주는 우유를 컵째 먹는다는데.

그런데 집에 와서는 우유병을 찾는다.

컵째 주면 입을 꼭 다문다. 빨대는 그래도 젖꼭지를 빠는 기분이 드나? 빨대가 있어야 자기 전에 우유를 먹는다.

얼굴에 설탕을 묻히고 왔다.

"여기 닦아줘."

이러고 주둥이를 내민다.

참, 오늘 "또레또"에서 어떤 어머니가 단비 할머니, 부르면서(물론 나를 보고 하는 말) 단비가 이쁘고 귀여워서, 하는 짓이 하도 귀여워서 며느리감으로 점찍은 사람이 많단다.

김영애한테 그 말을 했더니,

"상계동에 계속 오래 살아야겠네요."

한다.

단비 머리 모양이 예뻐서 엎어서 키웠냐고 묻는 사람도 많다.

나는 물론 엎어서 키웠다고 대답한다. 그러고는 한술 더 떠서 지금도 거의 엎어서 재운다고 했다.

사실 그러니까.

앞뒤 짱구 머리가 예뻐 보이는 모양이다. 머리가 좋을 거라는 사람들도 많은데 글쎄, 그야 어떤 것이 머리가 좋은 건지.

학교 성적이 좋은 게 머리가 좋은 건지, 남을 즐겁게 하는 것이 머리가 좋은 건지, 자기가 즐겁게 사는 것이 머리가 좋은 건지.

그래도 나는 그런 소리를 들으면 기분 좋구먼. 김영애 말처럼 키운 보람이 있어서.

7월 25일

양하한테서 편지가 왔다.

단비는 여전히 말 잘하고 잘 놀아? 저번에 전화에 대고 아주 장난치더라니깐. 단비 아빠가 이제는 단비 잊어버릴 것 같대. 너무 오래돼서.

사실 생각하면 가슴 아파. 처음보다 점점 갈수록 힘든 거 있지. 빨리 시간 가기만 기다리는 거야. 경희랑 전화했는데 김영애 아줌마가 단비가 그렇게 말을 잘한다고 했나 봐. 경희가 그러는데 자기가 없어서 자기 엄마는 친구가 없어졌대.

엄마는 요즘 단비 때문에 심심한지(양하가 없어서) 어쩐지도 모르지? 단비나 떼어놔야 정신이 좀 들겠지.

우유병은 뗐는지 궁금하네. 하기야 미국은 기저귀를 세 살짜리도 그냥 채우더라고, 완전히 자연스럽게 떼나 봐. 나처럼 무지막지하지 않게. 그래도 자꾸만 줬다 안 줬다 하면 더 집착할지 모르니깐 한번 떼는 김에 독한 맘 먹고 떼어도 괜찮은 것 같구. 어서 빨리 시간이 지나가길 바라며….

단비가 무척 보고 싶은 모양이다.

하기야 나도 오전이 지나면 하루의 반이 지났다고 여길 정도로 단비를 데리고 갈 날을 기다리고 있으니까.

비가 잠깐 멈췄다.

27일부터는 갠단다. 다음부터는 밤낮 없이 더워서 밤에 잠을 못 이루는 열대 기온 같은 무더운 날씨가 될 거라고.

비가 와도 큰일이고 열대처럼 더워도 큰일이다. 단비 데리고 그 무더위를 어떻게 보낼까 싶다.

요즘도 나는 하루에 손수건 두 개를 물에 적신 것처럼 땀을 흘린다. 나는 본디 땀을 별로 흘리지 않는 편인데.

23일에는 국화를 보러 가기로 되어 있다. 미국에 이민을 갔던 국화가 아파서 돌아와 있었다.

단비는 유치원이 방학이라 하는 수 없이 놀이방에 맡기기로 했다. 그런데 비가 오니 놀이방에까지 업고 가는 수밖에.

한 손으로는 애 궁둥이를 잡고 또 한 손으로는 우산을 잡고, 또 비를 안 맞으려고 조심해서 가야 하니 오죽 힘이 들까. 결국 내가,

"아이구 힘들어!"

했더니, 등에서 미끄러지지 않으려고, 내 어깨에 두 손을 돌리고, 제 딴에는 요령을 잘 부리고 있던 단비가,

"나도 힘들어. 내릴 거야!"

했다.

미끄러져 내릴듯이 불안전하고 위태위태하니까, 업히는 것이 좋은 줄도 모르겠다 싶은 모양이다. 웬만해서는 업어주지 않는 할머니가 업어주는데도.

나는 어처구니가 없어서 "허허" 김빠지게 웃고, 좀 편하게 등에 붙어 있게 다시 추스렸다. 내리겠다는 말이 안됐기도 하고, 내리면 비를 맞을 테고, 그래서 킹킹거리면서 그대로 업고 갔다.

오늘은 은행에 갈 일이 있어서,

"단비야, 유모차 타고 밖에 가자."

했더니,

"정말 정말?"

너무너무 좋아했다.

그 소리에 경숙이하고 내가 어이없는 얼굴을 했더니,

"기가 차."

이러는 것이었다.

집에 갇혀서 얼마나 밖에 나가고 싶으면 목소리가 달라지면서 "정말 정말?" 했을까. "정말 정말"이라는 말을 단비한테서 처음 듣는데, 그 표현이 아주 적절해서 경숙이하고 내가 서로의 얼굴을 쳐다봤었다.

그런데 단비가 우리들 얼굴에 나타난 말이 "기가 차"인 것을 안 모양이다.

너 혼자서 북 치고 장구 치고 다 해봐.

조흥은행에 갔더니 은행을 안다.

"은행에 왔네."

전에 데려오면서 은행이라고 들은 모양이다.

아까는 또 전화에서 남자 목소리가 나니까,

"아빠!"

했다.

요즘 수가 틀리면 이 애가,

"엄마 엄마, 엄마 보고 싶어!"

소리친다.

어떤 때는 내 책상에 올라가서 밖에다 대고,

"엄마 엄마, 엄마 보고 싶어!"

소리친다.

지금까지는 엄마 아빠를 찾지 않아서 다행이다, 신통하다 했는데 요새는 시도 때도 없이 엄마 아빠가 보고 싶다고 소리친다. 먼 미국에까지 들리라고 하는 것처럼.

단비 고모님 말에 따르면 엄마 아빠랑 떨어져서 오래되면—단비처럼 오래 지나면 기억하고 있던 엄마 아빠를 잊어먹는단다.

그런데 요즘 단비가 엄마 아빠를 찾는다니까 단비의 잠재의식 속에 엄마 아빠가 남아 있나 보다고 안쓰러워 한다.

내 생각에는, 애가 커서 엄마 아빠가 따로 있다는 걸 분별하게 돼서 찾는 것 같은데 모르지, 어느 쪽이 맞는지.

엄마 엄마, 엄마 보고 싶어—하는 걸 보면 하루 빨리 자기 엄마 아빠한테 데려다줘야겠다는 생각이다.

그런데 또 어떻게 보면 이것이 나한테 시위용으로 "엄마 보고 싶어"를 써먹는 것 같기도 하다. 자기가 엄마 아빠를 찾으면 할머니가 갑자기 맥을 놔버린다는 걸 알게 됐기 때문에, 자기가 뭔가를 보여 주고 싶을 때 "엄마!" 하고 소리치는 것 같다. 그러면 할머니가 쑥 들어가니까.

글쎄, 그렇게 큰소리를 치는 걸 보면 이게 맞을지도 모른다.

7월 27일

오늘로 단비가 꼭 2년 6개월이다.

양하가 떠나고 나서 6개월이 지났다. 그동안의 6년이 60년같이 길었다. 단비가 6개월, 내가 6개월, 자기 엄마 아빠가 저마다 6개월…

이런 계산이다.

앞으로 다시 6개월! 하고 생각하면 캄캄하다. 6개월 남았다! 이렇게 생각하는 게 낫다면 그렇게 생각하기로 하자.

아이를 하나 데리고 더부살이하기란 정말 어렵다. 돈도 쓸만큼 쓰는데도 말이다. 인간이 도대체 까다롭고 예측할 수 없는 감정을 지니고 있어서 더 살기 까다롭겠지.

집 안에 불온한 공기가 감돌기는 했었다. 이유야 여러 가지가 있겠지. 나한테 있을 수도 있고, 단비한테 있을 수도 있고, 수강이한테, 경숙이한테 있을 수도 있겠지.

제하가 밖에서 들어오더니 자기 방에 들어가서,

"이걸 누가 이랬어?"

크게 소리쳤다.

이크, 또 단비가 말썽이구나.

그런데 제하 소리가 너무 사나웠다. 다른 때 같으면 내가 얼른 쫓아가서,

"미안해 미안해. 제하야. 단비가 그런 거야."

그 애 마음을 달랬을 텐데, 제하 목소리가 너무 사나워서 나는 욱! 하고 성질이 치밀었다.

"누가 이런 거야 씨! 누가 이런 거야!"

나는 꾸물꾸물 일어났다. 일어나서 제하한테 가서 말했다.

"단비가 그랬어."

뜬뜬하게 말했다.

단비는 심상치 않은 공기를 알아차리고 나한테 꼭 달라붙었다. 나

는 마루에 돌아와서 두 어깨를 축 늘어뜨리고 밖을 내다봤다.

"누가 이런 거야! 누가 이런 거야! 씨, 누가 이런 거야!"

제하가 물건들을 집어던지고 있었다. 수강이가 제 방에 있는데 꿈적하지 않았다.

물건들을 던지고 방문을 꽝꽝 차는 소리를 나는 꽤 견디며 듣고 있었다.

으악으악! 태질치듯이 울어대면서 물건들을 던지고 방문을 차댔다.

나는 꾸욱 참고 듣고 있었다.

그때 수강이가 나와서 제하한테 몇 마디를 했어도 나는 마음을 돌려서 제하를 달랬을 것이다. 그러나 수강이는 나오지 않았다.

나는 벌떡 일어났다. 일어나서 제하한테 갔다.

"이놈아, 단비가 그랬다는데 어쩔 거야! 한집에 사는데 어쩔 거야! 한집에 사는데 단비가 이 방에 못 들어오면 어쩔 거야! 단비 손이 안 가게 높은 데 올려놓으면 되잖아!"

나는 단비를 확 떠다밀었다. 그리고 펑펑 때렸다.

"요 지지배야, 오빠 방에 들어가지 말랬잖아! 들어가지 말랬는데 왜 들어갔어! 들어가지 말랬는데 왜 들어간 거야! 왜 들어갔어. 이 지지배야!"

단비가 놀라서 입이 찢어져라 울었다. 찢어지게 울면서 나한테 달라붙었다.

"가 가, 저리 가! 이 지지배야, 저리 갓!"

단비는 가지 않는다고 더 달라붙었다. 놀래서 나를 쳐다보며 두려

운 눈을 하고 울었다.

나는 힘이 쭈욱 빠졌다. 우는 단비를 가만히 옆에 껴안았다.

단비 울음소리가 가라앉아 갔다. 울음이 가라앉아도 흐느끼는 소리가 가끔 났다.

옛날에 우리 어머니가, 자기 감정을 남에게 폭발시키는 것이 제일 나쁘다고 했다. 자기가 화난다고 아이를 팡팡 때리는 것을 제일 나쁘다고 했는데….

제하는 방문을 닫아걸고 소리가 없다.

제하가 두 살 때다. 그 애가 갑자기 아파서 병원에 입원했을 때 애들이 아프면 늘 그랬듯이 나는 정신이 없었다. 발이 땅에 어떻게 붙는지도 모르고 돌아다녔다. 또 그 애가 아픈 것을 보고 서울에 오면 (부산에서 살았기에) 밤잠을 자지 못했다.

그 애는 할머니가 저를 제일 이뻐한다고 믿고 있었다….

잘못은 절대 제하한테 있는 것이 아니다. 어른들한테 있다.

제하는 속이 깊다. 이만하면 됐다, 싶은 애다. 나쁜 건 어른이지. 단비가 더 할머니한테 달라붙겠지.

내가 단비를 끼고돌면 어떠냐. 어른들이 잘해야지. 그러면 제하도 단비를 진짜 동생같이 생각하지 않겠는가. 하기야 말이 쉽지…!

무엇이 원인이고 결과일까. 그 사건이 없었다면 나는 평생 내가 얼마나 위선적이고 얌체고 창피한 인간이라는 걸 모르고 살았을지도 모른다. 그래서 계속해서 창피하게 살았을지도 모른다.

내가 다닌 여학교에서는 월요일 아침 조회 때면 소지품 검사가 있었다. 교복은 단정한가. 깨끗이 빤 손수건은 가지고 다니는가. 예의 범절을 중히 여겼던 시절이라 그 검사가 성적에도 영향을 주었다.

한 학급 50명이 두 줄로 쭈욱 서면 검사는 대개 시간상 앞에서 절반 정도, 어느 날은 뒤에서 절반 정도, 반 전체를 조사 못하고 그렇게 끝나는 게 관례였다.

월요일마다 검사가 있는 걸 빤히 알면서 손수건을 잊어먹는 애가 꼭 있었다. 그러면 그 학생이 선생님의 눈을 속여서 앞 친구한테 또는 반대로 앞의 애가 뒤의 친구한테 손수건을 빌렸다.

그날은 뒤에서 시작이 돼서 손수건을 잊어먹은 키 큰 혜옥이가 키가 작아서 앞에 있는 나한테 손수건을 빌려갔다. 그런데 그날따라 전수조사가 이루어져서 혜옥이한테 손수건을 빌려준 내가 딱 걸렸다.

억울하지, 내가. 성적에도 관계되는 일인데. 그렇다고 혜옥이한테 빌려줬다고 내 입으로 일러바칠 수도 없고. 교실로 돌아와서 내가 혜옥이한테 말했다.

"너 그거, 사실대로 말해야 하잖아. 선생님한테?"

혜옥이는 두 입술을 꼬옥 다물고 교실 바닥에 시선을 꽂고 있었다. 우리는 정말 친한 친구였는데―. 내 눈빛은 혜옥이한테 가서 말해, 말해 하듯 다그치고 있었다. 말하지 못하는 혜옥이의 고통.

나는 그맘때 비교적 책도 많이 읽었고 자존심도 보통은 넘었는데 내가 한 짓이란! 나는 그 사건을 잊지 못한다. 나 자신을 똑바로 보게 된 그 사건을 잊지 못한다.

7월 29일

단비는 잘 있어? 사진 보니깐 너무나 많이 컸구, 너무나 못생겨진 것 같아. 아무래도 내가 키워야 세련되게 옷도 입히구 머리도 깎일 텐데, 할머니가 손녀를 촌스럽게 만드는 거 아냐?

좀 예쁘진 않지만 그래도 그런대로 볼 만했는데, 너무나 돼지같이 살이 찌고 못생긴 거 있지?(아빠는 어디가 못생겼냐고 펄쩍 뛰긴 했지만)

걔 표정은 여전히 못 말리겠더라. 그 느긋하고 여유만만한 거. 내 성격은 안 닮은 것 같지? 정말로 이러다가는 딸내미 잊어먹겠어. 빨리 시간이 가야지.

단비 아빠가 친구랑 다니더니 단비 옷을 하나 사갖고 왔더라구. 친구 편에 보내려구 그랬나 봐. 너무 작아 보여서 지금 바꾸러 다시 가야 할 판이야. 걔가 몸집이 커져서 큰 걸 사야 될 것 같아.

서울은 굉장히 덥지? 작년에 상계동에서 단비 한참 목욕탕에서 잘 놀았는데 올해도 한참 놀겠네. 여기 아파트 바로 옆에 수영장이 있는데, 단비만 한 애들이 아주 잘 놀더라. 마냥 수영장에서 사는 것 같아.

단비도 내년엔 그 틈에 끼겠지? 미국 할머니들이 핫팬츠에 빨간 티셔츠 입고 발랄하게 다니는데 엄마도 내년에는 여기 와서 그러는 거 아냐?

단비가 서서 오줌 누는 건 한 번씩 다 해보는 과정인가 봐. 단비만 한 여자애가 여기서도 그런대. 걔네 엄마가 속상해 하더라. 남자애들이 쉬하는 거 보기만 하면 그러나 봐.

나는 여기서 완전히 거지됐어. 피곤하니깐 세수할 때만 거울을 보게 돼. 마사지는 안 한 지 오래됐구, 앞머리만 내가 두 번쯤 잘랐나. 아직 미장원을 안 갔더니 쓸데없이 머리만 자라는 것 같아. 머리 가지고 오두방정 떨던 내가. 하루 종일 가야 거울 한번 안 보니 마음이야 그지없이 편하지 뭐.

하루 종일 가야 거울 한번 안 본다는 소리를 하니까 수강이가, 그래서는 안 된다고 써보내란다. 여자는 언제나 아름답게 꾸미고 있어야 한대나.

"그래서는 안 되는데, 양하보고 아침에는 꼭 남편보다 먼저 일어나라고 해요."

자고 나서 침이 찍 흐른 얼굴을 남편한테 보이지 말라는 소리 같았다.

"그러겠지 뭐."

"아니야 엄마, 여자는 그래서는 안 된대두."

"남편보다 늦게 일어나지 않아."

"에이, 게을러서."

나는 웃어버렸다.

그 수강이네가 휴가를 떠났다. 자기네들끼리 가는 게 좀… 그런 얼굴이었지만.

"아니야 아니야, 어서 가 어서. 가서 잘 놀고 와."

뭘 모르는구먼, 썰물이 빠진 집이 얼마나 오붓한가를.

나는 아침하고 낮 두 차례에 걸쳐서, 그 애들이 돌아올 때까지 먹을 식품, 맥주 세 병을 사다놨다.

생각 같아서는 지금 당장 맥주를 들이켜고 싶지만 참는다. 밤에 보자!

몸무게를 달아보니까 3킬로 가깝게 빠졌다. 단비를 맡고 나서 거의 5킬로가 빠진 것이다.

약간 기분이 안 좋다. 3킬로까지 빠졌을 때만 해도 알맞은 무게라 싶어서 괜찮았는데, 설마 몸이 어딘가 아픈 건 아니겠지. 매일 땀을

줄줄 흘리니 탈수가 돼서 가벼워진 건지도 모른다.

몸무게가 50킬로 밑으로 떨어진 건 7, 8년 만이나 될까. 기분 안 좋네. 가을에 좀 회복이 되나 봐야지.

단비는 수강이네 식구가 빠져서 집 안이 조용해지니까 덩달아 너무나 조용해졌다. 제하랑 악을 쓰며 싸우던 애가 혼자서 소리 없이 논다. 잠깐 소리 없이 노는 것도 좋을 거야.

식욕은 좀 나아지는 모양이다.

종일 뭔가를 입에 넣고 있다.

어젯밤에는 정훈이네 가서 뭘 얼마나 먹고 왔는지 아침에 두 차례 응가를 했다.

그것도 묽은 똥을. 똥 누는 횟수가 많아지면 똥은 당연히 묽어지겠지.

또 난데없이 똥은 "푸푸 푸푸", 쉬는 "피피 피피", 하고 뇌고 있었다. 저번에 해준 말을 잊지 않고 있는 모양이다. 아무튼 귀엽다니깐.

오늘은 조용하게 놀다 못해 점심을 먹고 나서 소파에서 스르르 잠까지 들었다. 조용하니까 잠까지 깜박 오는 모양이다.

오늘은 저녁에 빨리 재워서 밤 시간을 내 것으로 해야지. 어디 추리극 같은 게 없나 보자. 맥주 한 잔 마시면서 스릴을 느끼는 거야, 좋았어!

양하네 4단지 집도 31일이면 이전 등기가 끝나서 등기 서류를 찾아올 수 있게 됐고, 일이 하나씩 마무리된다.

8월
얼음나라 아이스박스

8월 6일

단비의 긴긴 방학이 끝났다. 7월 23일부터(사실은 21일부터. 21일이 방학식이고 22일은 일요일이니까) 8월 4일까지. 음, 5일이 일요일이니까 5일까지.

보통 방학이라면 일요일 때문에 하루 앞당겨져도 너무너무 좋고, 또 일요일이기 때문에 하루 늦어져도 너무너무 좋다.

단비 방학은 그 반대다. 하루 빨라지거나 늦어지면 나한테 반항하는 시간이 그만큼 많아진다. 나는 한숨이 나온다.

그동안 단비하고 방학 일정이 얼마나 빡(?)세던지 8월에 들어와서는 일기를 쓸 여유가 없었다.

눈뜨자마자—요즘은 일어나는 시간도 빨라져서, 6시 반에도 일어난다. 일어나서 책을 읽어달란다. 나한테 혼이 난다.

"다시 자!"

억지로 도로 재우면 7시를 겨우 넘기고 또 일어난다.

"할머니도 일어나."

지금까지는 단비를 따라 일어났는데 덥고 귀찮아서,

"할머니는 더 잘 거야!"

소리를 질렀더니—이런 때 부드럽게,

"단비야, 할머니는 더 자야 해. 단비는 혼자서 노는 거야. 알았어?"

해 봐. 당장에는,

"할머니 일어나, 일어나! 빨리 일어나!"

아우성을 치고 야단일 거다. 그래서 소리를 질렀더니 그때부터는 할머니한테 감히 귀찮게 굴지 못한다. 또 신문도 못 보게 귀찮게 굴어서,

"할머니는 신문 볼 거야!"

무섭게 말했더니 내가 신문을 봐도 이젠 참는다.

두 가지에서 내가 이겼다. 내가 자리에서 신문을 다 볼 때까지 기다리는데 오늘 아침에는,

"할머니, 신문 다 봤어?"

참지 못해서 나한테 매달렸다.

기특하고 가엾기도 해서 안아줬는데, 금세 안 되지 싶었다. 나한테 조금만 틈이 있으면 모든 게 도로아미타불이 되기 때문이다. 두 가지를 겨우 이겼는데―.

이렇게 해서 자리에서 일어나면 그때부터 "이솝 아저씨, 뽀뽀뽀"가 시작된다.

이 애는 본 것을(비디오 테이프) 또 보고 또 본다. 그것도 특히 좋아하는 대목이 있어서, 보고 또 본다. 그러니까 이 애한테는 새 프로가 별로 필요하지 않다.

보고 또 보고 하다가 아는 노래가 나오면 그걸 따라 부른다. 그게 이 애한테는 너무너무 즐겁다. 날씨가 점점 더 더워지면 물놀이가 한바탕 시작된다. 요새 온수탱크 보수 때문에 더운 물이 나오지 않는다. 나는 베란다에다가 목욕대야를 내다놓고, 물은 조금 데워서 물놀이를 시켜준다. 내가 물을 한번 끼얹어주고 나면,

“할머니 가아.”

한다.

어쩌나 보려고 그냥 있으면,

“할머니 가, 가아.”

뭐 비밀놀이라도 있나? 한사코 가란다. 나는 가준다.

비밀놀이보다도 할머니한테 간섭을 받지 않으려는 모양이다. 이래라저래라 하는 것이 싫은 모양이다. 물을 끼얹어주는 것까지는 할머니 마음이지만 그다음은 자유를 달란다.

점심 먹고 한숨 자고.

밥을 먹자면 도망을 가서 숨바꼭질을 한다. 군것질거리는 종일 입에 달고 있으면서.

야쿠르트도 오빠 꺼랑 자기 꺼 이렇게 두 개씩 먹는 게 보통이다.

토요일에는 일요일까지 네 개가 오는데,

"오빠 꺼도 먹을 거야."

욕심도 많아라. 한꺼번에 네 개를 다 먹으려고 한다.

"안 돼. 두 개 먹어."

결국 세 개를 먹는다.

다음에는 껌. 심심하면 껌이다.

"아세로라" 껌을 달랬다가 "부르진", "해태", "차밍", "고독"까지. 이건 맵다, 이건 싫다, 저걸 먹을 거야. 이것도 나랑 벌이는 싸움거리 중 하나다.

미숫가루 타먹고 지금은 배가 비었는지 아침에 먹지 않던 빵을 먹고 있다. 이제 한 30분 있다가 점심을 먹어야 하는데 저러니까 밥을 안 먹지.

자고 나서 또 한차례 물놀이.

6시쯤이면 저도 나도 집 안에서만 뱅뱅 도는데 질려서 폭발 직전이다. 밖으로 기어나간다.

오후, 햇볕이 너무 따갑다. 도로 들어올 때도 있다. 햇빛이 구름에 가려지면 근린공원을 한 바퀴 돈다.

단비는 공원을 너무너무 즐거워한다. 덥지만 않으면 그네도 타고, 미끄럼틀도 타고, 개미를 쫓아다닐 수도 있으니까.

더러 잠자리를 잡아주면 붙잡지 못한다. 무서워서.

가끔은 유모차를 탄 갓난쟁이 곁을 졸졸 따라다닌다. 어떤 엄마는 유모차를 잠시 멈추어 준다. 단비는 만져보고 싶은 얼굴로 갓난쟁이를 들여다보고, 애기 엄마는 미소를 머금는다.

저녁 목욕을 하고, 들어올려서 머리를 감기는데, 무겁다 무거워. 애들 보고 무겁다는 소리를 하는 게 아니라는데 그래도 무거워.

요 지지배가 또 보챈다. 아이구, 껌 달라네!

8월 11일

8시 25분. 눈을 뜬 단비가 옆에 내가 있으니까 스르르 눈을 다시 감는다.

3초. 잠이 속눈썹에 달린 채 다시 눈을 뜬다. 내가 옆에 없으면 일어났을 것이다. 내가 옆에 그대로 있나 확인하고 또 눈을 감아버린다.

아주 만족한 표정이다.

간밤엔 기온도 서늘했다. 나는 8월 15일만 기다리는데, 8월 15일만 되면 아침저녁으로 서늘했다. 8월 15일도 되지 않았는데 입추가 지나고 나니까 밤공기가 서늘해졌다.

덕분에 단비는 뒤치락거리지도 않고 내리 잤다. 나는 기온에 따라 창문과 마루쪽의 문을 열었다 닫았다 하느라고 몇 번 일어났지만.

단비는 잠 잘 잤겠다, 눈을 뜨니 할머니는 옆에 있겠다, 자리에서 꾸물꾸물 아침잠의 여운을 즐기고 있다.

드디어 정신이 좀 드는 듯한 눈길로 나를 쳐다보더니 히죽 웃고 도로 감아버린다. 기분 좋은 아침을 만끽할 생각인 모양이다.

그런데 정신이 들자마자,

"카멜."

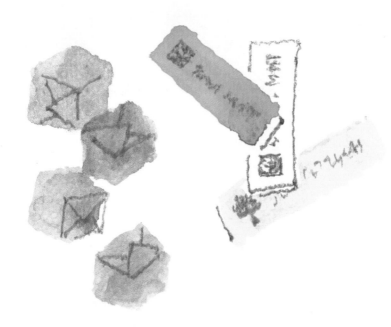

한다.

"카멜"은 "캐러멜"이다. 조르기 시작한다.

이거 버릇 좀 가르쳐야겠는데.

요즘엔 이 애가 눈을 뜰 때쯤에는 내가 대개 마루에 나와 있다. 그래서 단비는 눈을 뜨자마자 마루로 쫓아나와서 껌이나 캐러멜을 달라고 조른다.

오늘부터 군기를 잡아야지. 주는 대신,

"안 돼."

무서운 얼굴을 지었더니 아니나 다를까 으앙! 운다. 계속 지지 않으려다가 그 애가 달라는 사탕 또는 캐러멜 대신 껌을 주었다. 결국 양보한다.

모처럼 기분 좋은 아침이었는데 내가 양보해야지. 시도 때도 없이 단 것을 먹여서는 안 되는데.

요즘 우리는 단비를 데리고 제 엄마 아빠한테 가는 일 때문에 들 뜨기 시작한다.

단비 유아원 알아봤는데 무료로 갈 수 있는 곳은 한군데밖에 없어(공립). 사립유치원은 한 달에 300달러 정도 내야 되나 봐(월~ 금요일, 하루 10시간). 공립유치원도 괜찮은데 거기는 만 세 살이 되어야 한다니깐 겨울까지 기다려야 될 것 같아.

그런데 여기도 몬테소리 같은 사립유치원들이 있고, 세 살 전이라 도 언제든지 갈 수 있대. 문제는 돈이 든다는 거지. 오전만 다닐 경 우는 160달러 정도 드나 봐.

엄마가 단비 데리고 겨울 안에 올 경우. 10만원 조금 넘게 내면 당 장 오전은 보낼 수가 있으니깐, 빨리 와도 상관은 없을 것 같아.(처음 오면 오전만 보내야지 어떻게 하루 종일 보내겠어?)

"또레또"도 아침 9시부터 12시 반까지 해서 한 달에 4만 5천원이 다. 그런데 거기가 160달러라면 여기보다 엄청 비싼 셈이다. 다른 것 은 대개 여기보다 싸다는데 사람이 꼼지락거리는 건 비싼 게야.

우리가 사는 집이며 모든 게 일단은 안정됐으니깐 여기에 오는 건 엄마가 편한 시간만 잡으면 돼. 단비 옷이랑 엄마 짐은 배로 한 달쯤 전에 부치고, 될 수 있는 대로 짐은 배로 다 부치는 게 편할 거야. 세관검사하고, 단비 데리고 다니려면 잘못하다가는 비행기만 놓치고 너무 힘들 테니깐.

8월 18일

아침에 단비를 정훈네로 보내고 내가 병원엘 다녀왔다.

내가 생각하기에 더위와 신경전(?)에 지쳐서 마침내 위장 장애가 온 것 같다. 그저께부터 약을 먹어서 많이 좋아진 셈이다. 그만 오늘로 병원은 끝을 내야지.

단비를 11시까지만 맡아달라고 했는데, 1시가 넘는 지금까지도 그 집에서 전화가 없는 걸 나는 모른 체하고 있다. 그 애가 잠시만 내 곁을 떠나 있어도 나는 소화불량이 눈 씻은 듯이 나을 것만 같다.

오늘 새벽에는 단비가 자꾸 잠꼬대를 하면서 깊은 잠을 못 잤다. 귀찮고 신경질이 나지만 일어나서 쉬를 시켰다.

또 쉬를 하겠단다. 우유를 달란다. 새벽 우유를 뗐는데 무슨 우유야. 우유를 안 준다고 운다.

신경질 나네—그러다가 혹시나 해서 단비한테 잠옷바지를 입혔다.

이마를 짚어보면 땀이 나고 수건을 덮어주면 던지고, 하는 수 없이 방문을 모두 닫았는데 혹시나 해서 잠옷바지를 입혔다. 그랬더니 깊이깊이 너무 잘 잔다. 추워서 자꾸 일어났던 게야.

가슴이 뜨끔했다.

혹시 감기가? 이러다가 늘 감기 들었구나.

아침까지 잘 자고 일어났다. 그리고 내가 병원에 가는 9시 20분까지도 열이 나거나 기분 나빠하거나 기침하거나, 그런 증세가 보이지 않았다. 제발제발 탈 나지 말아다오.

이 애가 탈이 나면 나는 죽을 것 같다니깐. 그래서 위장장애가 오고 혈압이 오르고 손이며 등허리가 화끈화끈한다니까.

양하한테서 편지가 왔다. 미국으로 건너간 뒤, 처음으로 사진 넉 장을 보내왔다.

그 애들은 카메라가 없다. 미국 갈 때 내가 주어서 보낼걸, 거기가 카메라가 더 쌀 거라고 보내지 않은 게 두고두고 후회된다.

그 애들이 어떻게 카메라를 사? 5달러 쓰는 데도 벌벌 떤다는데. 그래서 사진을 한 번도 보내오지 못했는데, 준연이 친구가 출장을 와서, 그 친구하고 함께 다니면서 겨우 찍었단다.

그 친구 카메라가 후진 거라 사진도 후
지게 나왔다면서 넉 장을 보내왔다. 단
비가 사진을 보더니,

"맘마 맘마."

했다.

걔들 옆에 아이스박스가 놓인 사진
한 장이 있었다. 단비 눈에는 먹는 것밖
에 안 보이는 모양이다.

"엄마 어디야? 아빠 어디야?"

그러면 엄마 아빠를 가리키는데 별로 관
심이 없다. 관심이 있는 것은 오로지 아이스
박스. 그 속에서 얼음이 나오고 "아이차"가 나
오는 걸 봤겠지. 단비는 얼음을 아주 좋아한다.

양하는 미국에서 처음으로 찍은 자기 사진을 보고 너무 충격을 먹었단다. 머리를 뒤에 질끈 동여매고 찍은 사진인데, 꼭 식모 같단다. 거금 40달러를 내고 파마를 했단다.

8월 22일

태풍 졸란가 젤란가 온다고 한다.

단비가 이솝을 보고 있다가 쪼르르 와서 껌을 달란다. "고독" 껌을 줘서 쫓아버린다.

이제 "독수리와 딱정벌레" 차례가 돼서, 독수리가 가엾은 토끼를 낚아채는 화면이 나오면 우는 소리로,

"할머니—."

할 것이다. 내가 나가서,

"괜찮아 괜찮아."

해주지 않으면 도망쳐 올 것이다.

"거짓말쟁이 소년"에서 거짓말쟁이 소년이 늑대한테 쫓기는 장면이 나와도 이 애는 "할머니—" 하고 나한테 와서 얼굴을 파묻는다.

모두가 애한테는 무서운 장면인데 무섭다면서도 "독수리와 딱정벌레" 그리고 "거짓말쟁이 소년" 같은 걸 좋아한다. 스릴이 있는 걸 좋아하네.

아슬아슬한 장면에서 도망을 치거나 눈을 가릴 바에는 보지 않으면 될 텐데. 글쎄, 그게 그렇지만도 않은가 보다. 꽃이 나오고 신부가 나오고 포도가 익어가는 화면은 지루해 한다.

그러니까 이 애가 좋아하는 장면은 템포가 빨라야 하고, 음악도 경쾌해야 좋아한다. 경쾌한 음악이 나와야 이 애의 특기인 춤을 출 수 있으니까.

아리랑 아리랑—느려서 춤을 출 수가 없다. 짐짓 미루어 보아 어떤 글이 독자한테 먹힐지도 알 듯싶다.

요새는 이 애가 분별력이 많이 생겨서 내가 뭘 하면 감히 와서 조르거나 보채지 못한다.

얼라, 또 오네. 저 혼자 노는 것이 너무 억울한 모양이다. 무슨 일이 생각나는지 다시 달려서 나한테 안긴다.

김영애가 가끔 전화를 한다. 차라도 한 잔 마시고 싶은 모양인데 내 사정이 그렇지 못하다.

"일하다가도 차 한 잔 마시고 싶을 때가 있잖아요? 그런데 못해."

볼멘소리다.

이 동네가 후져서 분위기 좋은 찻집을 아직 찾아내지 못했지만 노원역 앞의 후진 찻집에서라도 차 한 잔 마시고 싶을 때가 있다. 그런데 그걸 못한다.

정훈네, 수빈네, 208호, 4단지 아줌마… 언제든지 맡길 수 있는 집들이 있다. 그러나 그쪽에 일일이 전화를 걸어봐야 하고, 그 쪽에도 사정들이 있고, 앓느니 죽는 게 낫지.

"내가 단비를 같이 키우는 것 같아요. 스트레스 받네. 언제 데리고 가죠?" 김영애가 따진다.

"곧 데리고 갈 거야."

나는 미안해 한다.

그런데 단비가 끼어든다. 수화기를 달라고 매달린다. 통화를 계속할 수가 없다.

"단비가 전화하겠대. 단비하고 이야기 좀 해봐."

"네. 바꿔요."

시큰둥하다. 당연하지. 성가시지.

단비 전화를 반기는 데는 제 엄마 아빠하고 고모네뿐이다. 그런데도 단비는 나한테 전화가 오면 매번 받겠단다.

김영애가 뭐라고 하는지,

"네…네…먹었어요…할머니하고 같이 갔어요…엄마는? 아닌데…네… 네."

수화기를 나한테 준다. 그만하면 된 모양이다.

"단비가 말 잘하네요. 발음이 또박또박해요."

뭘 그 정도 가지고.

"그렇지? 개가 말을 잘해."

"그러니 할머니가 늙지. 일은 좀 하셨어요?"

"어떻게 해?"

"이제 자기 생각도 좀 하세요. 일을 언제까지나 할 수 있어요?"

"그러게 말이야."

나는 건성이다.

"할머니, 응가."

단비다.

응가할 때도 됐지.

"쟤가 응가 한대. 나중에 전화할게."

"네."

기분이 영 아닌 목소리다. 나는 얼른 전화를 끊고 단비 시중을 든다.

일기 쓰기도 힘이 드네. 내 체중은 맙소사, 47킬로도 못된다. 46킬로를 조금 넘는다.

배탈이 나서 열흘 넘게 죽을 먹었다. 나쁜 병에나 걸린 건 아닐 테지? 체중이 너무 빠져서 기분이 되게 나쁘다.

그러나 내일 이 지구가 끝장이 나도 나는 오늘 내 뜰에 단비 꽃을 심어야지. 편지가 왔나 우체함을 보고 나서 단비 목욕을 시켜야지.

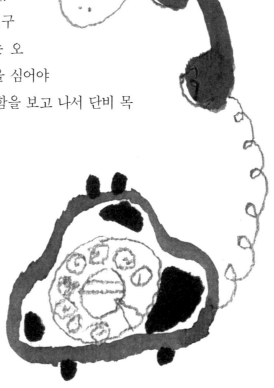

8월 28일

　30분만 있으면 단비가 돌아온다.

　요즘에는 "또레또"에 가는 것도 시들해 한다. 신기한 맛이 없어졌는지 누가 저한테 재미없게 구는지 할머니하고만 있겠단다. 내가 니 밥이니?

　오늘 아침에는 진짜 밥을 안 먹어서 소리를 질렀더니 울면서,

　"눈물 나와."

했다. 그 말은 눈물을 닦아달라는 소리다.

　밤에 자다가도 울면,

　"눈물 나와."

한다. 닦아달라는 거다.

　"단비가 닦아!"

　해도 눈물이 나올 때마다,

　"눈물 나와."

　자꾸 닦아달란다.

　제 엄마한테 가면 바쁜 엄마가 언제 제 눈물을 일일이 닦아줄까. 애야, 눈물도 이제는 자기가 닦도록 해야지. 제 엄마 말처럼 강한 애로 키우자는 데 나도 동감이다. 눈물은 제 손으로 쓱 문지르는 거야.

　이제 조금 있으면 데리러 가야지.

　"또레또"에 데리러 오는 엄마들이 거의 정해져 있다.

　우선 제일 어린것을 맡기고 있는 내가 가고, 네 살짜리 엄마는 어쩐지 모르겠고, 우리 3층 할아버지가 손녀를 데리러 온다.

또 12동에서 두 엄마가 오는데, 그중 한 엄마는 지난번 방학식 때, 노래를 부르는 아들애를 지켜보면서 눈물을 찍어냈다. 내가 돌아보니까,

"저게 어느새 커서⋯."

그 엄마가 중얼거렸다. 나도 가슴이 찡했다.

엄마가 선생님이라는 남자애는 저보다 조금 더 큰 형이 데리러 온다. "또레또"에서 노래를 제일 잘한다는 여자애도 동생을 둘러업은 엄마가 데리러 온다.

아, 또 12동에서 애기를 둘러업은 엄마도 하나 온다.

이중에서 제일 정확하게 시간 전에 와서 기다리는 것은 나 단비 할머니다.

나는 보모 선생님들한테, 내가 가기 전엔 절대로 단비를 밖에 내보내지 말라고 부탁하지만, 그래도 불안해서 꼭 마침 시간 전에 가서 기다린다.

다른 애들은 데리러 오지 않아도 집을 찾아갈 수 있지만 우리 단비는 너무 어려서 집을 찾지 못한다. 어떤 때는 내가 일부러 단비를 앞세워 가지고,

"우리 집 찾아봐."

하는데 우리 건물까지 와서는 영 알쏭달쏭한 모양이다. 아파트 단지 건물들이 비슷비슷한데 세 살짜리가 어떻게 찾아.

시간이 되어서 "또레또"의 현관문이 열리면 현관에 내려와서 신발을 찾아 신던 애들이,

"단비 할머니—"

알린다. 선생님한테 붙잡혀 있던 단비가 나온다.

선생님이 신발을 혼자서 신으라고 하지만, 너무 꾸물거려서 결국 내가 거든다. 좁은 현관에서 너무 꾸물거리면 다른 애들의 방해가 된다.

"자, 가자."

손을 내밀면 단비는 뿌리친다. 뿌리치면서,

"같이 가아."

하더니 복도를 달려간다. 앞에 가는 큰애들하고 같이 가자는 것이다. 도토리만 한 게.

앞서가는 애들도 달려가고 있는데 따라잡을 수야 있나. 번번히 같이 가지 못한다. 수빈이가 가끔 함께 가준다. 수빈이는 "또레또"에서 늘 단비를 보살펴 준다.

또레또가 있는 10동 건물에서 나온 단비는 우리가 가야 하는 왼쪽이 아닌 오른쪽으로 빠진다. 거기 놀이터에서 놀겠다는 뜻이다.

나는 질색을 한다. 바로 가서 점심 먹고 자야 하는데. 그보다 놀이터에서 놀면 내가 힘든 건 말도 못한다.

그네를 탄다면 밀어줘야 하고, 미끄럼을 탈 때는 미끄럼 타는 애들 교통정리를 해줘야 한다. 모래장난을 하면 집 가서 한바탕 씻어줘야 하고.

그래서 단비를 붙잡는다. 단비는 가겠다고 앙탈이다. 하는 수 없이 등을 디미는데 업히지도 않겠단다. 나는 힘으로 업는다. 그러고는 아이의 정신이 헷갈리라고,

"그래서 말이야, 늑대가 말이야, 꽉 물었거든. 당나귀하고 사자가

싸웠는데 누가 이겼니, 단비야?"

단비는 하는 수 없이 할머니의 꾀에 말려든다.

"그만 내릴까?"

"응."

등에서 내린 단비가 "응가" 어쩌구 한다. 이것은 "응달"이라는 소리다.

햇빛이 너무 따가워서,

"응달로 가자."

하는 소리를 몇 번 했더니 햇빛에만 나서면 "응가" 어쩌구 한다.

"그래, 응달로 가자. 햇빛이 너무 덥지?"

단비를 데리고 얼른 응달로 들어선다.

9월
할머니가 단비 맴매했어?

9월 3일

 돈은 벌써 받았어, 고마워. 그리고 돈 받은 김에(?) 단비 이불, 침대 커버를 샀어. 마침 세일을 크게 한다길래 백화점에 갔더니 이불, 침대 커버, 베갯잇 세 가지 세트로만 파는데 90불 하더라구.

 6만 3천원 정도인데 서울서 사도 그 정도는 들 것 같고, 또 배송비 생각하면 사는 게 낫겠다 싶어서 과감하게 샀어. 만일 엄마가 샀으면 샀다고 얼른 연락해 줘. 여기서는 현금으로 도로 바꿀 수 있으니깐(한 달 이내에).

 요새 여기는 이사철이야. 졸업하는 사람, 오는 사람… 아파트 주위를 다니면 제법 괜찮은 것들도 버려져 있어. 멀리 가는 사람들이 처치 곤란이라 버리는 것도 있고, 새것 장만하는 사람들이 버리는 것도 있고.

 저번에 소파를 주웠어. 어제는 쓸만한 침대를, 오늘은 의자 두 개를 주웠네. 그동안 의자가 없어서 너무 불편했거든. 안 사고 버티길 잘했지.

 이제 침대도 들여놓고(비록 주워왔지만) 의자도 있고, 나는 두 식구 맞을 준비에 아주 바빠. 그동안 서류 처리한다고 왔다 갔다 하고, 유치원 몇 군데 보고 다니니깐 마치 내일모레 단비가 올 것 같은 거 있지.

 물론 한편으로 걱정도 되지만, 무엇보다 힘들지언정 내가 키워야 할 것 같아. 혹시나 크면서 기가 죽을까 봐 걱정도 되고. 그치?

우린 둘 다 전액을 받으니깐 그렇게 어렵지 않을 거야. 며칠 사이에 텅텅 비었던 학교가 애들로 꽉 차고 신입생들이 눈을 두리번거리면서 왔다 갔다 하는 걸 보니깐, 한 학기 만에 완전히 위치가 바뀌었구나 싶더라.

꽁트를 보내고 원고료를 받았다. 이렇게 좋을 수가 없다. 양하가 돈이 좋다는데 그걸 말이라고 해?

아까 연금매장에 가서 이것저것 사온 돈을 내 앞에 달았다. 그러다가 다시 단비 앞으로 돌렸다.

엄연히 단비하고 나는 가계부가 다르다. 지갑도 내 것, 단비 것, 두

개가 있다.

단비 병원비라든지 집 할부금, 가사도우미 비용도 단비 앞으로 나간다. 군것질 값은 내 앞으로 단다.

손녀의 군것질 값은 당연히 할머니가 내야 하는 것으로 알겠지만, 쉽게 무시할 수 있는 금액이 아니다. 입맛이 없어 할 때 외식을 한다거나 뭘 시켜먹으면 부담이 만만찮다. 그래도 그건 내가 거의 먹는 거니까, 내 앞으로 돌릴 수밖에 없다.

옷 같은 것은 양하가 사주라는 소리를 안 하니까, 모조리 내 앞으로 돌린다. 그렇지만 옷을 사입히면 그게 그렇게 즐거울 수 없다. 또 여기서 준비해 가면 미국에 가서 지출을 줄일 수 있을 것 같기도 하고.

요즘은 미국에 가져갈 물건들을 조금씩 준비하고 있다. 그런데 단비 앞으로 달아야 하는지 내 앞으로 달아야 하는지 갈등이 된다.

그런데 아까 내 앞으로 했다가 단비 앞으로 돌린 돈을, 다시 내 앞으로 바꿨다. 말하자면 이런 항목은 갈등이 생기는 비용인데, 오늘 내가 수입을 잡았으니까 내 앞으로 바꾼 것이다.

돈이란 너무나 좋다. 마음이 풍족해진다. 풍족해지니까 즐겁고 편하다.

단비는 내가 글을 쓰고 있으면,

"할머니, 다 썼어?"

자꾸 와서 묻는다. 뭐가 뭔지 모르고 천방지축으로 놀던 때와는 사뭇 다르다. 덕분에 내 체중은 46킬로를 밑돈다.

여학생 때, 들것 경주를 하면 나 같은 애들이 체중이 가볍다 해서 들것에 실렸다. 지금 내 체중이 그때 체중이랑 같다.

너무 빠졌어.

다시 달아볼까 하다가 기분이 나빠서 그만두었다. 50킬로쯤 되면 몰라. 그게 나한테는 아주 적당한데.

가슴속에서 '가고파'가 흐르네.

가고파

이은상

내 고향 북쪽바다 그 파란 물 눈에 보이네
꿈엔들 잊으리오 그 잔잔한 고향바다
지금도 그 물새들 날으리 가고파라 가고파
어릴제 같이 놀던 그 동무들 그리워라
어디간들 잊으리오 그 뛰놀던 고향동무
오늘은 다 무얼 하는고 보고파라 보고파
그 물새 그 동무들 고향에 다 있는데
나는 왜 어이타가 떠나살게 되었는고
온갖 것 다 뿌리치고 돌아갈까 돌아가
가서 한데 얼려 옛날같이 살고지고
내 마음 색동옷 입혀 웃고 웃고 지내고저
그날 그 눈물 없던 때를 찾아가자 찾아가

그것은 분명 북쪽바다가 아니라 남쪽바다였어. 그 느낌이 영 달랐는데도 우리 동창들은 남쪽바다를 꼭 북쪽바다—하고 노래했어. 이은상 시인이 남쪽바다를 어디간들 못 잊은 것처럼 우리는 어디간들 북쪽을 못 잊어서…

'가고파'에는 또 하나의 일화가 있어. '가고파'를 작곡한 김동진이 6·25에 남으로 피난을 올 때였어. 북의 피난민이 꾸역꾸역 남으로 오고 있는데 그 속에 북의 간첩이 섞여 있다는 소문이 돌았지. 남쪽 당국에서는 길목 곳곳에 검문소를 세웠어. 피난민들은 그 검문소에서 묻는 말에 빨리빨리 대답을 못한다고 귀싸대기를 얻어맞는 수도 있었고. 애매하게 붙잡혀서 곤욕을 치르는 수도 있었지.

김동진이 걸렸어. 신분을 증명하라는 데 증명할 길이 없지. 그때 생각해낸 것이 '가고파'였어. 그즈음 우리나라 최고 테너 이인범이 불러서 널리 알려져 있었거든.

내 고향 남쪽바다—그 살벌한 검문소 바닥에서 그는 '가고파'를 불러젖혔고,

"이게 내가 만든 노래요. 내가 '가고파'를 작곡한 김동진이요!"

이렇게 자기 신분을 밝혔다고 한다. 감동한 남쪽 군인은 그에게 경례를 붙이고 통과시켰어.

나는 김동진 선생님을 몇 번 만났는데 연약하달까, 반대로 고집스럽달까 그런 인상의 분이었다.

내 고향 북쪽바다….

9월 4일

단비하고 둘이서 기분 좋게 낮잠을 자고 일어났다.

단비가 눈을 뜨더니 씨익 웃고 다시 감았다. 또 눈을 뜨고 정신이 들더니 옷장 밑에 밀어넣은 장난감이 눈에 띈 모양이었다. 한두 마디 꺼내달라는 소리를 하더니 발을 버둥대면서,

"꺼내줘!"

떼쓰는 소리를 시작했다.

내가 꺼내주었으면 단비가 더는 마음이 상하지도 않았고, 떼쓰는 소리도 멎었을 것이다.

그런데 이 애가 툭하면 나를 제 밥으로 알고 두 발을 버둥거리면서 떼쓴다는 생각이 들어서,

"꺼내주세요— 하고 예쁘게 말해!"

소리를 약간 높였다.

그러나 이 애가 어떤 아인데 나 하라는 대로 할까.

"뽀뽀뽀" 녹화테이프를 틀어 놓고, 거기에서 나오는 짤랑짤랑 으쓱으쓱 체조(단비가 이 체조를 너무너무 좋아한다)를 따라 하면서 내가 보면 쑥스러워한다.

그래서 슬금슬금 나를 곁눈질하는 것을 알기 때문에 나는 못 본 체하는 판인데, 그런 애가 떼쓰는 제 입으로 금방 상냥하게, "할머니, 꺼내주세요" 말이 나오겠는가.

죽어도 떼를 계속 쓰겠다는 듯이 그대로,

"꺼내줘!"

네 고집이 이기나, 내 고집이 이기나. 내가 팽개쳐두고 자리에서 일어서려고 하자 이 가엾은 아이가,

　"할머니, 꺼내주세요."

한다.

　나는 물론 꺼내주었다. 안아주고 뽀뽀해 주고,

　"요 고집쟁이!"

　뺨까지 살짝 꼬집어준다. 팥죽 육아법이다.

　변기에 아까 눈 오줌이 그냥 있기에 한번 더 받아서 함께 버리려고(나는 꼭꼭 버리고 변기를 씻어 두는데),

　"단비야, 쉬해."

하니까,

　"어디 갈려고?"

　눈을 반짝인다.

오줌을 누라면 밖에 가자고 챙기는 줄 알고—아니다. 지금은 아니라는 걸 뻔히 알면서도 밖에 나가고 싶은 마음을 나에게 알리려는 행동이리라.

오줌이 안 나온다면서 옷장 밑에서 꺼낸 장난감들을 가지고 놀고 있다. 어디 간다면 일단 변기에 앉아서 억지로라도 오줌을 누려고 노력했을 것이다.

애가 이렇다니깐.

저번에 감기가 들어서 병원에 데려가면서 내가,

"왜 또 감기가 들었지?"

하니까,

"글쎄."

대답도 잘한다.

9월 12일

한바탕 물난리가 나고, 오늘은 거짓말같이 하늘이 맑다.

"또레또"에 갔다 온 단비가 자고 있다.

지난밤에는 잠을 자면서,

"물."

물을 주고 나면,

"자장자장."

이 "자장자장"은 잠이 잘 오게 궁둥이를 "자장자장" 두드려 달라는 소리다. "자장자장"을 해주면 춥다, 덥다, 이불을 덮겠다, 벗겠다—하도 바라는 게 많아서 궁둥이를 한 대 때려줬다.

　결국 단비는 울면서 잠이 들었다.

　그런데 아침에 일어나서,

　"할머니가 단비를 때렸지?"

　잊지 않고 기억하고 있었다. 나는 와락 안아주고 싶었지만 꾹 참았다.

　그렇게 너무 예뻐하니까 할머니를 우습게 알지. 평소에 좀 무섭게 해야 하는데.

　하기야, 어제 낮잠을 2시간 반이나 잤으니 밤에 잠이 오지 않았겠지. 그래서 군소리가 많았을 것이다.

　하지만 나도 신경질이 나서 못 견디겠는 걸 어떡해. "자장자장"을 20분이나 계속해도 자지 않으니.

　"할머니, 팔이 아파."

　사정을 해도 계속 궁둥이를 두들기면서 "자장자장"을 하라니.

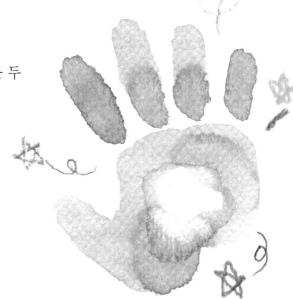

　이크, 일어났다. 오늘은 그만 재워야지. 내가 옆에 함께 누워 있으면 행복해서 마냥 잔다.

9월 24일

이 아이는 나를 너무 우습게 본다.

오늘 아침에도 하도 말을 안 들어서—"또레또"에 가는데 옷도 안 입고, 쉬도 안 하고, 머리도 안 빗어서 갖다 버리겠다고 야단을 쳤더니,

"말 안 할 거야!"

하는 것이었다. 이게 또 무슨 수작이야?

어제는 마루에서 제하랑 한참 티격태격을 하다가 일어나서 방으로 들어가면서,

"내가 못 살아, 못 살아."

했다.

나는 그 애 입에서 그런 소리가 나오는 것을 처음 들어서, 입을 뻥 벌리고 그 뒷모습을 보고 있는데 수강이가,

"엄마한테 배운 거지."

했다.

그것도 그렇네.

내가 저더러 못 살아 못 살아를 더러 했지. 그래서 그때는 나한테 배웠다는 말을 인정했는데, 글쎄 "말을 안 할 거야"는 뭐야.

절대로 내가 그런 소리를 할 리가 없다. 저 방울만 한 걸 데리고 말 안 할 거야, 그랬다고, 내가?

아무튼 이런 엉뚱한 소리를 날로 해댄다. 그런 계집애가 떼쓰는 것은 여전하다.

내가 좀 쉬우려면 이 애한테 무섭게 해야 한다. 그래야 옷 입는 것도 빨리 끝나고, 밥 먹는 것도 빨리 끝나고—그런데 애하고 그렇게 싸우다 보면 내가 진짜로 화가 머리끝까지 치솟아 있다. 혈압 오르게.

웃으면서 느긋하게 골난 체를 하려고 해도 웃을 기분도 아니고, 느긋한 마음을 가질 수도 없다.

고것이 아무리 방울만 해도 말을 듣게 하려면(말을 안 들으니까) 화가 나서 견딜 수가 없다. 결국 1대1로 싸우는 꼴이 되는데 내가 발칵 화를 내고 있으니 진 거지 뭐. 저 애 좀 보라니까.

아무리 화를 내도 단비는 무서워하지 않는다.

내가 화가 나지 않을 때는 그 애가 해달라는 대로 다 해준다.

물 달라면 물 주고, 안아달라면 안아주고, 뜨겁지 않은 것도 뜨겁다면 식히는 체하고, 누웠다가도 열 번 다 일어나서 해달라는 대로 다 해준다. 그런데 그러고 나면 이 애가 나를 우습게 아는 것이다.

앞으로는 절대 우습게 알지 못하도록 해야지.

…오는 날짜는 11월 중순에서 12월 초가 좋고, 토요일이어야 할 것 같아. 그래서 11월 17, 24일, 12월 1일쯤이 좋을 것 같은데, 그때 시험이 없거든. 금요일엔 수업이 있어서 금요일은 힘들고.

엄마가 하트퍼드에 오면 아무 때도 상관없는데(여기서 1시간이 걸려) 그런데 엄마가 단비 데리고, 짐 가지고, 입국수속 마쳐서 시간 안에 비행기 옮겨 탈 수 있겠어?

오는 방법은 디트로이트에서 갈아타는 거랑 하나는 뉴욕에서 갈아타는 건데, 우리 생각에는 아무래도 우리가 뉴욕에 가는 게 나을 것 같아. 그냥 서울서 뉴욕으로 곧장 타고 오고.

그런데 문제는 12월에 오면 눈이 많이 와서 잘못하면 제대로 마중을 못 갈지도 몰라. 우리도 올 때 눈이 많이 와서 호텔에서 하루 잤잖아. 아무튼 엄마가 알아서 하겠지만, 만일 그때 안 되면 12월 20일 뒤여야 할 것 같아. 12월 20일까지 시험이 있거든. 시험에 목숨 건 인생 아니유.

그리고 가장 중요한 얘긴데 비행기 표는 우리 돈으로 사. 남는 돈으로 살 수 있겠지?

처리할 일, 가져갈 물건들을 적어 본다. 시내에 나갈 때 한 가지씩

일을 보기로 한다. 단비 때문에 긴 시간을 낼 수가 없어서.

한 가지씩 한 가지씩 9월 초부터 시작했는데, 가기 전까지 다 끝날는지.

내가 단비를 맡아서 육체노동에다 돈까지 축이 날까 봐 양하는 무던히 마음이 쓰이는 모양이다. 그래, 양육비를 받기는커녕 알게 모르게 당연히 돈이 들어가지만 단비가 주는 사랑스러움과 새로운 발견이 얼만데!

단비는 내가 아무리 야단을 쳐도 저를 사랑한다는 걸 느끼니까 그냥 할머니를 믿는다. 어린아이가 믿는다면 그건 진짜다. 인간관계에서 믿음보다 더 위대한 게 어디 있어? 생각해 보자. 부모 자식 사이, 남자와 여자 그러니까 이성들 사이, 친구들 사이, 더 나가면 나라를 다스리는 지도자와 백성들 사이, 나라와 나라 사이―믿음이 가는가? 인간이란 믿게 되면 몸을 던진다.

10월
멋지게 전화했지롱?

10월 1일

9시에 병원에 도착, 20분쯤 기다려서 맨 처음으로 진찰을 받는다.

기관지도 다른 곳도 나빠진 데가 없단다. 그런데 왜 기침이 멎지 않을까, 의사 선생님이 고개를 갸우뚱하며 말한다. 며칠째 기침을 하다 말다 한다.

어젯밤엔 날씨가 갑자기 추워졌는데 우리 식구가 모두 노원역 앞의 돼지갈비집으로 저녁을 먹으러 갔다. 단비는 돼지갈비도 잘 먹지만 맘마 먹으러 가는 순간을 너무너무 좋아한다.

그런데 돼지갈비를 굽는 연기가 지독 했다. 단비 기침이 심해지지 않을까. 나는 조마조마했다. 얼른 먹고 단 비하고 먼저 음식점에서 빠져나 왔는데.

그래도 그때 연기를 너무 마 신 게 탈이었어. …나는 병원 에서 돌아오면서 자가진단을 한다.

병원에서 돌아와 약 한 봉지 를 먹고 지금까지, 한 시가 다 돼 가는데 기침 소리가 없다. "또레또"

는 결석.

양하가 상원이한테는 내복 같은 거 주면 좋겠다고 해서, 단비더러 연금매장에 가자니까 너무나 좋아한다.

오늘은 "또레또"에도 못 갔으니 얼마나 심심하고(자기 말대로) 답답할까.

그런데 엄마가 보내준 테이프를 보겠다고 Sing Along을 되돌리더니 끝나야 가겠단다. 그 테이프가 아주 마음에 드는 모양이다. 새도 예쁘고, 꽃도 예쁘고, 신데렐라도 너무너무 예쁘니까.

테이프를 되돌려놓고 나서 얼른 시작되기를 기다린다. 거기에서 나오는 예쁜 영어노래를 따라서 춤을 출 태세다. 두 손을 허리에 짚고 있다. 이제 까닥까닥 다리 장단부터 시작하겠지.

"또레또"에서는 노래하고 춤을 많이 가르치는 모양인데 단비는 디스코도 출 줄 안다.

그러나 나는 단비 기침에 질려서 뛰지 말라고 말린다. 단비도 기침에는 겁을 낸다. 내가,

"기침 나와, 뛰지 마."

하면 그대로 가만히 있는다.

이제 테이프가 끝나면 연금매장에 가자고 오겠지. 그런 것은 절대로 잊어먹지 않는다. 놀이터 가기, 슈퍼가기, 맘마 먹으러 가기는 아무리 시간이 지나도 기억하고 있다가 와서 가자고 조른다.

이것저것 준비하느라 괜히 마음만 바쁘지? 단비 책 같은 건 배로 미리 부치고. 그러면 남는 건 옷, 이불, 마른반찬, 단비 장난감

인데 단비 아빠는 그마저도 배로 부치라고 난리야. 10시간 넘게 비행기를 타는 데다, 또 짐 드신다고 무리하다 허리라도 다치면 어떡하냐는 거지.

그러나 나는 배 삯이 아까운 거야. 여기서 500달러쯤이면 너무 큰돈이라(아주 좋은 오디오 세트도 1,000달러면 사거든) 아까워. 뉴욕에서 세관검사하고 끌고 나오는 게 문제지, 단비도 있으니깐.

그래도 적당히 한국 사람으로 보이는 남자한테 부탁하면 잘 도와줄 것 같아. 그리고 1달러짜리를 몇 장 준비해서, 짐 끄는 것을 사용하려면(공항마다 달라) 1~2달러쯤 넣으면 사용할 수 있어. 거기에다 짐을 올려놓고(이때도 좀 부탁하면 될 거야) 나오면 바로 우리가 있을 거야, 간단하지?

내가 올 때도 여자 혼자서 쩔쩔매면 특히 미국남자들이 친절하게 잘 도와주더라고. 그래서 그렇게까지 걱정 안 해도 될 것 같아.

단비가 엄마를 잊어먹어서 큰일이네. 여기 오면 할머니만 더 찾겠네. 다 잘 되겠지. 삼촌이랑 그렇게 친하다니 다행이야. 단비 오면 제하네 식구가 섭섭하겠어. 애라는 게 있으면 귀찮다가도 없으면 보고 싶은가 봐. 짬짬이 준비 많이 해. 나는 요새 정신없이 바빠.

미국 갈 날이 가까워 오니까 마음이 바쁘다. 자다가도 문득 그 생각을 하면 영 잠이 오지 않는다. 해야 할 일, 가져갈 물건….

태희가 만나자고 했는데, 춘형이, 박성애, 박홍근 선생님도 만나자고 했는데, 빠져나갈 시간이 없다. 그래도 만나야지.

10월 14일

제하는 밖에서 돌아올 때마다 현관에 들어서면서,
"단비는?"
묻는다.
학교에서는 주로 2시 반쯤에 돌아오는데 그때는 단비가 낮잠을
잘 때다.
"단비는?"
큰 소리를 치면 내가 쫓아 나가서,
"단비 자. 조용히."
입에 손을 가져간다.
"내가 올 때마다 자네."
제하는 툴툴거린다.
요새 제하는 단비한테 후해졌다. 얼마 안 있어서 단비가 제 엄마
아빠한테 간다는 것을 알기 때문이다.
며칠 전에 제하가 5백원짜리 지갑을 갖고 와서 단비한테 자랑
했다.
"봐라, 꿀꿀이지갑."
그것은 쓰다 남은 돼지가죽인지 소가죽인지를 가지고 만든, 돼지
머리 모양을 한 조그만 동전지갑이었다.
"할머니, 꿀꿀이지갑!"

단비가 야단이 났다.

제하가 갖고 있는 것은 무엇이든지 갖고 싶어 하는데, 돼지지갑은 귀엽기도 해서 단비 관심을 확 끌었다. 제하도 그것을 잘 알고 자랑을 한다.

이렇게 되면 한쪽은 달라 하고, 한쪽은 안 준다 하고, 결국 단비가 울음을 터뜨리기 마련이다. 단비가 일단 울음을 터뜨리면 제하가 양보한다. 그래도 양보하지 않으면 똑같은 것을 내가 단비한테 사줘야 한다.

"단비야, 오빠 걸 왜 달라고 하니?"

단비는 그 말이 귀에 들어올 리가 없다. 계속 징징거린다. 나는 속이 상해서,

"제하야, 그런 거 단비 보여주지 마."

그래도 제하는 단비 약 올리는 게 싫지 않다.

"오빠 건데 단비는 뭐든지 달래."

그러면서 제하는 제 방으로 간다.

그런데 며칠 전에는 단비한테 돼지지갑을 그냥 주어 버렸다. 단비가 입이 벌어져서,

"할머니, 꿀꿀이지갑."

돼지 코를 잡고 동전지갑을 나한테 내보였다.

"오빠 착하네. 오빠한테 고마워, 해."

"오빠 고마워."

"예쁘지? 단비 미국에 가지고 가."

제하도 만족스러운 얼굴이었다.

그런데 제하가 오늘은 토끼 모양 동전지갑을 또 들고 왔다.

"할머니, 이거 샀어요. 꿀꿀이 지갑은 단비 줬잖아요. 그래서 이 토끼지갑을 샀어요. 예쁘지요?"

"예쁜데—."

단비 눈이 반짝하더니 금세 울상이 되면서,

"토끼 줘."

한다.

제하가 당치도 않다는 얼굴로,

"너는 꿀꿀이지갑 있잖아. 오빠가 줬잖아?"

"토끼가 예뻐."

"단비야 안 돼. 오빠가 꿀꿀이지갑을 줬는데."

나도 야단을 쳤다. 그래도,

"단비는 토끼가 예뻐."

이렇게 제 욕심밖에 모르는 애가 어디 있을까. 나는 안 되겠다 싶어서,

"단비야, 너는 오빠가 꿀꿀이지갑을 줬는데 또 토끼를 달라는 애가 어딨니. 안 돼."

"꿀꿀이지갑은 안 가질 거야."

"안 된다니깐!"

돼지지갑도 귀엽지만 토끼지갑이 더 귀여울지도 모르겠다는 생각

을 속으로 하면서도, 나는 단비한테 단호하게 말했다. 단비는 우는 수밖에.

조금 안쓰러운 생각이 들기도 하지만 그런 낌새를 보여서는 안 된다 싶어서 나는,

"제하야, 단비가 못 됐어. 괜찮으니까 갖고 가."

토끼를 갖고 어서 나가라고 말했다. 토끼지갑이 눈앞에서 없어져야 단비를 달랠 수 있을 것 같아서였다.

"단비 가져."

제하가 토끼를 단비한테 내밀었다.

단비의 울음이 뚝 그쳤다.

"단비 주는 거야?"

나는 좀 뜻밖이었다.

"네, 단비 가지라 해요. 단비야, 토끼가 예뻐?"

제하는 단비의 머리를 쓰다듬었다.

"할머니, 두 개 다 미국에 가져가세요. 단비 가지라고 해요."

요새 제하는 단비한테 이렇게 후해졌다.

10월 17일

양하 생일인 15일을 넘기고 어젯밤에야 통화가 됐다.

15일 아침에는 일찍 학교에 가서 못 받았고, 저녁에는 할 일이 있어서 전화 코드를 빼놨단다.

그 애들이 학교에 갈 시간을 생각해서 내가 꽤 일찍 걸었는데도

더 빨리 학교에 갔다는 것이다. 시험에 목숨을 건 인생이라더니 정말 그런 모양이다.

미국생활에서 저녁에 전화 올 데가 어디 그리 많다고 코드를 빼놨을까 싶어서,

"병원에 갔었니?"

물었는데, 양하가 뭐라고 대답했는지 생각이 나지 않는다.

단비가,

"엄마, 생일 축하해요."

이 말을 세 번이나 되풀이했다.

그리고 우리가 차례로—수강이, 경숙이, 나— 이렇게 양하랑 통화하고 있는데 단비는 많이 흥분해서는,

"멋있게 전화했지?"

으스댄다.

"엄마, 비행기 타고 엄마한테 갈게."

단비는 시키지 않은 말까지 했다. 그만하면 단비 전화통화 참 잘한다, 잘해.

내가,

"단비 말 잘하지?"

하는데 양하가 코맹맹이 소리가 돼서, 어쩌구저쩌구 대답하고 있었다.

눈물이 확 쏟아진 것이다. 단비가 서울에서 엄마의 생일축하를 하니. 전화 코드를 빼놨다는 소리에,

"넌 서울에서 전화올 생각을 못했니?"

나는 따지듯이 말했다.

수강이는,

"너도 이제 서른이구나."

말한다.

그래, 양하도 나이 많이 먹었다.

탑여행사에서 비자신청을 한다고 연락이 왔다. 미국에 한 번 다녀온 일이 있으니까 비자도 서류만으로 될 거란다.

미국이라는 나라는 정말로 합리적이다. 1주일 뒤에는 나온다는데 서류만 갖고 간단히 끝내주면 정말 좋겠다.

가을 날!

올해는 가을 날이 며칠 안 되는 거 같다. 가을을 느낄 여유가 없어서―양하는 그쪽 가을이 말할 수 없이 좋단다.

여기는 요새 경치가 기가 막혀. 단풍이 한창이야. 정말 설악산 단풍 뺨치게 아름다워. 겨울이 너무 길어서 탈이지, 나머지 계절은 정말 좋아.

…다음 주는 내 생일인데 돈이 뚝 떨어져서 외식 없이 지나가야 겠어, 시간도 없고. 아무리 쿡쿡 찔러도 단비 아빠가 꼼짝도 안

해. 어제 저녁에는 자기가 차려놓고서는 나한테 맨스필드 레스토랑(새로 생겼거든)이다, 생각하고 먹으래.

내가 그렇게는 못하겠다고 했지만, 돈도 돈이지만 여기서는 밥한 번 시켜먹는 데 시간이 너무 오래 걸려(2시간 정도). 바쁜 사람은 밥도 못 먹겠어(한 사람에 10달러 정도면 아주 괜찮아). 한국 사람은 원래 못 기다리잖아.

양하는 미국의 단풍이 아름답다는데 이 계절에 떠난 내 언니! 그리고 지금까지 단 한번 본 내 아버지의 폭력.

우리 7형제는 잘 컸는데 내 바로 위의 언니가 열아홉에 세상을 떴다. 그즈음 불치병이라던 결핵을 이겨내지 못해서였다. 어머니는 반쯤 넋이 나갔는데 깊은 밤에 집을 빠져나갔다가 새벽에야 눈이 퀭해서 돌아오는 일이 가끔 있었다. 나는 깊이 잠들어서 집을 빠져나가는 어머니를 모를 때도 있었지만 내 위의 형제들은 알았겠지. 그리고 아버지가—어느 날 새벽이었다. 눈이 퀭해서 돌아온 어머니가 마루에 올라서는 순간 아버지가 어머니 머리채를 거머쥐고 방 안으로 끌고 가서 두 발로 짓밟았다. 우리 형제들은 너무나 놀라운 장면에 나무토막처럼 서서 어머니를 때리는 아버지를 지켜봤다. 어머니는 죽은 사람처럼 아버지 폭력에 온몸을 맡기고 있었다. 너무나도 놀랍고 무서운 장면이었다.

아버지의 폭력이 있었지만 우리 집은 다시 조용히 예전으로 돌아갔다.

나는 나중에야 알았다. 그 폭력의 뜻을.

열아홉 딸을 잃은 어머니가 근처 어느 절에다 언니 위패를 맡기고서 딸이 몹시 그리운 한밤이면 그리로 가서 죽은 딸하고 이야기를 나누고 울다가 새벽이면 집으로 돌아오곤 했던 것이다. 아버지는 그런 어머니를 묵묵히 지켜보다가 끝내 폭발했다. 그들의 슬픔이 누가 더하고 덜 했으랴. 어머니는 아버지의 슬픔을 온몸으로 받아냈다. 우리가 꼭 한 번 본 아버지의 폭력은 그런 것이었다.

그러고 나서 어머니는 밤에 집을 비우는 일이 없었다.

언니! 좋은 일만이 행복인 것도 아닌가봐. 아팠던 언니 기억이 이렇게 오래도록 우리에게 남아 있네, 사랑이란 이름으로—단풍이란 단어가 나와서 내가 이 밤에 눈물을 닦는다.

10월 19일

단비가 요새, 자기가 좋아하는 책들이 안 보여서 이상한 모양이다. 이 책 저 책 뒤적이다가,

"책이 없어."

한다. 책이 있긴 한데 뭔가 이상한 모양이다.

그 애 짐을 꾸려서 부칠 때 나는 몰래몰래 했다. 옷이나 책, 장난감 같은 것을 따로 꾸리면 난리가 난다.

"미국에 가져가는 거야. 거기 가서 줄게."

아무리 말해도 통하지 않는다.

"단비 옷이야, 단비 책이야!"

기어이 끄집어낸다. 그래서 몰래몰래 부쳤는데 단비는 이상한 생

각이 드는 모양이다. 이상하네, 이상하네 하는 얼굴이다. 그래도 남아 있는 책 속에서 자기가 좋아하는 그림책 하나를 찾아서 들고 왔다.

이건 비행기에서 읽어줄려고 남겨둔 책이다.

"할머니, 읽어줘."

쓱 내민다.

아이구, 죽겠구나!

이 그림책에는 글씨가 없다. 그림만 있는데 그림을 보면서 이야기를 엮어나가야 한다. 벌써 골백번도 더 본 책이다. 단비도 그 이야기를 훤히 안다. 그런데도 밤낮 책을 들고와서는 읽어달랜다.

"쥐돌이, 원숭이, 여우, 다람쥐, 너구리, 꿀꿀이가 노는데 곰돌이가 왔거든."

모자를 쓰고 목도리를 두른 커다란 곰 그림이 나와서(곰을 무척 좋아한다) 단비는 나한테 바싹 붙어앉는다.

"곰돌이를 보고 여우랑, 원숭이랑, 다람쥐랑—."

잠깐 쉬면 단비가 얼른 말한다.

"쥐돌이랑 꿀꿀이랑—."

"그래그래, 쥐돌이랑 꿀꿀이랑 너구리랑 곰돌이를 보고 공 차고 놀아요, 했거든, 그랬더니 곰돌이가, 나는 안 해 나는 안 해—."

나는 안 해—에서 오른손을 흔들어서 안 한다는 시늉을 한다. 이걸 또 단비가 기가 막히게 좋아한다.

"곰돌이가 안 놀아줘서 말이야, 여우가 쥐돌이한테 공을 던졌는데 아! 큰일 났네 큰일 났네, 쥐돌이하고 공이 물에 빠졌어."

그림에는 개울이 있고, 거기에 쥐가
빠져서 앙앙 울고 있다.

"큰일 났네 큰일 났네, 곰돌이가 쥐돌이
를 구하려고 물에 들어가는데—."

이 부분에서 단비는 아주 긴장한다.
클라이맥스다. 곰이 옷을 벗어던지는
장면이다.

"목도리도 던지고 스웨터도 던
지고 잠바도 던지고 장갑도 던지
고—."

모자를 빼먹을 때가 있다. 그러
면 단비가 큰일 났다는 듯이,

"모자도 던지고—."
한다.

"그래, 모자도 던지고
물에 풍덩 들어갔어. 들
어가서 쥐돌이도 건지고 공
도 건지고. 다람쥐랑 여우랑 너무
좋아서 박수를 짝짝 쳤어요."

꿀꿀이, 원숭이, 너구리를 빼먹는
데 단비가 그냥 넘어간다. 쥐돌이
를 건지는 통에 다른 것을 챙기는
걸 잊어먹는다.

이 이야기는 몇 마디만 더 보태면 끝이 나는데, 문제는 끝이 나도 나는 놓여나지 못한다. 또 해달란다. 다시 하면 또다시 해달란다. 정말이지, 녹음을 해줘야 되는지.

어떤 때는,

"단비가 해 봐, 단비가."

할 때가 있다. 그러면 곧잘 한다. "곰돌이가—." 하면서. 물론 절반쯤은 빼먹지만.

"참 잘하네. 할머니보다 더 잘하네."

그러나 단비도 듣는 게 좋지, 이야기하는 것은 나처럼 힘든 모양이다.

"단비가 이야기해."

하면 어떤 때는,

"졸려서 단비는 못하겠어."

그러고는 눈을 껌벅껌벅한다. 졸리다는 듯이.

10월 25일

내 생일은 그냥 지나갔어. 엄마 오면 외식하기로 하고 미룬 거 알아? 내가 이렇게 알뜰하게 산다우. —양하 편지 한 구절이다.

여권, 비자 다 나오고 비행기 예약만 남았다. 여권이며 비자가 이렇게 순조롭게 나올 줄 모르고, 양하네가 이런저런 서류를 준비하느라고 애를 많이 먹었다.

마음이 급해서 모든 일이 손에서 뜬다. 미국에 가서도 지금처럼 일이 손에 잡히지 않을까 봐 마음에 걸린다. 일 같은 건 잊고 살까 하다가도 그럴 수 없다는 것을 안다.

내 배의 상태가 별로 좋지 않은 것 같다. 그런데도 병원에 가는 일이 쉽지 않다.

10월 27일

가져갈 물건을 조목조목 적어나간다.

단비는 노래모음을 듣고 있다. 거울을 보면서 춤을 춘다. 종일 노래를 틀고 종일 춤을 춘다. 그것도 꼭 거울 앞에서 춘다.

거울이 없는 데서는 텔레비전 앞에서—거기 화면에 제 모습이 비치니까. 피아노 앞에서도 춘다. 거기도 보이니까.

녹음기를 끼고 다닌다. 그 속에서 제 목소리가 나오니까. 녹음기는 온통 "단비 목소리"뿐이다. 테이프에서 자기 목소리가 나오는 걸 아니까 테이프에도 "단비 목소리"라고 붙여놨다.

마음이 들떠서 글 같은 거 쓰고 있지 못하겠다.

11월

안녕 또레또! 안녕

11월 1일

KAL을 타느냐 Northwest를 타느냐 그것이 문제로다.

나는 물론 Northwest를 타기로 마음먹고 있었다. KAL보다 500불 가까이 싸니까. 도중에서 한 번 갈아타지만 그까짓 것.

내가 Northwest로 간다니까 단비 고모님들이 전화로 의논한 모양이다. 노인네가(나를 그렇게 표현하겠지) 말도 안 통하는데 애를 데리고 혹시 잘못하면 몹시 고생할 거라고.

김영애는 가볍게 말했다.

"싼 걸로 가지요. 나도 보스톤 갈 때, 한 번 갈아탔는데 그걸 못해요?"

요새 내가 툭하면 전화를 하니까 양하가,

전화 값이 비싼데 자꾸 전화하지 마. 비행기 표도 편지로 얘기하면 돼. 단비 아빠는 비행기 갈아탄다고 걱정이 태산이야. 우리처럼 비행기가 늦게 와서 혹시라도 다음 비행기랑 안 맞을까봐.

만약 그러면 김포공항에서 우리 집으로 전화를 해요. 나는 공항에 안 가고 집에 있기로 했어. 물론 가고 싶은데 연락 받을 사람이 있어야 할 것 같아서.

미국에 와서 전화를 걸게 될 때는, 전화 걸기 힘들면 한국사람 또는 미국사람한테, 받는 사람이 돈을 내는 수신자 요금 부담으

로 전화해 달라면 해줄 거야.

비행기가 연착되더라도 다 가게 해 주니깐 너무 걱정은 하지마. 만일에 혹시 잘못해서 중간에 자게 돼도 자기네들이 호텔, 아침 식사 값은 다 내주니깐, 만약에 아무 말도 없으면 그거 해달라고 해야 돼.

논스톱이 아니면 이거 조금 신경이 쓰이는데. 그런 말을 내가 어떻게 영어로 하나.

11월 11일

단비가 말하시기를,
"나 단비는 노래를 잘 부르지 못하지만 노래는 참 좋아해요."

나는 이 말을 듣고 기절초풍할 뻔했다.

아니, 얘가 천재지, 보통 천재가 아니지. 세 돌도 안 된 애가 이런 소리를 어떻게 해!

"뭐야? 다시 말해 봐."

단비는 반응이 없다.

"단비야, 노래는 못하지만 노래를 좋아한다고?"

"아 아니야."

단비는 제하한테로 도망을 쳤다.

그러나 알았다. TV유치원이든가 뽀뽀뽀든가, 그 녹화테이프에서 동화가 나오는데,

"노래를 잘 부르지 못하지만 노래는 참 좋아해요."

이런 말이 나왔다. 그 말을 흉내 내는 거다.

비행기는 KAL로 가게 될 것 같다. 비행기 값을 아낀다고(한 푼이라도 양하네 더 주려고) 갈아타는 비행기를 탄다니까 고모님들이, 다른 걸 아끼라면서 비행기 값을 보태준단다.

고모들이 아마 엄마랑 단비랑 잃어버릴까봐 무척 걱정이 되었나봐. 사실 Northwest도 괜찮은데. 그래도 서로 모든 사람이 마음 졸이는 것보다는 돈 더 내고 편한 게 나은지 몰라. 그러면 나도 공항에 마중 나갈 수 있고.

우리는 엄마가 오면 1월 2일쯤에 플로리다에 갈까 생각 중이야. 거기도 디즈니랜드가 있대. 돈은 1,000~1,500불쯤 들 것 같은데 엄마가 좀 보태주면 돈은 괜찮을 것 같고, 그러니까 와서 집만 본

다고 실망하지 말고 플로리다 갈 기회도 있다고 희망을 갖고 오
시라 이 말이지.
　편지도 한 번 정도만 더 쓰면 되겠네.

11월 16일

　단비, 고모님들이랑 함께 롯데월드에 갔다 온다. 고모님들이랑 함
께 사진 몇 장을 찍고.
　참기름, 참깨, 들깻잎장아찌 등등을 받아온다.

11월 21일

　어제는 단비가 "또레또"에 "빠이빠이"를 하고 왔다. 보모 선생님
말이,
　"단비가 이제 말문이 열려서 말도 잘하는데."

했다.

너무나 입을 꼭 다물고 있어서, 단비가 말을 잘한다는 소리를 믿지 않았다는 선생님인데 요새는 선생님하고 아주 친해졌단다. 선생님을 사귀는데 그렇게 시간이 걸린 단비다.

"빠이빠이"를 어떻게 하고 왔을까. 애들은,

"단비, 잘 가."

했을 테고 단비는,

"안녕."

했겠지.

"또레또"에서 단비 별명은 "돌깍쟁"이란다. 순 깍쟁이로 군 모양이지?

"또레또"에서 단비가 "빠이빠이"를 하는 날, 나는 아이들의 양말(단비 것까지 더해서 19켤레)하고 선생님께 분 한 통, 보조로 일을 보는 두 분께는 손수건 한 장씩을 드렸다. 그리고 양하가 두고 오라는 테이프 Sing Along을 함께 갖다 줬다. "또레또" 아이들에게 좋은 기념이 될 거라고 생각했기 때문이다.

아니나 다를까 아까 "또레또" 선생님이 나를 보더니, 아이들이 그 테이프를 아주 좋아한단다. 화면도 너무 예쁘더라고.

"또레또"에는 많은 신세를 졌다. 응가, 쉬를 다 시켜주고 큰애들보다 훨씬 손이 많이 갔을 우리 단비.

단비가 그동안 만든 작품(?)이며 물건들도 다 가져왔다. 액자에 든 그림은 전시회 때 내건 그림인데 나무만은 어디까지나 단비가 그렸다고 한다. 물감만 선생님이 도와서 칠했다는 것이다. 한구석에 "문단비 3세"라고 적혀 있다.

스케치북이며 지점토로 만든 거북이며 크레파스… 그런 것을 들고 오면서 아이가 큰다는 것은 너무도 놀랍다는 생각이 들었다. 단비는 여러 가지로 나를 감동시킨다.

11월 22일

단비는 늘 삼촌 방에 들어가고 싶어한다.

"안 돼요, 그 방엔."

그래도 자꾸 나를 잡아끈다. 혼자서는 감히 들어가지 못한다. 야단 맞기 때문이다.

저번에는 몰래 들어갔다가 조그만 상자를 하나 떨어뜨렸다. 이크, 저게 또— 내가 쫓아가 보니까 단비는 벌써 눈이 휘둥그래져서.

"단비가 잘못했어."

나한테 싹싹 빌었다.

나는 상자를 주워서 예전대로 놓아두며 말했다.

"그러게 단비야, 여기 들어오는 거 아니야."

그 애는 할 수 없이 나를 따라서 그 방에서 나왔는데 단비가 그 방에 왜 들어갔는지 나는 너무나 잘 안다.

그 방에는 외숙모의 화장품 같은 것도 있어서 관심을 충분히 끌 물건들이 많지만, 삼촌 방에 들어가는 목적은 따로 있다. 침대에 올라가서 뛰는 게 그 애의 진짜 목적이다.

침대에 올라가서 뛰면 널뛰기처럼 풍풍 솟아오른다. 단비는 이 놀이가 너무 하고 싶다. 그런데 못하게 하니까 할머니를 움직여 보려고 나한테 매달린다. 삼촌도 가끔은 데리고 들어가서 잠깐만 뛰게 해 준다.

나는 오늘 단비를 데리고 그 방에 들어갔다.

"단비야, 조금만 뛰는 거야. 조금만 뛰자."

단비는 너무너무 행복하다. 아주 신이 난다. 입이 쩍 벌어져서,

"악 악!"

소리를 지르면서 솟아올랐다.

"천장까지 닿겠네, 날아가겠네."

까르르 웃으면서 쓰러진다.

"숨이 차?"

"아니야."

또 일어나서 뛴다.

먼지가 얼마나 날까. 스프링에도 무리가 가겠지.

"단비야 그만, 그만."

세 번쯤 "그만 그만"을 되풀이해서 단비가 겨우 그만둔다. 그런데 그때 처음으로 나는 이 방이 방음이 잘된다는 것을 알았다. 텔레비전을 켜놓은 채 이 방으로 들어왔는데 텔레비전 소리가 거의 들리지 않았다.

닫았던 문을 열었다. 텔레비전 소리가 왕왕거렸다. 이 집 식구는 텔레비전을 좀 크게 틀어놓는 버릇이 있는데 문을 도로 닫으니까 텔

레비전 소리가 아주 희미하게 들렸다.

내 방보다 제하 방보다 이 방이 제일 방음이 잘되어 있구나.

저번에 제하랑 내가 싸웠을(?) 때, 수강이가 모른 체한 걸 내가 대단히 분하게 여겼는데 그때 수강이는 제하가 악쓰는 소리, 내가 신경질 부리는 소리, 단비가 입이 찢어지게 운 소리를 못 들었는지도 모른다. 낮잠이라도 자고 있었다면 그런지도 몰라.

"그랬구나."

나는 단비를 데리고 그 방에서 나왔다. 단비는 무슨 소린지 몰라서 나를 쳐다봤다.

11월 23일

KAL로 간다, Northwest로 간다, 비행기표 예약을 세 번이나 바꿨다. 오늘은 KAL로 바꿔달라고 부탁하며 창피해서,

"이젠 바꾸지 않을게요. 이게 마지막이에요."

하고 말했다.

여행사의 미스김이,

"KAL로 편하게 가세요."

활짝 웃었다.

이젠 바꿀 수 없다고 할까봐 조마조마했다. 양하도 나도 비행기 값이 비싼 게 너무나 아까운데, 노인네(?)하고 어린애를 비행기에 태우고 불안해하는 고모님들의 심정을 헤아리면 500달러가 싼 건지도 모른다. 편안하게 가자.

11월 27일

여성동아 "장편소설 응모작품"의 마지막 심사가 끝났다. 심사평 7장만 써서 보내면 마무리된다.

돌아오는 차 안에서, 최정희 선생님이 아주 위독하다는 소리를 김문수 씨한테 들었다. 사람을 못 알아본 지는 벌써 오래 된단다.

어쩌나, 가봐야 하는데…, 김문수 씨 말투는 오늘내일 하는 거 같았다. 어쩌나, 내일도 모레도 떠나기 직전까지 아직 일이 많다. 그야말로 단비 때문에 행동의 폭이 좁아서 일을 팍팍 처리하지 못한다. 밤 10시 30분쯤 집에 돌아오니까 단비는 눈이 말똥말똥했다.

208호에서 저녁을 얻어먹었단다. 아까 레고 통을 들고 과자까지 그 속에 집어넣어 가지고 거길 갔는데, 배가 뿡뿡해서 돌아왔단다. 저번에는 콩자반을 얻어가지고 왔던데. 이웃에서 단비를 함께 키워준다.

11월 29일

양하 편지.

편지가 제대로 들어갈지. 나는 조금 미안한 마음으로 지내고 있어. 오라 해놓고 사실은 준비도 못했어. 뻔하지, 돈이 없으니깐. 사러 갔다가는 오고, 보고는 그냥 오고….

조금 우울했어. 새 거 사자니 그렇고, 쓰던 걸 사려니 쉽지도 않고. 학교 쫓아다니니깐 그런 거 어디서 구해야 할지도 모르겠고. 그래서 나는 이러고 그냥 있다우. 아마 당장 오면 조금 살벌할 거야. 그래도 그러려니 이해해 주시길.

…나 굉장히 흥분되는 거 있지? 단비 아빠는 엄마가 단비한테 엄마 아빠 보면 어떻게 인사하라고 교육시킬 텐데, 단비가 자기 보고 어떻게 나올지 궁금해 죽겠대. 어떤 애들은 울고 그런다잖아.

단비랑 비행기 타고 오면서 심심하겠네. 책 갖고 타는 것 잊지 말고. 짐은 되도록이면 없이 타고.

짐은 이민가방만 세 개가 된다. 비행기 속에는 단비가 갈아입을 옷하고 그림책 같은 것이 든 가방 하나, 핸드백 그리고 단비.

김포공항에서야 수강이가 알아서 짐을 챙겨주겠지만 문제는 뉴욕공항에서 이민가방 세 개를 찾은 뒤가 난감하다. 이민가방 세 개에다가 작은 옷가방 하나, 핸드백, 단비. 모두 나 혼자서 맡아야 할 짐

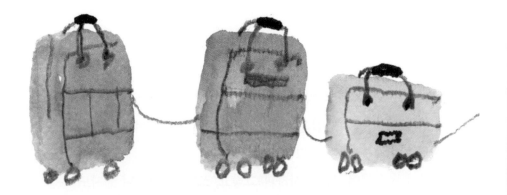

이다.

이민가방은 규격이 같은 데다가 생김새도 비슷비슷해서 찾을 때 헷갈린다기에 고리에다 보라색 끈을 달아뒀다. 그 끈들을 잇는다.

연습을 해봐야지.

짐을 다 가지고, 단비 데리고 움직일 수 있는지 연습을 해봐야지.

맨 앞에 키가 조금 작은 가방, 그 뒤에다가 키가 같은 가방 두 개를 세운다.

"자 단비야."

단비의 손을 잡는다. 다른 한 손으로는 끈으로 이어진 가방 세 개를 끌어본다. 잘 오지 않는다. 넘어지네. 얼른 가서 넘어지려는 가방을 바로 세운다. 다시 끌어본다.

선생님이 "하나 둘" 하면 "셋 넷" 하고 졸졸 따라오는 유치원생들처럼 바퀴가 돌돌 굴러서 잘 따라와 줘야 하는데 다시 한 번.

"단비야 손."

단비가 까불까불거리면서 달아난다. 단비 없이 두 손으로 끄는데도 배불뚝이 가방들이 잘 따라와 주지 않고 자꾸만 뒤뚱뒤뚱 넘어지려고 한다.

12월
넷이랑 그이와 나랑 크리스마스

12월 1일

카운트다운.

급하다 급해, 마음이 붕 떠 있다. 이따위 글—. 아직도 남아 있는 일이 태산(?)이다.

약속보다 늦게 11시 무렵에 고모님들이 왔다. 눈이 내리고 바람이 불고 엄청 고약한 날씨다. 바람이 점점 더 세차게 분다. 태풍이 오는 것 같다.

12시가 넘어서자 내 마음이 몹시 초조하다. 고모님들은 일어섰다가도 바람 때문에 도로 주저앉는다. 나는 바람이 좀 약해지면 가라는 소리를 못한다.

바람 속에 고모님 둘이 일어섰다. 단비는 현관 밖에서 인사한다.

"안녕히 가세요."

막내 고모가 돌아서서 눈물을 찍어내며 간다. 양하가 떠날 때도 막내 고모님이 눈물을 많이 흘렸다는데 마음이 아주 여린 모양이다. 나도 눈시울을 쓱쓱 닦는다. 하여간 남이 눈물을 흘리면 덩달아 나온다니까.

급하다, 급해. 단비한테 레고 통을 들려서 208호에 맡긴다. 점심도 좀 먹여달라고 부탁한다.

단비의 컨디션 조절을 위해서 마지막 날은 남겨두고 푹 쉴 작정이었는데 반대로 제때 점심도 못 먹이고(내가) 낮잠도 못 재우게 되고.

3단지로 뛰어가 조금 남은 돈을 달러로 마저 바꾸고, 갈까 말까 아주 갈등이 심했던 최선생님 댁으로 향했다. 이번에 뵙고 가지 못하면 어쩐지 다신 뵙지 못할 것 같다.

찾아뵙자!

김영애가 성신여대 역에서 내리는 게 좋겠다면서, 삼선교하고 성신여대 사이의 정류장에서 16번 좌석버스를 타고 정릉 종점까지 가라고 일러주었다.

버스정류장이 삼선교에서 가까운지 성신여대에서 가까운지 애매했기 때문에 나는 왠지 삼선교에서 내리는 게 정확할 것 같아 삼선교 역에서 내렸다.

그런데 마음이 급하니까 정류장이 보이지 않아서 지나갔다, 지나왔다, 1시간을 길에서 헤맸다. 예쁜 빨강 새 양산을 썼는데 바람이 너무나 심해서, 양산 살이 두 개가 부러져 나갔다.

택시 택시! —결국 꽁꽁 얼어가지고 머리는 눈사람처럼 하얗게 돼서 선생님 댁에 들어섰다.

지원이, 채원이 다 있었다.

선생님!

요렇게 조그맣게 오그라든 선생님. 선생님 선생님! 불러도 선생님의 눈에는 초점이 없으시다. 채원이가 박순녀 선생이 왔다고 여쭌다. 몇 번 되풀이한다.

선생님의 하얀 얼굴이 갑자기 구겨진다.

"엄마가 알아들으셨어요. 쭉 정신이 없었는데 알아들으셨어요."

"알아들으셨을까요?"

"우시잖아요, 선생님이 오셨다니까 우시잖아요. 알아들으셨어요."

"선생님!"

애기 손처럼 말랑말랑해진 선생님의 작은 손을 어루만지며 나는 선생님을 불렀다.

채원이가 휴지를 갖다준다. 나더러 눈물 콧물을 닦으라고.

"선생님 선생님!"

나는 선생님 곁에 10분 정도밖에 머물지 못했다. 그동안 선생님이 세 번 우셨다.

"선생님 박순녀예요!"

내가 그렇게 여쭈면 선생님이 우셨다. 박순녀가 왔다니까 쭉 정신이 없었다는 선생님이 눈물을 흘리셨다. 아, 오늘 내가 선생님을 찾아뵙지 않았다면, 선생님은 나를 아끼셨는데, 내가 잘 아는데…. 마음이 찡해진다.

좌석 타고, 지하철 타고 돌아온다. "안 소아과"에 들려서 단비 진료카드에 사인을 받고, 미장원에 들려 머리를 자른다. 머리도 못 자를 뻔했지.

"이 소아과"에서 단비 예비약 받고.

집에 와보니까 송덕이가 김치를 갖다났다. 양하한테 갖다준다고 부탁해 놨던 김치다. 나나 양하 입맛이 이북식이라 송덕이한테 부탁을 해두었다. 그런데 이 춥고 바람 부는 날에 갖다났다.

레고 통을 들고 단비가 208호 아줌마를 따라서 돌아왔다. 나는 208호 아줌마에게 고맙고 미안해서 이름을 묻는다. 미국에 가면 바로 뭔가 부쳐야겠다는 생각이 났던 것이다.

수빈이 엄마가 머리핀,

정훈이 엄마가 팬티,

"또레또" 선생님이 코스모스 꽃잎 같은 단비 장갑하고 나한테는 인삼상자를 선물로 가져왔다.

제하는 자기 크레파스도 가져가라고 갖고 오고, 경숙이는 바지, 스웨터, 팬티 등등.

단비는 그저 좋다. 너무 좋다. 핀은 꽂고 장갑은 끼고, 바지는 입었다가 너무 크니까,

"안 입어."

얼른 벗는다.

빨리 재워야지, 나도 빨리 자야지.

12월 2일

오늘이 올해 들어서 가장 추운 날이란다. 영하 8도라고 하는데 옷도 꼭꼭 껴입고, 마음도 단단히 먹어서인지 그다지 추운 줄 모르겠다.

새벽길이 잘 뚫려서 예정보다 빨리 공항에 도착.

드디어 가는구나, 마침내 가는구나. 가서 내 책임을 벗는구나. 짐을 부치고 나서 요기나 하자면서 수강이가 나한테는 햄버거를 사다가 들려주고, 자기네는 롯데리아인가 어디로 가서 먹는다며 단비도 데리고 갔다. 그런데 얼마 있다가 단비가 없어졌단다.

뭐라고!

수강이, 경숙이, 제하, 나— 정신없이 찾았는데 없다. 공항에는 아이 어른이 한가득히 차 있다.

아찔하다. 어쩌면 좋아!

빈손으로 돌아와서 넷이 얼굴을 마주하고 다시 흩어진다.

한 15분쯤 지났을 것이다. 이제 혼자라는 것을 알고, 우리를 찾는다고 이러저리 돌아다니면 어쩌나. 이 사람들 속에 끼어서 어디로 빠져나가기라도 하면!

나는 사람들이 짐을 부친다고 한참 북적대는 그 속으로 헤집고 들어갔다. 그랬더니 단비가 거기 서서 휘휘 둘러보고 있는 게 아닌가.

"단비야! 야, 단비야!"

달려가서 손을 잡는다.

"할머니."

배시시 예쁘게 웃더니 나한테 기댄다.

애들이 달려와서 모두 후—하고 한숨을 내쉰다.

나중에 생각해 보니까, 수강이를 따라서 뭔가를 먹다가 할머니 생각이 나서 나를 찾았는데, 할머니가 보이지 않으니까 아까 짐을 부친 그리로 간 게 아닌가 싶다.

어휴! 정말 아찔한 순간이다. 금세 찾았으니 망정이지.

금강이가 좀 뒤늦게 왔는데 우리를 찾느라고 헤맨 모양이다.

기내에 들고 가는 짐은 없애라고 해서 줄였는데도 단비 갈아입힌

다고 싸 둔 가방이 하나 가득이다. 거기에다 내 큼직한 핸드백, 한 손으로는 단비 손을 잡아야 하니까 나는 몸도 잘 움직일 수 없을 만큼 짐투성이다. 게다가 애도 어른도 두툼한 잠바를 입어서 두리두리 뭉실뭉실.

겨우 한 손을 조금 까닥거려서 "빠이빠이"를 하고 출국장으로 들어서는데 제하가 보이지 않았다.

"제하야, 제하야."

단비하고 그동안 제일 많이 싸우고 누구보다 친했던 제하랑 단비가 "빠이빠이"를 해야지.

그런데 제하는 우리 가족이 있는 데가 아니고, 일반 환송객들이 쭉 둘러선 그 끝 구석에 가서, 눈물을 닦느라고 정신이 없는 게 아닌가.

"단비야, 제하 오빠 저기 있어. 빠이빠이 해."

"빠이빠이."

단비는 제하를 보고 손을 까닥거린다.

"오빠 안녕, 해."

"오빠 안녕."

제하는 얼굴을 잘 들지 못한다.

"제하야, 단비 잘 가, 해야지."

제하가 이리저리 눈물을 닦으면서 손을 조금 치켜든다. 그걸 보면서 출국장 안으로 들어섰다.

제하가 가장 슬프구나. 단비는 슬픈지 어떤지도 모르겠는지 제하를 보고도 덤덤하다.

그런데 몸을 살피는 그 검사대 앞에서 딱 걸렸다.

그럴 줄 알았다니깐.

환전한 여행자수표를 지갑에 넣어 가는 것이 불안해서, 제일 속에 입은 옷에다 주머니를 달아서 그 안에 수표를 넣어뒀다. 여자검사관이 만져보더니 무엇이냐고 하기에 수표라고 했다.

그럼 봅시다, 칸막이 안으로 갔는데 돈이야 5천불이 못되니 아무 걱정이 없는데, 잠바 벗고 밑 젖히고 아이는 줄레줄레 따라다니고, 한바탕 장을 벌려야 했으니.

"엄마는 왜 그렇게 웃겨. 좀 세련되게 다니지."

양하의 웃는 소리가 들려오는 것만 같았다.

거기도 무사통과하고 겨우겨우 비행기에 올라탔다. 자리가 창가랑 붙어 있어서 단비를 얼른 안쪽에 앉혔다.

단비야, 여기 비싼 자리야. 중형택시가 아니야.

단비하고 내 잠바를 벗으니까 완전 한 짐이다. 모르겠다, 발밑에 쑤셔넣는다. 비행기는 금방 뜨고, 나는 단비한테,

"단비야, 비행기 떴어. 단비 비행기 탄 거 알아? 안다고? 타고 어디 가지?"

"미국 가요."

"미국 가면 누가 있는데?"

"엄마 아빠."

"그래그래. 비행기가 붕 떠서 단비를 엄마 아빠한테 데려다주는 거야."

나는 쉴 새 없이 떠들어댄다. 그러자니 내 왼쪽에 앉은 손님에게

미안했다.

지난 87년, 푸에르토리코 펜 대회에 갔을 때 일이다. 김제영 씨가 다섯 살짜리 외손자를 데리고 갔다. 지금의 나처럼 딸한테 데려다주기 위해서였다.

김제영 씨는 나보다 좀 뒤쪽에 앉았는데 나하고 가깝게 앉은 성춘복 씨가 말했다.

"김제영 씨하고 이렇게 떨어져 앉으니 참 다행이에요. 애가 쪼르르 여기(비행기 통로)를 달려가면 어른이 쪼르르 잡으러 가요."

처음에 나는 무슨 소린가 했다.

"애가 쪼르르. 어른이 쪼르르— 옆 사람이 죽어난다니까요."

그제야 나는 알아들었다.

애가 쪼르르, 어른이 쪼르르.

"시도 때도 없이 둘이서 쪼르르예요."

웃음이 터지면서 내가 눈을 흘기니까,

"저번에 같이 갔었다구요, 저앨 데리구. 그때 혼났어요."

김제영 씨가 말했다. 이번이 두 번째 데리고 가는 거라고. 그러니까 그 전에 데려갈 때 나란히 앉았다가 성춘복 씨가 혼났다는 이야기였다. 그 성춘복 씨 이야기가 생각났다. 나는 옆에 앉은 30대 남자 손님에게,

"애 때문에 미안해요, 폐를 많이 끼치게 될 거예요."

미리 말을 해두었다.

그러나 그 손님은 끝까지 너무너무 친절했다. 지루해진 단비가 쉬 한다면서 자꾸 자리에서 빠져나와도 그때마다 선뜻 일어나서 우리

가 나가는 것을 도와주었다. 단비도 내 걱정보다는 얌전했다.

정각에 뉴욕 도착.

애들이 나와 있겠지.

"단비야, 다 왔다."

"비행기 타러 가는 거야?"

비행기 안에 있는데도 비행기를 탔다는 느낌이 없는 모양이다. 비행기가 늘 하늘을 나는 걸 봤으니까.

"아니야. 엄마 아빠가 와 있을 거야. 엄마 아빠 만나러 가자!"

"응."

그런데 짐을 찾는 데서 또 시간을 오래 잡아먹는다.

짐이 나와서 짐판 위를 돌아가고 돌아가도 우리 짐이 보이지 않는다. 서울에서 몇 번째 정도로 빨리 부쳤을 거라는 생각이 있어서, 나올 때는 그 반대니까 우리 짐이 늦게 나오리라는 걸 알고 있는데도 불안하기만 하다.

짐이 너무 많아서 양쪽으로 내보낸단다.

큰일 났네. 이쪽으로 달려와 보고 저쪽으로 달려가 보고. 서울에서 혼났기 때문에 단비 손을 꼭 잡고 양쪽으로 뛴다. 꾸물꾸물하다가 놓치면 어쩌나. 누굴 붙잡고 짐을 끌어내려 달라고 할까.

양하가 일러준 대로 하려고 주위를 휘둘러봐도 모두 자기 짐을 챙기느라 정신이 없다. 다 나와 비슷한 심정으로 짐을 기다리고 있을 텐데 누굴 붙잡고 내 짐을 끌어내 달라고 하나.

오! 나왔다. 서울에서 공항에 너무 빨리 도착해서 짐을 너무 빨리 부쳤기 때문에 이렇게 늦게 나오는구나.

몸이 나보다 조금 더 클까. 아주 가냘퍼 보이는 한 청년을 내가 붙잡았다.

"미안하지만 저 짐을 좀… 저것도. 미안해요. 저것도…."

청년이 짐 3개를 다 끄집어내려 주었다.

"고마워요. 가냘퍼도 강단이 있으시군요."

다음은 짐꾼을 불러서 내 짐을 싣고 공항 밖까지 나가야 하는데 짐꾼은 몇 사람 되지 않고 기다리는 사람은 많다. 그래도 짐을 찾아봐서 아까보다는 덜 불안하다.

사람들이 어지간히 다 빠져나간 뒤에야 단비하고 나는 짐꾼을 따

라서 세관 통제구역에서 나왔다.

양하하고 준연이가 온다.

"단비야, 엄마 아빠야."

정말로 감격스러운 광경일 텐데 짐꾼 가는 쪽을 살피느라고,

"양하야, 저기 우리 짐이야."

나는 짐 때문에 정신이 거의 팔려 있다. 미국 짐꾼이 우리 짐을 가지고 그냥 간다.

아직도 마음이 바쁘기만 하다.

"어머, 컸다."

단비를 보고 양하가 하는 첫말이다.

"컸지?"

나는 건성이다.

"숙녀 같네."

양하의 말이다.

"숙녀 같지?"

나는 단비를 들여다본다.

"엄마야, 아빠야."

그러면서 나는 양하 준연이를 가리킨다.

"단비야아."

준연이가 그 특유의 느릿한 말투로 단비를 부른다.

우는 애도 있다고 양하가 편지에 써보냈는데 단비는 울지 않는다. 아련하게나마 엄마 아빠 얼굴이 기억에 남아 있는지 아니면 사진을 보고 익혔기 때문에 낯설지는 않는지 조금 배시시 웃는 얼굴이다.

수줍어하는 듯하면서.

"단비야, 엄마야."

양하가 단비 손을 잡았는데 단비는 그 손을 슬그머니 빼더니 내 치마에 와서 감겼다.

"저기저기 우리 짐. 이거 주고."

나는 아직도 정신이 온통 짐에 가 있다. 준비해 갖고 있던 돈 5달러를 준연이한테 준다. 짐꾼한테 팁을 주라고.

내 일은 끝났다. 나는 양하랑 준연이를 새삼스럽게 본다. 이렇게 우리가 다시 만나는구나. 네 사람이 웃고 있다.

나는 단비를 나와 함께 키운 사람들을 생각했다.

"이 소아과", "안 소아과" 선생님들, 수강이네는 물론, 나하고는 아무 관계도 없던 수빈이 엄마, 정훈이 엄마, 208호 아줌마, "또레또", 김영애는 함께 키운다고 투덜거렸고 단비보다 조금 더 크다고 "또레또"에서 늘 단비 손을 잡아준 수빈이, 고모님들, 꿀꿀이지갑, 토끼지갑 다 미국 가져가라고 선뜻 단비에게 준 제하. 공항 한구석에 가서 눈물 닦기에 바쁘던 우리 제하! 단비가 크고 숙녀 같아진 데는 그런 사람, 또 더 많은 사람들이 있었다.

이 세상 사람 살아가는 게 그런 거고 우리는 그 커다란 고리를 그냥 잊고 살더라. 단비가 그 고리에서 착한 역할을 하면서 살아가면 좋겠다.

2020년 12월 24일 크리스마스가 오면

크리스마스 새하얀 눈이 내린다.

눈이 소복소복 쌓이는 아침 강가를 마주하며 흔들의자에 앉아 있노라니 지나간 시간들이 떠오른다. 앞으로 뒤로 기울일 때마다 생각나는 일들도 여럿이다. 앞으로 기울면 저 북쪽 고향의 어린 시절이 마음을 스치고, 뒤로 기울면 끊임없는 세월처럼 덧없이 흘러가는 강물 속에 요즈음 일들이 하나둘 겹쳐진다.

단비가 가족 곁으로 돌아왔다. 그새 단비는 무럭무럭 아주 잘 컸다. 그 옛날 할미를 귀찮게도 하고, 화나게도 하고 때론 애미도 없이 병이 나 발을 동동 구르고 가슴 철렁케 하더니 어느덧 유학을 떠나 그곳에서 영문학박사 학위를 며칠 뒤면 받게 된다. 그리고 인생에서 가장 중대사인 결혼도 했다.

내 남편인 김이석 선생님, 당신의 딸 양하의 딸이 단비입니다. 당신이 양하를 얼마나 아끼고 사랑한지를 나는 압니다. 너무 어렸던 양하는 기억하지 못하지만 나는 압니다. 어느 눈이 많이 쌓인 날입니다. 당신이 눈이 쌓인 우리 집 대문 앞에 쓰러져 있었습니다. 술을 너무 마셨던 거지요. 그런데 정신이 없는 당신의 꼬옥 쥔 손바닥에 알사탕 몇 개가 있었습니다. 양하 주려고 산 거지요.

당신이 밖에 나갔다가 올 때는 꼭 그 손에 뭔가가 있었습니다. 양하 준다고. 절대로 빈손으로 오는 일이 없었지요. 나는 단비를 당신이 눈속에서도 놓지 않고 꼭 쥐고 있었던 그 눈사탕처럼 키웠습니다. 단비가 그날을 기억하지 못해도 나는 그 애가 당신이 우리에게 심어준 '무엇으로 사는가' 그 정신을 잊지 않고 살아주기만 하면 더 바랄 게 없습니다.

　　자선냄비 땡땡 종이 울린다
　　사랑의 온도계가 세워졌다

사람들은 참 아름다움을 좋아한다. 내 아들·딸이 그 아름다움을

목표삼아 살아주면 얼마나 좋을까. 누구에게, 어디에 기도하면 이 소원이 이루어질까. 크리스마스라서 그런가. 자꾸 누구에겐가 어디에겐가 기도하고 싶다.

　이 나라를 바르게 잘 세워주소서
　좋은 교육 펴게 해 주소서
　코로나 물리치고 우리 가족과 또또또…
　그리고 온 세상 사람들
　모두들 건강하게 해 주소서.

　눈이 내린다. 단비를 잠재우고 단비네 지붕 위에 눈이 쌓인다. 제하를 잠재우고 제하네 지붕 위에 눈이 쌓인다. 텅 빈 채소밭 하얀 햇살이 떨어지면, 감나무 꼭대기에 까치집만이 덩그러니 남게 되면, 하얗게 눈 덮여 전신주 잉잉 울어대면, 겨울 밤바람 물결치면, 어두운 하늘에서 펄펄 함박눈 쏟아지면, 단비와 나만 알고 있지. 언젠가 눈사람에게도 생명이 깃들어 우리와 함께 춤출 수 있으리라는 걸. 단비와 나만의 비밀이지.